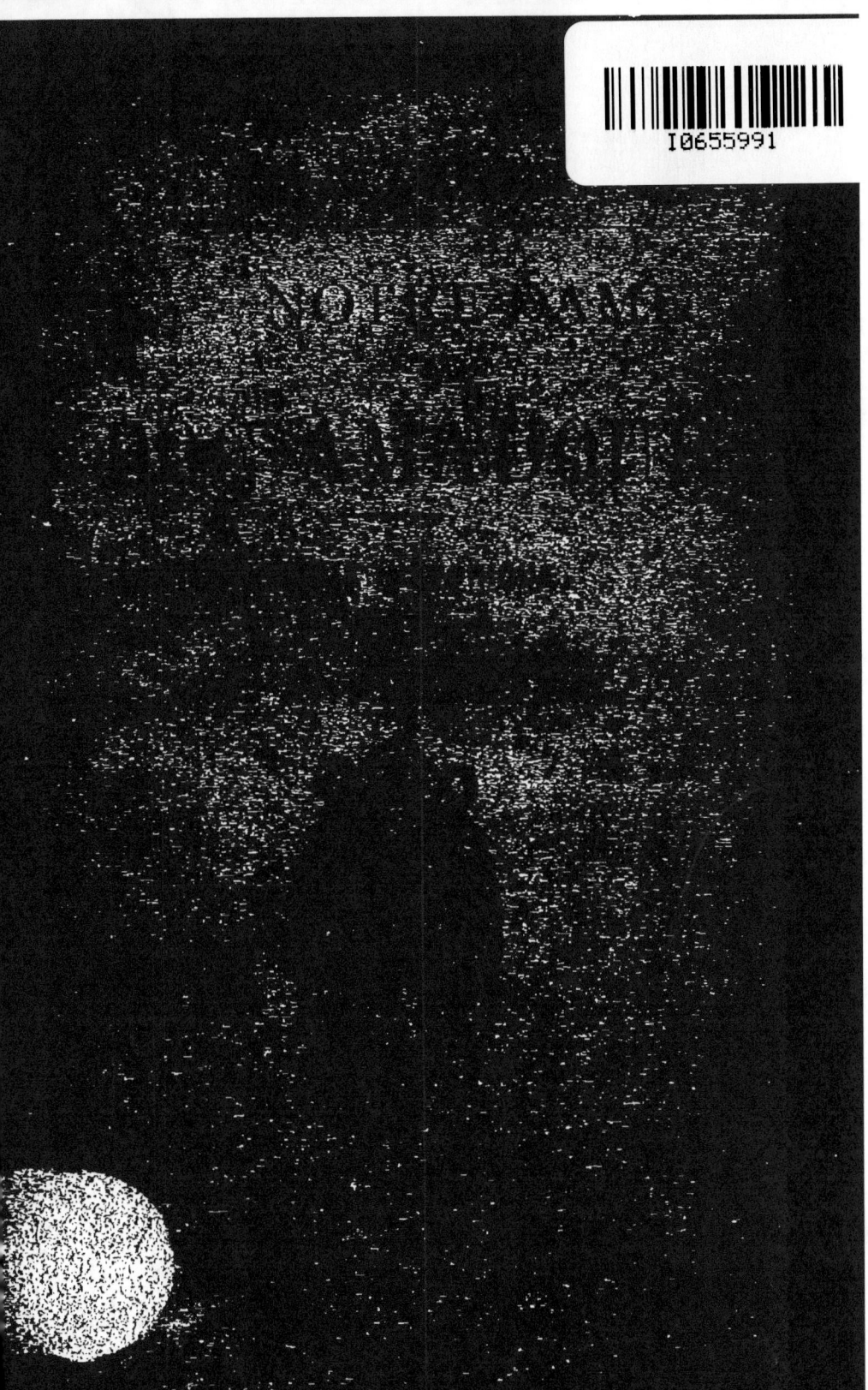

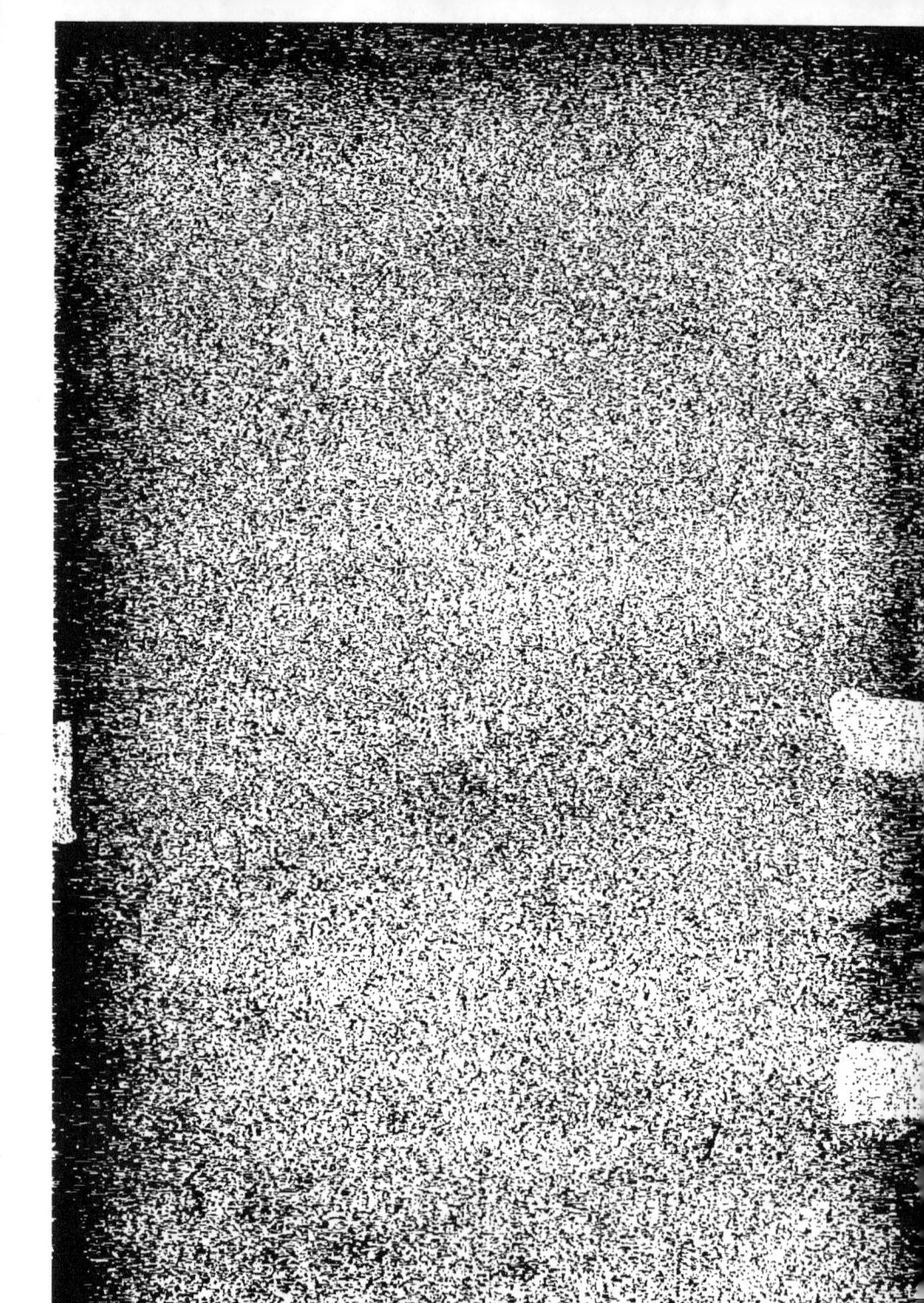

MOIS DE MARIE

HISTORIQUE

VUE GÉNÉRALE DE ROC-AMADOUR

JEAN DE LAUMIÈRE

MOIS DE MARIE

HISTORIQUE

DE N.-D. DE ROC-AMADOUR

Introduction par A.-J. BESSIÈRES

CAHORS
VEUVE PIGNÈRES ET FILS, IMPRIMEURS

1899

A l'Illustrissime et Révérendissime

Emile-Christophe ÉNARD, Evêque de Cahors

Monseigneur,

*En 1631 le pieux historien de N. D. de Roc-Ama-
dour, Odo de Gissey, dédiait son Œuvre à l'Ill. et
RR. Jean de Vaillac, Evêque, Seigneur et Vicomte
de Tulle et votre prédécesseur dans le gouvernement
du pèlerinage, « à cause que j'ai reconnu en vous,
disait le saint religieux, une singulière piété à
l'endroit de N. D. réclamée à Roc-Amadour, l'honneur de laquelle vous y procurez comme un lieu de
vos appartenances. »*

*Ce même motif, Monseigneur, me porte à vous
offrir « ce petit travail entrepris à l'honneur de la
Mère de Dieu. »*

Votre singulière piété envers la Très Sainte-Vierge vous a fait choisir pour y recevoir l'onction sainte la basilique de Roc-Amadour et, dès ce jour à jamais mémorable, vous vous êtes fait un honneur, à l'exemple de votre illustre prédécesseur, de porter le titre, non d'Abbé, mais d'Evêque de Roc-Amadour.

Les fêtes de Jeanne d'Arc que vous y avez célébrées avec tant d'éclat, et les solennités de Mai et de Septembre que vous y présidez chaque année, sont une preuve incontestable de votre zèle « à procurer l'honneur de N. D., comme en un lieu de vos appartenances », depuis que Roc-Amadour est rentré dans le giron de l'Eglise de Cahors.

L'ouvrage que je présente à Votre Grandeur n'est pas proportionné à l'étendue de votre dévouement envers l'Auguste Mère de Dieu et il reste bien au-dessous du but que je me suis proposé. Toutefois je supplie Votre Grandeur d'oublier l'insuffisance de l'auteur pour n'avoir égard qu'à ce qui est contenu dans son livre, « qui sont quelques parcelles des merveilles opérées par Notre Dame vénérée à Roc-Amadour.[1] »

(1) Odo de Gissey.

« *J'espère que vous le recevrez avec d'autant plus de bienveillance, qu'avec plus d'humilité et de dévouement je vous le présente,*[1] » en me disant,

Monseigneur,

de Votre Grandeur

le très humble et très obéissant serviteur.

JEAN DE LAUMIÈRE.

———

[1] Odo de Gissey.

AVANT-PROPOS

Pour connaître les origines du culte de la Très Sainte Vierge en France, il faut remonter avec M. Bourrières aux croyances et aux pratiques religieuses de nos pères, les Gaulois. Plusieurs siècles avant son avènement, la Future Mère du Rédempteur recevait dans les Gaules, et plus particulièrement à Chartres, un culte réel, quoique déformé par les superstitions païennes.

Écoutez plutôt le savant Historien des origines de Roc-Amadour.

» Deux points du globe ont toujours été l'objet d'une affection toute spéciale de la Mère de Dieu, le Carmel et les Gaules.

» Dans cette dernière contrée certains lieux ont même été plus privilégiés. Nommons Chartres et Roc-Amadour.

» L'étude du Druidisme, religion des Gaulois, donne l'explication de cette faveur.

» Comme au Carmel, au Val d'Alzou et au pays des Carnutes, la Sainte Vierge était honorée même avant sa naissance.

» Les Druides formaient un corps aussi puissant que redoutable.

» A leur tête se trouvait un chef suprême, ou archidruide, ayant sous sa dépendance des subalternes qui dirigeaient les divers peuples.

» Tous les ans, ils se réunissaient en assemblée générale dans les environs de Chartres.

» Cent ans avant sa naissance, la prochaine apparition de *la Vierge qui devait enfanter*, fut annoncée par l'archidruide dans une de ces réunions.

» Les Druides, en effet, croyaient non seulement à un dieu unique, formant une triade, copie grossière de la Trinité chrétienne, mais, au-dessous de cette divinité, ils vénéraient une autre puissance créatrice spécialisée à la terre, qu'ils nommaient *Maïa* ou *Maïdhia*.

» Lorsque l'imagination eut donné à cette conception idéale une forme matérielle, une forme humaine, la Maïa gauloise devint une femme, fille de l'Être suprême, intermédiaire entre la Divinité et l'Humanité, *devant enfanter le libérateur, l'Ogmios....*

» Le territoire des anciens Kadourques est tout imprégné de souvenirs s'ajoutant aux restes encore debout du Druidisme disparu et du culte de la Maïa, remplacé par celui de la *Vierge qui a enfanté.*

» La Vallée de Roc-Amadour conserve toujours son nom celtique, *Al-sou.*

» L'aspect le plus poétique sous lequel se présentait la Maïa gauloise, après la subdivision de ses attributs, était certainement celui qui lui valait le nom de *Sul* ou *Sullvia.*

» Sous cette forme, elle était la Reine des *Déesses-Maires*, des *Heræ*, des *Junons*, des *Sulfes*, divinités qui n'avaient guère de différent que le nom, et qui étaient les anges gardiens des mortels, habitant notre terre. Les Maires, les Heræ ou *Dames*, à l'exemple de leur Reine, — « présidaient à la transmission de l'existence, décidaient de la longueur et de la brièveté de la vie, du bonheur ou du malheur des personnes, et enfin des richesses ou de la pauvreté des familles. » —

» Avant que l'idée première qu'on se faisait de ces divinités se fut corrompue, le meilleur moyen d'obtenir leurs faveurs était la pratique de la chasteté. On ne faisait jamais à leur Reine de sacrifice humain.

» Le nom de la déesse *Sul*, parait venir de *Su* ou *Sa,* qui, en celtique, signifiait *bonté* et qui se prononçait en latin *Sou.* Cette syllabe se retrouve en entier dans le nom de la vallée de Roc-Amadour, *Alzou,* ou mieux *Alsou.*

» La déesse *Sul* était pour les Gaulois la *Vierge qui devait enfanter.* Le culte de cette Vierge n'était pas spécial au territoire de Chartres, il appartenait à la Gaule entière.

« Tout semble indiquer scientifiquement que le grand Tumulus de Gramat, situé dans le Val d'Alzou, était le lieu de réunion des Druides du Quercy, adorant Sulivia.

» Non loin de Roc-Amadour se trouve un bois, appelé encore le *Bois de la Dame.* Pendant longtemps il a inspiré une certaine terreur.

» Il n'est donc pas imprudent d'affirmer qu'*autrefois,* avant même l'ère chrétienne, la future Mère du Rédempteur était déjà vénérée par les Druides dans la vallée qui plus tard se nommera Roc-Amadour....

» Les honneurs qu'Éphèse avait rendus à la Diane antique, forme modifiée de la Maïdhia, semblent avoir valu à cette ville le séjour de la Mère de Dieu, de celle dont la beauté est si souvent comparée à la lune, dans l'Ancien Testament, et que nous représentons encore avec un croissant sous les pieds. » (BOURRIÈRES : *Roc-Amadour*.)

Il en est de même de la Gaule. La Très Sainte-Vierge y
envoya pour l'évangéliser ses plus fidèdes serviteurs :
Zachée, Front, Martial, Lazare, Véronique, Marthe et
Madeleine. M. Bourrières nous montre l'Auguste Reine du
ciel et de la terre, « la Mère de Dieu et des hommes,
debout, fleur embaumée du Carmel, sur ce promontoire,
autour duquel avaient glissé tant de siècles et tant de
peuples, et qui devait dominer, comme son trône, tous les
âges à venir,... appuyant son doigt sur la première page de
notre histoire, y inscrivant elle-même son exergue,
Regnum Galliæ, Regnum Mariæ ». En ce moment
solennel, l'Auguste Vierge indiquait à la France sa vocation,
et *décrétant* que le peuple franc écrirait avec son épée
les gestes de Dieu dans le monde, choisissait le Val d'Alzou
pour y établir le centre de son culte et y attirer les générations chrétiennes de siècle en siècle jusqu'à nos jours.

Si les documents ne faisaient défaut, si nous pouvions
faire revivre les divers évènements qui se sont succédés à
Roc-Amadour depuis Zachée jusqu'à nos jours, l'histoire du
pèlerinage embrasserait dans une magnifique synthèse les
diverses manifestations de la foi et de l'amour de nos pères
envers la Mère de Dieu qu'ils proclamaient leur Reine, et
les bienfaits que l'Auguste Souveraine ne cessait de répandre sur les individus, sur la famille et sur la nation tout
entière, semant à pleines mains les miracles dans le cours
des 19 siècles qui se sont écoulés depuis que Marie a choisi
la France pour son royaume de prédilection ; ce serait
comme le résumé de l'histoire religieuse de notre patrie.

Mais, il faut bien le dire, ce petit travail ne répond pas à
cet idéal ; ce n'est pas une œuvre d'érudition. Eloigné des

bibliothèques, nous ne pouvions faire les recherches nécessaires, mais difficiles et coûteuses.

D'ailleurs, la Lettre Pastorale de Monseigneur Énard,
Évêque de Cahors, vient de mettre en pleine lumière ces
glorieuses traditions. Monseigneur Grimardias avait restauré les monuments matériels du pèlerinage. Monseigneur
Énard a voulu, en recueillant « toutes les données qui, dans
ces derniers temps, ont éclairé et confirmé ce grand fait de
la venue de Saint-Amadour en Aquitaine », élever un monument *moral*, un monument historique, à la gloire de Notre-
Dame de Roc-Amadour.

Avec une érudition consommée, avec un style dont la
clarté, la précision le disputent à l'élégance, Monseigneur
établit la connexité qui existe entre l'évangélisation des
Gaules au 1er siècle et les traditions du pèlerinage de
Roc-Amadour. Il démontre avec une grande précision la
possibilité de cette évangélisation et expose les « nombreux
et irrécusables témoignages » qui prouvent, qu'en fait, notre
pays a été éclairé des lumières de l'Évangile dès la première
heure.

« En vérité, s'écrie l'historien, des témoins aussi rapprochés ne méritent-ils pas plus de créance que les hommes
venus mille ans après eux, sous l'influence du protestantisme et des erreurs jansénistes, pour contester nos
traditions ? »

Ensuite, Monseigneur Énard expose avec une clarté
intense qui jaillit du rapprochement des textes et des
circonstances, la venue de St Martial et de Zachée en
Aquitaine et l'évangélisation de cette contrée par ces
disciples du Sauveur.

« Les historiens ont patiemment reconstitué cet itinéraire et nous pouvons suivre Martial non seulement aux reliques laissées sur sa route, mais aux rencontres qu'il a faites, aux noms des pasteurs qu'il a établis, aux églises qu'il a dédiées en l'honneur des premiers martyrs, aux 23 localités qui portent son nom en cette partie de la France. »

Après avoir lu cet exposé, tout esprit de bonne foi ne peut que s'écrier avec le psalmiste : — *Testimonia tua credibilia facta sunt nimis.*

Quant à nous, notre but n'était pas, et ne pouvait être, de faire un travail scientifique, mais simplement une œuvre de piété. Aidé des conseils et du concours de quelques amis dévoués, nous avons voulu vulgariser les évènements anciens, modernes ou contemporains, qui constituent les vrais titres de gloire de N. D. de Roc-Amadour. Ainsi nous avons accepté les faits rapportés par Odo de Gissey, Lacoste, d'Orgères, Bourrières, etc. sans les discuter, par la seule raison qu'ils sont racontés par des auteurs sérieux et dignes de toute confiance, qu'ils sont édifiants et qu'ils concourent à rehausser le prestige de notre pèlerinage. Malgré ses lacunes inévitables, nous avons la confiance que ce travail intéressera tous les fidèles serviteurs de Marie.

A chaque chapitre nous avons ajouté une prière composée de textes de l'Ecriture Sainte ou des Pères. Nous espérons que ces prières, basées autant que possible sur l'idée principale du chapitre, donneront à notre *Mois de Marie Historique de N. D. de Roc-Amadour*, le caractère de piété qui lui convient. C'est en effet un acte de piété filiale que nous avons voulu déposer aux pieds de notre Mère commune. Nous avons voulu offrir à N. D. un temoignage de l'amour que nous lui avons voué dès notre enfance, et un hommage de notre profonde gratitude. Si, en faisant mieux connaître les bienfaits dont la Vierge de Zachée n'a cessé de combler notre Quercy et la France entière, il nous était donné de la faire aimer davantage, notre but serait atteint : nous n'avons d'autre ambition.

JEAN DE LAUMIÈRE.

INTRODUCTION

« A quoi bon un nouveau Mois de Marie ? Nous en avons des centaines et chaque année en voit éclore d'autres. »

Les curés de paroisse et les directeurs de Communautés peuvent se charger eux-mêmes de faire la réponse. C'est toujours un sérieux embarras, lorsqu'arrive le mois de mai, que de trouver un livre intéressant. Les uns sont trop longs et les autres trop courts ; celui-ci se contente de raconter des histoires et n'instruit pas, celui-là se contente de moraliser et endort.

On ne peut pas lire deux fois le même livre. La piété de nos fidèles est un peu exigeante ; elle demande sans cesse du nouveau, quelque chose qui pique la curiosité et excite l'intérêt.

Les goûts, et même les besoins, diffèrent selon les pays. Ce qui convient à l'un déplait à l'autre, ce qui frappe ici laisse insensible ailleurs.

De Maria nunquam satis. On ne saurait parler assez de la Sainte-Vierge. L'amour ne se rassasie pas de parler, ou d'entendre parler, de ce qu'il aime. Le culte de Marie est celui qui a le moins souffert des ravages de l'impiété. On trouverait bon nombre de libres penseurs qui ont conservé dans un coin bien retiré de leur mémoire une petite prière en l'honneur de Marie, et qui, pour le jour rêvé, mais toujours différé, de leur conversion, mettent toute leur confiance en l'intercession de cette bonne Mère. Tout ce qui favorise ou entretient son culte doit être le bienvenu.

Le livre de M. J. de LAUMIÈRE a une raison d'être toute spéciale. Les grands pèlerinages ont leur Mois de Marie. Roc-Amadour avait été un peu oublié ; on le regrettait vivement. Par son antiquité, par sa vieille gloire, par les miracles dont il a été témoin, par les nombreux pèlerins qui le visitent, par l'importance dont il jouit, par la beauté de ses sanctuaires, par la pittoresque grandeur de ses sites, il méritait d'avoir son historien.

Quatre ou cinq diocèses envoient chaque année à Roc-Amadour de milliers de fidèles. Aucun livre n'allait dans les familles ou dans les églises rappeler le souvenir de Roc-Amadour. Et les fidèles, dans leurs visites aux sanctuaires, étaient obligés de demander à d'autres, quelquefois à des prêtres qui n'en savaient guère plus qu'eux : « qui a fondé Roc-Amadour ? Quelle est cette histoire de Zachée ? Que signifie cette légende, et que représente ce tableau ? » et vingt autres questions qui demeuraient sans réponse. En rentrant chez eux, ils ne pouvaient emporter aucun livre qui décrivit leurs impressions et racontât ce qu'ils avaient vu.

Cette lacune va être enfin comblée. Dans le nouveau livre se trouvent les principaux faits qui intéressent le pèlerinage. Ce n'est pas une histoire complète ; ce sont des récits détachés qui expliquent le passé, justifient le présent et permettent pour l'avenir les plus consolantes espérances. Le lecteur ne saura pas tout ; il saura tout ce qu'il est utile de connaître et tout ce que la piété demande. Viendront plus tard d'autres historiens qui pourront achever l'œuvre.

*
* *

Un mois de Marie est destiné à faire connaître et aimer la Sainte-Vierge. Il doit réserver une large place aux miracles, aux guérisons extraordinaires, aux faveurs signalées.

Dans le riche écrin de N.-D. de Roc-Amadour on pouvait puiser à pleines mains. M. J. de LAUMIÈRE s'est attaché spécialement aux faits les plus récents. Ces faits, restés ensevelis dans les archives du sanctuaire, ou publiés seulement dans les feuilles locales, étaient peu connus. Ils ne sont pas plus surprenants que bon nombre d'autres. Mais, arrivés de nos jours, en faveur de personnes connues et dont on peut invoquer le témoignage, ils intéressent davantage et inspirent plus de confiance. On ne dira pas qu'aujourd'hui tous les miracles se produisent ailleurs, en faveur d'étrangers et que nos sanctuaires ne les connaissent plus.

Parmi les guérisons qui sont racontées ici, il en est quelques-unes que la science pourrait peut-être expliquer. Et si ce livre s'adressait aux seuls savants on aurait dû les omettre. Mais M. J. de LAUMIÈRE s'adresse surtout aux personnes pieuses ; celles-ci sont moins exigeantes et moins

pointilleuses, on peut dire plus raisonnables.
Sans chercher partout des miracles, elles ne
mettent aucun parti pris à les nier et reconnaissent l'intervention de la Sainte-Vierge là où elle
se manifeste.

Des guérisons que la médecine n'est pas inca-
pable d'opérer, peuvent se produire en dehors
d'elle et sans elle. Le malheureux qui va invoquer
la Sainte-Vierge, après avoir consulté tous les
médecins qu'il connait, sans avoir reçu le moindre
soulagement, après avoir constaté l'impuissance
de tous les remèdes, ne cherche pas à savoir s'il
y a à Paris ou à Londres un médecin plus habile
qui peut-être, après bien des années, après de
terribles souffrances, après des dépenses énormes,
le guérirait : il songe à son mal dont il désire la
guérison. Il sait que la Sainte-Vierge a guéri des
maux semblables, ou plus terribles, et il se fait
transporter dans un de ses sanctuaires.

La Sainte-Vierge, fort heureusement pour le
patient, ne songe ni à la science, ni aux savants ;
elle ne demande pas si les savants verront d'un
bon œil l'acte qu'elle va faire, et s'il ne cherche-
ront pas à lui en disputer, à lui en ravir l'honneur.
Elle guérit.

Que les savants discutent à leur aise. La guérison s'est produite lorsque les médecins avaient
échoué et n'espéraient plus réussir ; elle s'est
produite dans des circonstances extraordinaires,
lorsque la maladie semblait s'aggraver, au milieu
d'imprudences, voyages, fatigues, surexcitation
extérieure, qui devaient amener de nouvelles

complications et la mort ; elle s'est produite subitement, sans remèdes, après des prières ou un pèlerinage ; et la guérison s'est maintenue sans rechute. Les fidèles voient dans ces guérisons un bienfait de la Sainte-Vierge ; malgré la science et les médecins, ils vont à Roc-Amadour et à Lourdes pour demander de semblables faveurs, et ils remercient la Sainte-Vierge quand ils les ont obtenues.

Ce sont là les faits les plus communs, parce que ce sont les faveurs le plus souvent demandées. M. J. DE LAUMIÈRE a eu raison de les raconter. Ils intéressent, encouragent et édifient. Il ne pouvait pas parler des faveurs spirituelles : conversions obtenues, dangers évités, tentations dissipées, vocations mieux connues, chagrins consolés ou adoucis, affaires difficiles réglées, intérêts sauvegardés. Ce sont là secrets des cœurs, affaires trop intimes et que connaissent seulement la Sainte-Vierge et les âmes. Si ces grâces n'étaient pas si nombreuses, nos sanctuaires auraient une clientèle moins fidèle et moins empressée. Les maux de l'âme sont les plus pénibles et les plus graves ; c'est à guérir ceux-là que s'attache sourtout la Sainte-Vierge et c'est pour ceux-là principalement qu'on la prie.

*
* *

Il est difficile aujourd'hui de parler de la Sainte-Vierge sans que le souvenir de Notre-Dame de Lourdes vienne à la pensée. Depuis quelques années, les miracles se multiplient sur les bords du Gave; il s'en produit certainement plus à Lourdes que dans tous les autres pèlerinages du monde entier réunis. Lourdes attire toute l'attention et semble vouloir monopoliser la dévotion à la Sainte-Vierge. Les autres pèlerinages doivent s'effacer devant celui-là; on serait tenté de croire qu'ils doivent disparaitre et que seul il est destiné à subsister.

Mais l'histoire même des pèlerinages peut rassurer. La Sainte-Vierge ne réserve pas ses faveurs à un seul pays. Quelquefois elle choisit des lieux nouveaux pour y établir ou y développer son culte.

Un jour, on apprend qu'elle a apparu, a parlé, a fait connaitre ses désirs. Les fidèles, que le surnaturel n'effraye pas, croiraient volontiers à la réalité de l'apparition. Les libres penseurs se moquent et crient à la superstition. L'autorité ecclésiastique, craignant une supercherie, ou une ruse du démon, se réserve, recommande la prudence et refuse de se prononcer. Alors les miracles se produisent; ils se multiplient, toujours plus frappants, plus inexplicables, presque continuels. Les esprits les plus obstinés, les plus prévenus, sont obligés de regarder, de tenir compte des faits, de céder devant l'évidence; ils essaient de donner des explications plus ou moins plausibles, ils ne peuvent plus nier.

La Sainte-Vierge veut récompenser la foi des chrétiens ou ranimer le sentiment religieux prêt à s'éteindre, peut-être donner un avertissement ou une leçon.

Les foules ne s'émeuvent pas sans cause. Si ces miracles ne s'étaient pas produits, la parole de Bernadette n'aurait pas été entendue, Lourdes serait demeurée la ville morte et oubliée qu'elle était autrefois ; la splendide basilique n'existerait pas et les peuples ne viendraient pas se prosterner au pied de ses autels. La gloire de Lourdes, l'attraction qu'elle exerce est l'œuvre du miracle.

Roc-Amadour, lui aussi, a eu ses miracles. Il a vu les foules accourir, il a pu contempler des pèlerins venus de tous les pays, des Français et des Anglais, des Espagnols et des Belges, des Allemands et des Italiens ; il a entendu parler toutes les langues. Maintenant les miracles sont plus rares parce qu'ils sont moins nécessaires, parce que la réputation est établie, parce que les peuples savent que la Sainte-Vierge aime à être honorée dans ses sanctuaires ; maintenant la piété suffit.

Les miracles continueront-ils à Lourdes ? Du moins, seront-ils toujours aussi nombreux ? Il est permis d'en douter. Lorsqu'ils cesseront d'être nécessaires, ils pourraient bien devenir plus rares. Lourdes ressemblera alors à nos vieux pèlerinages qui paraissent un peu délaissés. La Sainte-Vierge n'aura pas abandonné son sanctuaire de prédilection ; elle l'aura définitivement établi.

Certaines personnes pieuses s'imaginent naïvement que les miracles, les guérisons merveilleuses, les grâces extraordinaires, sont le but des pèlerinages et que la Sainte-Vierge s'est manifestée uniquement pour attirer la confiance et avoir l'occasion de les produire. Non, les miracles ne sont pas le but, ils ne sont que le moyen. Le but c'est d'exciter la piété, de ranimer la foi, de surprendre et d'ébranler le doute, de sauver les âmes. Les miracles sont le moyen dont Dieu se sert pour frapper l'attention et toucher les cœurs.

On a dit souvent qu'à Lourdes la foi était plus vive et c'est à cette vivacité de la foi qu'on attribuait les miracles Il est difficile de fixer les signes auxquels on peut reconnaître la vivacité de la foi. Mais il est certain qu'à Lourdes tout émeut. On voit le lieu où la Sainte-Vierge s'est manifestée, on foule la terre que ses pieds ont touchée, on croit entendre les paroles qu'elle adressait à Bernadette, on ne serait pas trop surpris de la voir apparaître dans le costume que nous lui connaissons, au-dessus de l'églantier en fleur. Le souvenir des miracles passés, la vue des miracles accomplis sous nos yeux, parfois l'attente, l'espoir de miracles nouveaux, vous tiennent sans cesse en éveil, dans une émotion continuelle, secouant toutes vos fibres religieuses.

Il n'y a pas à douter de la puissance de la foi et des grâces que Dieu lui accorde. Mais, à Roc-Amadour, la piété n'a pas trop à se plaindre ; elle trouve son aliment. Là aussi, il fait bon prier ; là aussi, on dresserait volontiers sa tente, on serait heureux d'établir sa demeure. La Sainte Vierge ne prodigue pas les miracles, parce qu'il n'y a plus de pèlerinage à fonder, mais elle fait assez de miracles pour prouver que ce lieu est toujours cher à son cœur et que les nouvelles affections ne lui font pas oublier les anciennes.

•

Nos traditions fixent au premier siècle de l'ère chrétienne les origines de Roc-Amadour et donnent pour fondateur au pèlerinage Zachée, le publicain de l'Évangile. J. de Laumière accepte la tradition sans la discuter. Pour ses lecteurs, comme pour la plupart des pèlerins, la question des origines n'a qu'une importance assez secondaire. Le pèlerinage existe depuis bon nombre de siècles, des miracles s'y sont produits et s'y produisent encore de temps à autre, la Sainte-Vierge a fait connaître bien manifestement qu'elle désirait être honorée en ce lieu, la piété s'y trouve à l'aise et aime à s'y épancher, cela suffit. Qu'importe pour nous aujourd'hui que le pèlerinage ait été fondé au premier siècle ou au troisième seulement et que l'ermite qui est venu s'établir dans nos rochers soit Zachée ou un autre ?

Il ne faut pourtant pas penser que les amis de Roc-Amadour acceptent aveuglément la tradition et croient uniquement parce que leurs pères croyaient. Les savants ont rendu d'incon-

testables services en multipliant les recherches,
et surtout, en obligeant par leurs objections
les catholiques à mieux étudier la question et
à chercher de nouvelles preuves. Mais à côté
de la lumière ils ont semé d'épaisses ténèbres ;
ils ont tout embrouillé et jeté le trouble dans
les esprits les plus droits. Le simple fidèle
juge avec son bon sens et souvent le bon sens
a raison contre toutes les preuves des hitoriens.

Monseigneur Enard, dans son dernier mande-
ment, a étudié le côté savant de la question.
Il a dit le dernier mot de la science actuelle.
Les découvertes nouvelles pourront apporter
des éclaircissements et confirmer sa thèse ;
elles ne changeront rien aux conclusions.

A côté des preuves savantes, il y a les raisons
à la portés de tous qui, parfois sans qu'on
s'en doute, sont au fond des croyances vulgaires
et déterminent les convictions.

Il est évident que la question des origines
de Roc-Amadour se rattache intimement à celle
de l'évangélisation des Gaules. Si les Gaules
n'ont reçu l'Évangile qu'au IIIe siècle, ou du
moins, et pour une partie seulement, qu'au
milieu du second, comment admettre que notre
pèlerinage a été établi au Ier siècle et par
Zachée ?

Mais, sans entrer dans les détails, il est facile
de prouver que cette évangélisation si tardive est
inadmissible et moralement impossible. Quelques
connaissances historiques élémentaires et un peu
de réflexion suffisent pour s'en convaincre.

Lorsque le christianisme commença à se répandre, les Gaules formaient la plus belle province de l'empire romain ; elles étaient, en quelque sorte, le prolongement de l'Italie. Les relations avec Rome étaient incessantes ; les romains visitaient les Gaules, et les Gaulois, soldats attachés aux armées impériales ou simples voyageurs, parcouraient l'Italie ; tout ce qui venait de Rome, livres, opinions, systèmes, modes, était vite connu et accepté. Les apôtres n'y auraient-ils pas songé, la vérité évangélique serait rapidement parvenue aux Gaulois comme une nouveauté philosophique et une doctrine extraordinaire ; elle aurait trouvé des partisans, simples disciples d'abord d'un philosophe inconnu, mais bientôt chrétiens ardents, apôtres et fondateurs d'églises. Le christianisme ne pouvait pas plus rester ignoré des Gaules, qu'il ne pourrait rester ignoré s'il paraissait aujourd'hui en Italie. Cette ignorance s'expliquerait peut-être pour une période de quinze ou vingt ans ; elle ne s'expliquerait pas pour une période de cinquante ans, à plus forte raison pour une période de cent cinquante ou de trois cents ans. Et qu'on ne dise pas que le christianisme, peu connu, mal compris, excitant la défiance, cherchait à se cacher. Une religion qui à la prétention de conquérir le monde ne doit pas trop se cacher. Les chrétiens comparaissaient devant les tribunaux, étaient exposés aux bêtes ou montaient sur les bûchers. C'était une manière aussi simple que frappante d'attirer l'attention sur eux-mêmes et sur leur doctrine.

Les apôtres, à peine sortis de Jérusalem, surtout à peine arrivés à Rome, devaient porter vers les Gaules leurs premiers regards. L'importance de la province, le caractère bien connu de ses habitants, leur curiosité, leur désir de s'instruire, leur esprit de prosélytisme, le bien à faire dans le pays et le bien que les Gaulois convertis étaient appelés à faire dans le monde, rendaient tout oubli impossible. Si Saint Pierre et ses premiers successeurs n'avaient pas envoyé de bonne heure des missionnaires dans notre pays, il faudrait croire qu'ils n'ont pas compris leur mission et ont trahi leur devoir. Cet oubli serait plus inexplicable que ne le serait aujourd'hui l'oubli de la France pour un savant qui voudrait vulgariser une découverte, et surtout pour celui qui voudrait établir une religion.

Les apologistes des premiers siècles, et principalement le plus éloquent et le mieux renseigné, Saint Justin, disent aux empereurs et aux philosophes païens que le christianisme est connu partout, a partout des disciples. Quand ils parlent de cette diffusion universelle, il est évident qu'il est question surtout de l'empire romain. Mais si les Gaules n'avaient pas connu l'Évangile, auraient-ils parlé de cette évangélisation générale à des adversaires qu'ils savaient bien informés ? C'était leur fournir imprudemment des armes et enlever d'avance à sa propre thèse toute sa valeur. On sait que les païens ont répondu ; on ne voit pas qu'ils aient contesté l'affirmation des apologistes et nié cette diffusion de l'Évangile.

Les adversaires insistent surtout sur l'absence de preuves péremptoires, sur les divers envois de missionnaires qui ont eu lieu plus tard, sur l'existence de l'idolâtrie dans notre pays aux siècles suivants. Les preuves ne manquent pas. Mais leur absence est trop facile à expliquer, les faits s'accordent trop fidèlement avec l'histoire de l'époque pour pouvoir rien prouver.

Le christianisme, en arrivant dans les Gaules, trouvait une civilisation avancée, des hommes cultivés, habitués à consigner par écrit les événements et à conserver le souvenir des faits. Mais l'imprimerie manquait. Les documents devaient être en nombre assez restreint. Lorsque les barbares sont venus, pillant, brûlant, détruisant, ils ont tout fait disparaître. Quelquefois les destructions étaient systématiques ; ils voulaient effacer même le souvenir d'une religion abhorrée. On a ainsi ravagé pendant plusieurs siècles et de l'ancienne civilisation, de l'ancienne culture il n'est resté que ce qui avait échappé à la hache des barbares.

A la suite des invasions et des persécutions, il a fallu plusieurs fois envoyer de nouveaux apôtres pour remplacer ceux qui étaient morts et aider les survivants. Mais on n'a pas plus le droit de conclure que l'Évangile n'était pas connu dans les Gaules, qu'on ne l'aurait d'affirmer que le Japon et la Chine n'ont été évangélisés que de nos jours, parce que en 1899 le Pape a envoyé des missionnaires dans ces pays.

Qu'après trois ou quatre siècles de barbarie et de désordres, de persécutions et de massacres, un culte qui n'avait que de rares prêtres et d'ignorants prédicateurs, souvent pas de temples, ait perdu dans le pays, et que l'idolâtrie qui n'avait jamais totalement disparu ait repris, on n'en saurait être étonné. Si nos historiens parlaient d'un christianisme très florissant à cette époque, de prêtres nombreux, d'archives bien tenues, d'histoires de l'Église des Gaules bien documentées, c'est alors qu'on devrait être surpris.

Les difficultés qu'on soulève contre nos traditions locales ne sont pas plus sérieuses. On ne peut pas dire que les preuves manquent ; on en trouverait qui peuvent remonter au VIe ou même au Ve siècle. S'il s'agissait d'histoire profane, on les trouverait pleinement suffisantes pour établir la certitude historique. Mais ces preuves en supposent d'autres plus anciennes. Ceux qui ont écrit les *Actes de Saint Amadour* s'appuyaient sur des documents ou sur des traditions universellement connues et établies. S'ils n'avaient pas eu de preuves, comment auraient-ils pu faire accepter leurs récits ? Il faut supposer dans les faussaires une singulière habileté, et dans tous les autres, évêques, prêtres, laïques, une naïveté, une crédulité et une ignorance plus étonnantes encore. Personne n'a protesté, personne n'a élevé le moindre doute ; l'Église a été complice, car elle a comblé de faveurs, encouragé ces pèlerinages qui reposaient sur une mystification ; Dieu lui-même a contribué

à accréditer l'erreur en accordant des miracles
à ceux qui priaient l'ermite qu'ils croyaient être
Zachée ou la Vierge qu'ils croyaient avoir choisi ce
lieu et qui s'y serait glissée par surprise, grâce à
des mystificateurs peu scrupuleux. Nos contemporains croient volontiers qu'ils ont le monopole
de la critique et de la science, qu'avant eux on ne
connaissait rien, qu'on n'examinait rien, qu'on ne
cherchait à se rendre compte de rien, qu'on accep-
tait tout aveuglement, sans preuve et sur l'affirmation du premier inconnu. C'est vraiment accorder aux ancêtres trop de simplicité, d'ignorance et
de crédulité.

Les adversaires de Roc-Amadour n'ont pas été
plus heureux lorsqu'ils ont voulu expliquer les
origines du pèlerinage. Roc-Amadour, disent-ils,
du moins « sa célébrité miraculeuse ne daterait
que du XII siècle ». Or, les jurisconsultes belges,
gens peu crédules, qui ne connaissent probablement pas Roc-Amadour et n'ont aucun intérêt à
reculer sa naissance ou à augmenter sa gloire,
constatent qu'au X siècle les tribunaux belges
condamnaient à faire le pèlerinage de Roc-Amadour les coupables qui n'avaient pas mérité la
peine de mort. Si l'on tient compte de l'éloigne-
ment des lieux, du temps qu'il a fallu à la gloire
de Roc-Amadour pour aller si loin, des miracles
qui ont été nécessaires pour fonder sa réputation
et de la notoriété qui était requise pour que les
tribunaux choisissent ce pèlerinage parmi tant
d'autres, on devra conclure qu'à cette époque il
était déjà fort ancien.

On regrette que les preuves ne soient pas plus nombreuses ; mais cette pauvreté s'explique. Les archives de Roc-Amadour ont été brûlées et aujourd'hui c'est aux bibliothèques étrangères que nous devons demander les documents. Ce qui étonne, c'est que, lorsque les documents existaient, nul ne songeait à demander des preuves, sans doute, parce qu'on les connaissait Ce n'est que plus tard qu'on les a demandées. La jouissance est toujours une preuve ; le fait de n'avoir pas été contestée lorsqu'on devait le faire si on avait des raisons, lui donne une entière certitude.

Il est permis d'espérer que l'avenir nous apportera d'autres titres. Ceux que nous possédons suffisent à justifier nos affirmations. Les pèlerins ont raison de venir à Roc-Amadour. Leur croyance est légitime et leur confiance bien motivée.

A.-J. BESSIÈRES.

MOIS DE MARIE

HISTORIQUE

CHAPITRE PREMIER

ROC-AMADOUR

La France est appelée, non sans raison, fille aînée de l'Église ; nous ne craignons pas d'affirmer qu'elle a les mêmes droits au titre de fille aînée de Marie. Que sont en effet ces nombreux pèlerinages, sinon autant de témoignages de sa prédilection pour notre patrie bien-aimée ? Chartres, Le Puy, N. D. des Victoires, Pontmain, Fourvières, La Salette, Lourdes : autant de lieux sanctifiés par les miracles de la Sainte-Vierge, autant de monuments de sa protection constante envers le peuple français. Aucune nation du monde n'a reçu tant de faveurs de la Reine du ciel, aucune n'a été tant aimée. *Non fecit taliter omni nationi.* Aussi bien la France a-t-elle été surnommée le Royaume de Marie.

Or, parmi ces divers sanctuaires dédiés à la Mère de Dieu, il en est un qui réclame à bien des titres et tout notre amour et tout notre respect. Il est Nôtre ; il nous appartient, puisqu'il est situé dans notre Quercy. Il est le plus antique, puisqu'il remonte au premier siècle de l'ère chrétienne. Quand je dis le plus antique, je dois ajouter cependant que nos Pères les Gaulois avaient érigé à Chartres un autel en l'honneur de la Vierge *qui devait enfanter*, *Virgini pariturae*. D'ailleurs, M. Bourrières, dans son savant ouvrage sur les origines de Roc-Amadour, nous a montré que la Vierge *future* était communément honorée dans les Gaules, et notamment dans notre Quercy, sous le nom de *Sul* ou *Sulivia*.

Quoiqu'il en soit, dans le Val d'Alzou fut élevé le premier sanctuaire à la Vierge *qui a enfanté*, *Virgini partae*.

Ce sanctuaire, c'est Roc-Amadour.

Situé sur les confins du Quercy et du Limousin, à quinze lieues environ de la ville de Cahors, et à deux lieues et demie de Gramat, Roc-Amadour est peu distant de la belle et riante vallée de la Dordogne, presque à l'extrémité de cet immense plateau du Causse qui s'étend depuis la vallée du Lot, jusqu'à la vallée de la Dordogne.

Le voyageur qui, de la gare de Roc-Amadour, prend le chemin du pèlerinage, traverse une plaine sèche et aride, je dirai mieux un désert. Sur un parcours de 3 kilom. il ne voit aucune habitation. Quelques arbustes rabougris, le rocher émergeant du sol et laissant apparaître çà et là ses arêtes grises à travers un gazon mort-né, des troupeaux de brebis paissant de loin en loin dans ces maigres pâturages, c'est tout.

Il arrive ainsi à l'Hospitalet, village situé à l'extrémité de la plaine et dépendant de Roc-Amadour. Alors apparaît brusquement à ses yeux étonnés la *Vallée de l'Alzou*.

— » Descendez dans cette étroite et profonde vallée, qui plonge brusquement, pour ainsi dire, au milieu de ces plaines arides. Une vallée ?... Non, ce mot évoque des idées de fraîcheur et de verdure. C'est ici une gorge de montagnes. En contre-bas de la route, le torrent qui porte le nom d'Alzou est à sec pendant tout l'été, aussi semble-t-il un chemin capricieux qui se recourbe sur des prairies d'un vert adorablement tendre. Mais partout ailleurs c'est le roc. Il forme deux parois gigantesques terriblement escarpées et hautes de plus de cent vingt mètres.

» Quand on pénètre dans cette coupée une angoisse vous saisit. Instinctivement les yeux se lèvent, cherchant là-haut le rassurant azur. Aux flancs des deux immenses murailles, pendent seulement quelques buissons, quelques arbres isolés, qui ont poussé là on ne sait comment et dont on voit les racines. Aucun site n'est plus imposant ni plus sauvage.

» Tout à coup, à un tournant de la route, on croit faire un rêve. Positivement accrochées à la montagne, en surplomb sur le gouffre, se profilent des murailles à créneaux, des édifices, des tours, des clochers les uns sur les autres, dans un pittoresque désordre et dominés eux-mêmes par un énorme rocher où se dresse une ancienne citadelle, à qui tous ces monuments et toutes ces églises ont l'air de donner l'assaut avec leurs toits pour boucliers et leurs flèches en guise de lances.

» C'est Roc-Amadour... De quand date cet étrange village dans lequel on entre par une porte fortifiée et où les masures et les granges sont armées d'une ogive sculptée, d'un marmouset, d'un vestige gothique ? » [1]

(1) François Coppée.

D'après une tradition, dont l'autorité est étudiée dans la préface de cet ouvrage, son origine remonte au premier siècle de l'Église. Saint Zachée, *l'Amadour*, ou *l'Amateur du rocher,* a donné son nom au pèlerinage.

La vallée d'Alzou portait autrefois le nom de *Vallis Tenebrosa* ou *Vallée Ténébreuse.* L'obscurité profonde qui régnait en ces lieux était due aux épaisses forêts qui les recouvraient. C'était, nous dit Odo de Gissey, un vrai repaire de bêtes sauvages. Persécutés par les Romains, les Druides s'y étaient refugiés ; ils y célébraient leurs mystères et y offraient des sacrifices à la Vierge future, dans les lieux mêmes où Zachée allait élever son premier oratoire à la Vierge Mère de Dieu. [1]

Odo de Gissey rapporte qu'à l'apparition de St-Amadour les bêtes sauvages disparurent comme par miracle ; aussi les peuplades voisines, heureuses de se voir délivrées d'un tel danger, vinrent-elles offrir leurs hommages de reconnaissance au saint ermite. Peu à peu les noires forêts de l'Alzou furent défrichées, des rapports s'établirent entre ces peuples barbares et l'Amateur du Rocher. Consumé de l'amour de Jésus et de Marie, Zachée enseignait l'Evangile à ces néophytes qui reçurent de sa main le Saint Baptême. Les nouveaux chrétiens voulurent fixer leurs demeures à côté de l'oratoire du disciple de N. S., et les premières maisons s'élevèrent sous le regard bienveillant de Marie.

Roc-Amadour était fondé !

Prière. — Très Auguste Vierge Marie, on raconte qu'un jour, après la descente du Saint-Esprit, accompagnée de

---

[1] **Bourrières** : Al-zou — *vallée de Sul ou Sulivia.*

l'Apôtre bien-aimé, devenu votre fils en place de Jésus, vous montâtes sur le sommet du Carmel, au point même où le prophète Elie vous avait vue dans une nuée mystérieuse qui s'élevait vers le ciel : vous preniez possession de la terre qui était à vos pieds.

Oh ! comme vous étiez grande et belle lorsque vous étendiez les bras du haut de la montagne. « Votre tête est comme le Carmel et votre chevelure est éclatante comme la pourpre du Roi. » [1] Rose de Jéricho, « la gloire du Liban vous a été donnée et vous avez l'éclat du Carmel et de Saron. » [2]

Plongeant votre regard vers l'occident, vous apercevez à travers les brumes de la Méditerranée, les côtes de la vieille Gaule, de ce pays aux mœurs barbares, où, Mère future du Rédempteur, vous étiez honorée avant votre avènement. Et du haut du Carmel vous avez béni cette terre de France ; vous l'avez choisie pour votre royaume de prédilection ; vous nous avez adoptés pour vos sujets ; vous avez décrété que « les Francs seraient dans tous les siècles les soldats du Christ, votre Fils, et de son Église et que leur épée toujours vaillante écrirait « *les gestes de Dieu* » dans les annales du monde. »

Un coin de cette terre de France captiva particulièrement votre cœur : c'était cette vallée d'Alzou. Dès ce jour, ô notre Reine, vous avez choisi Roc-Amadour pour y fixer votre résidence et y recevoir les hommages de vos fidèles sujets.

Merci, Très Sainte-Vierge, merci de votre prédilection

---

(1) Caput tuum ut carmulus...... *Cant.*
(2) Gloria libani data est ei.....   id.

pour notre chère France, merci surtout de votre prédilection pour notre Quercy bien-aimé.

Nulle nation n'a reçu de vous de telles faveurs. Tous les peuples de la terre vous proclament Bienheureuse ; mais, à leur tête, dans ce concert de louanges, vous avez placé la France. Toutes les nations du monde participent à vos libéralités ; mais la France est la plus comblée de vos dons.

Le passé nous est un sûr garant de l'avenir ; et si toutes les nations espèrent en vous, celle qui a le plus de droit a votre protection maternelle, c'est encore la France.

O Marie, notre douce Reine, conservez donc ce peuple que votre Fils « s'est acquis au prix de son sang. » Bannissez de votre royaume l'irréligion et l'impiété, brisez les efforts des ennemis de Dieu et des hommes.

Puisse votre sanctuaire de Roc-Amadour être dans le présent le palladium de la patrie comme il l'a été dans le passé ! Ainsi, ô N. D. de Roc-Amadour, « vous serez toujours la gloire de Jérusalem, la joie d'Israël et l'honneur de votre peuple.[1] » Ainsi soit-il.

N. D. de Roc-Amadour, priez pour nous.

---

[1] Tu Gloria Jerusalem, tu lœtitia Israel, tu honorificentia populi nostri.

CHAPITRE II

Saint Amadour.

« Voici un épisode évangélique où tout respire la fraîcheur et la vérité. Saint Luc, qui est le seul à le raconter, se manifeste de plus en plus à nous par ces détails spéciaux, comme l'historien aux profondes recherches et comme l'Évangéliste du salut universel. Mais quel contraste entre ce séjour de Jésus chez le publicain de Jéricho et celui qu'il avait fait auparavant chez un pharisien superbe ![1] Là, aucun résultat n'avait été obtenu parce que les cœurs étaient endurcis ; ici nous assistons à la transformation rapide d'une âme simple et généreuse.[2] »

Écoutez l'Évangéliste :

» Jésus était entré dans Jéricho et traversait la ville ; et voilà un homme, nommé Zachée, chef des publicains et riche, qui cherchait à voir qui était Jésus, et il ne pouvait pas à cause de la foule, car il était petit de taille.

» Et courant en avant, il monta sur un sycomore pour le voir, car il devait passer par là.

» Et lorsque Jésus arriva en cet endroit, levant les yeux, il le vit et lui dit : « Zachée, hâte-toi de descendre, car

---

1) Luc XIV — 1 — etc.
(2) Saint-Jean Chrys. Hom. de Zachée.

aujourd'hui il faut que je demeure dans ta maison. » Et il se hâta de descendre et il le reçut avec joie.

» Et tous en voyant cela murmuraient, disant qu'il s'arrêtait chez un homme pécheur.

» Mais Zachée debout dit au Seigneur : « voilà que je donne aux pauvres, Seigneur, la moitié de mes biens et si j'ai fait tort à quelqu'un je lui rends le quadruple. »

» Jésus lui dit : « aujourd'hui le salut a été accordé à cette maison parce que celui-ci est aussi un enfant d'Abraham. »

» Car le Fils de l'Homme est venu chercher et sauver ce qui était perdu. [1] »

Tel est le récit de l'Évangile dans sa suave simplicité.

Grâce à l'antique tradition que nous avons mentionnée et que nous acceptons sans la discuter ici, nous avons le bonheur de croire avec certitude que le Bienheureux publicain de Jéricho, chez qui Notre Seigneur s'invite d'une façon toute royale, est venu se fixer, dans les derniers jours de sa vie, sous les rochers qui dominent la profonde vallée de l'Alzou.

Après la mort de Notre Sauveur sur la croix, les ennemis de l'Évangile lançaient en pleine mer, sur un bateau sans voiles, Zachée, son épouse Véronique et quelques autres disciples du Divin Sauveur.

Un orateur remarquable va nous dire, dans son style imagé, quel fut le sort de ces malheureux exilés.

» D'après les ennemis de l'Évangile cette pauvre barque désemparée était réservée à un infaillible naufrage. Mais soyons sans crainte, cette barque porte

» Roc-Amadour !...

(1) Luc XIX. 1.

» Véronique possède un lambeau de toile bien précieux. Sur cette toile est empreinte une étrange image : c'est le portrait du Christ peint par lui-même en montant au Calvaire. Zachée, lui, pense sans cesse à la Vierge Marie ; les traits de cette Vierge, sans cesse présents à son esprit, forment dans son cœur une vivante image dont il lui est impossible de distraire le regard de son âme. Portrait du Christ soigneusement caché sur le sein de Véronique, portrait de la Vierge profondément gravé dans le cœur de Zachée, deux palladiums puissants pour découvrir et éviter les écueils et enchaîner la tempête !

» Et les vents se taisent, la mer est calme ; la traversée est heureuse ; l'ange du Seigneur a été bon pilote. La frêle embarcation touche aux rivages des Gaules ; les voyageurs sont descendus ; Véronique s'arrête à Soulac, où elle a résolu de vivre dans la prière et la contemplation de sa relique chérie.

» Zachée, tout rempli de sa ravissante vision, pousse plus avant dans les terres. Il traverse l'Aquitaine et pénètre jusqu'au fond de ces sombres forêts, où les prêtres de Teutatès ont dressé leurs gigantesques enceintes et levé ces énormes pierres, horribles autels, souvent ensanglantés par les sacrifices de victimes humaines. Celui qui l'a protégé sur la Méditerranée et sur l'Océan, celui qui l'a conduit au Pal de Grave [1], le protège à travers ces pays inconnus et à moitié sauvages. Ainsi Zachée parvient au Val d'Alzou. Cette solitude enveloppée de silence, la rude mais si imposante majesté de la roche lui plaisent ; et, parvenu à cette anfractuosité *qui nous porte* : voici, dit-il, le lieu que le Seigneur

(1) Petit port sur les côtes de l'Océan, près Bordeaux.

veut que j'habite : voici le lieu où j'honorerai et où je ferai connaître la Mère de mon Sauveur.

» Et le converti de Jéricho choisit un vieux tronc, et sa main, plus pieuse qu'habile, sculpte dans le chêne les traits de cette céleste figure qui lui est toujours présente. Et ici même, sur un rustique autel, il dresse la statue de la Vierge Marie.

» A votre apparition, ô miraculeuse image, que se passa-t-il dans la contrée ? En ce jour l'aurore dut être plus douce, l'air plus embaumé, le soleil plus radieux ; le ruisseau, là-bas, dut avoir des eaux plus limpides et des murmures plus gais ; malgré son insensible masse, ce roc dut éprouver quelques tressaillements, et, le soir, au fond des bois, dans l'assemblée des druides, il dut apparaître quelque signe avant-coureur, annonçant la ruine prochaine de leur culte. (1) »

Oui, la religion de Teutatès et d'Hésus devait faire place à la religion du Christ, et le culte de Sulivia allait se transformer, en se dégageant de ses rites païens, dans le culte *de la Vierge Mère de Dieu*, de la Vierge de Zachée : Notre-Dame de Roc-Amadour.

Vers l'an 65, Zachée se trouvait à Rome où il s'était rendu à la prière de Saint-Martial. Il fit dans cette ville un séjour de deux ans pendant lesquels il eut souvent l'insigne faveur de converser avec Saint Pierre. Il lui raconta les travaux et les succès de Saint Martial dans les Gaules, lui expliqua combien le zèle de ce vaillant apôtre était infatigable, puisqu'il avait déjà parcouru, en évangélisant les peuples, la Guyenne, le Languedoc et le Limousin.

(1). M. Delfour : *Discours prononcé à Roc-Amadour.*

Zachée dût en outre, entretenir Saint Pierre des travaux merveilleux des autres disciples de Notre Seigneur Jésus-Christ, de Saint Front, Saint Lazare, Saint Denis l'Aréopagite, enfin de Saint Saturnin, qui, de concert avec Saint Martial, évangélisait le Quercy.

Que d'idoles renversées, que de temples élevés au vrai Dieu ! Que de grâces attirées du ciel dans ces âmes primitives par l'eau régénératrice du Saint-Baptême !.. Autant de triomphes qui réjouirent le cœur du premier chef de l'Église naissante.

Ce n'est qu'après avoir assisté au martyre de Saint Pierre et de Saint Paul, en l'an 66, que Zachée rentra dans les Gaules. Il apportait de Rome quantité de reliques dont Saint Pierre l'avait doté ; il apportait une chemise de la Sainte-Vierge, du sang de Saint Etienne, premier martyr, du sang de Saint Pierre qu'il recueillit lui-même, la ceinture du même apôtre et l'un des clous qui avaient servi à son crucifiement. A son retour dans les Gaules, il remit ces précieuses reliques entre les mains de Saint Martial.

Zachée n'a-t il apporté aucun de ces souvenirs à Roc-Amadour ? Saint Martial n'en a-t-il placé aucun sur l'autel qu'il consacra du vivant même de Saint Amadour ?... Ce fait paraît si vraisemblable qu'il est difficile d'en douter, et cependant la tradition reste muette.

Que sont devenues ces précieuses reliques ?.. Odo de Gissey pense que le linge qui avait appartenu à la Très Sainte-Vierge et recouvert son corps immaculé, « fut donné à Charles le chauve et par lui à l'Église de Chartres où l'on montre une chemise de cette Vierge-Mère. »

Quant au sang de Saint Etienne et de Saint Pierre, ces précieux restes se sont sans doute perdus, soit par l'action du temps, soit par l'impiété des Hérétiques qui ont tant de fois saccagé Roc-Amadour.

Quoiqu'il en soit, ce fut vers l'an 67 que St Amadour vint se fixer « comme la colombe dans le creux du rocher, » à l'endroit même où l'on voit aujourd'hui sa statue couchée dans le tombeau, au fond du plateau Saint-Michel.

Ainsi retiré du monde, le saint ermite éleva « dans le creux et la concavité de ce roc, tout près de son ermitage, un Oratoire avec son autel à la Mère de Dieu[1] ». Saint Martial vint lui-même consacrer l'autel ; et s'il est vrai, ainsi que nous l'assure M. Bourrières, que Zachée ait été ordonné prêtre et évêque, il n'est pas douteux qu'il n'ait célébré lui-même les saints mystères sur cette pierre vénérable.

« La bonne odeur des vertus et actions de Saint Amadour s'étendant aux peuples d'alentour les attirait au roc où ce saint solitaire macérait son corps par des jeûnes, des veilles et des oraisons ; proférant souvent de sa bouche le nom sacré de Jésus et celui de Marie au service de laquelle il s'exerçait jour et nuit. »

Odo de Gissey affirme que dans la dernière période de sa vie « sans cesse il ne faisait que prononcer la salutation angélique, » que l'écrivain du XVIIme siècle déclare remonter aux temps apostoliques.

Saint Amadour connut par révélation que l'heure de sa délivrance allait sonner. Saisi d'une fièvre aiguë, il se fait

(1) Odo de Gissey.

TOMBEAU DE SAINT AMADOUR

transporter « au lieu de consolation en l'oratoire de N. D.,
son avocate assurée. [1] » Son âme était remplie d'une joie
toute céleste à la pensée qu'il allait entrer dans la maison
du Seigneur, après avoir reçu son Seigneur dans sa propre
maison. Il donne ses derniers conseils et ses suprêmes
exhortations à ses frères et il s'endort dans la paix éternelle,
le 20 août de l'an 70.

D'après Robert du Mont, le corps du Bienheureux fut
déposé à l'entrée de l'oratoire de Notre-Dame. Mais Monsieur
Bourrières [2], continuant ses savantes recherches, établit
que, d'après l'usage du premier siècle, Saint Amadour a
dû être enseveli dans son propre ermitage, dans le creux de
ce rocher qu'il avait tant aimé.

Prière. — N. D. de Roc-Amadour, priez pour nous.
Saint Amadour, priez pour nous.

O Bienheureux Zachée, riche publicain de Jéricho, pauvre
ermite de Roc-Amadour, intercédez pour nous. Obtenez-nous
la grâce d'obéir promptement comme vous à l'appel de
Dieu, de rejeter les vanités du monde, dont votre sycomore
est le symbole, de descendre avec vous dans les profondeurs
de l'humilité qui vous a mérité l'honneur de la visite royale
du Christ Jésus.

Nous aussi, nous sommes souvent visités par le Divin
Sauveur. Puissions-nous éprouver votre joie surnaturelle
en le recevant dans la Sainte-Communion ; puissions-nous
ressentir cette joie spirituelle que l'Apôtre Saint Paul nous
recommande si instamment : — « Réjouissez-vous dans le

(1) Odo de Gissey.
(2) Revue religieuse : octobre 98.

Seigneur, encore une fois, je vous le répète, réjouissez-vous. »
Puisse cette joie divine qui, selon le même Apôtre, dépasse
tout sentiment, faire tressaillir nos cœurs en nous donnant
ici-bas un avant-goût du ciel.

Bienheureux fondateur de notre cher pèlerinage, obtenez-
nous enfin la grâce d'imiter votre charité et votre justice
pour mériter d'entendre nous aussi cette consolante parole :
« aujourd'hui le salut a été donné à cette maison ! » Ainsi
soit-il.

Saint Amadour, priez pour nous.

N. D. de Roc-Amadour, priez pour nous.

CHAPITRE III

Sainte Véronique.

Quoiqu'elle ne soit pas venue à Roc-Amadour, Sainte Véronique touche de trop près au saint fondateur de notre pèlerinage pour ne pas lui donner ici une place d'honneur.

Bérénice, celle qu'on a surnommée l'*illustre*, la *victorieuse*, la *véronique*, faisait partie de ces chœurs de jeunes filles d'élite, qui entouraient les autels du Très-haut dans le temple de Jérusalem, prenant part à certaines cérémonies, partageant leur temps entre le travail et la prière. C'est elle qui accueillit Marie, la mère future du Sauveur, lors de son arrivée au Temple. C'est à elle que fut confié ce trésor, cette admirable enfant de trois ans qui venait consacrer à Dieu sa virginité. C'est elle qui la prit sous sa sauvegarde. Bérénice avait quelques années de plus que son angélique protégée.

Les deux jeunes filles se lièrent d'une douce et sainte amitié à l'ombre du sanctuaire. Quand Bérénice fut devenue l'épouse du riche Zachée et Marie, celle de l'humble Joseph, cette affection ne s'éteignit pas.

Bérénice fut une des premières converties du Sauveur. Comme Simon-Pierre, André, Philippe et Nathanael, elle entendit, elle aussi, la voix de la grâce et elle obéit. On

nous la montre en effet, aux noces de Cana, pleine pour
Jésus de prévenance, d'obéissance et de respect.

Bérénice était, depuis de longues années, atteinte d'une
grave infirmité ; elle fut guérie miraculeusement par Notre
Seigneur Jésus-Christ.[1] Voici, d'après Saint Luc, l'histoire
de sa guérison : « Et il y avait une femme affligée d'un flux
de sang depuis douze ans, qui avait dépensé tout son bien
en médecins et n'avait pu être guérie par aucun.

» Elle s'approcha par derrière et toucha le bord de son
vêtement, et aussitôt son flux de sang s'arrêta. Et Jésus
dit : Qui m'a touché ? Comme tous niaient, Pierre dit, ainsi
que ceux qui étaient avec lui : Maître, la foule vous presse
et vous accable, et vous dites : Qui m'a touché ?

» Et Jésus dit : quelqu'un m'a touché, car j'ai connu qu'une
vertu était sortie de moi.

» Et la femme voyant qu'elle ne restait pas cachée, vint
tremblante et se jeta à ses pieds, et révéla devant tout le
peuple pourquoi elle l'avait touché, et comment elle avait
été guérie aussitôt.

» Et Jésus lui dit : Ma fille, ta foi t'a sauvée ; va en paix. »

Bérénice était à Jéricho, le jour où Zachée, descendant
du sycomore, reçut le Sauveur dans sa maison. De quelle
joie son cœur ne dût-il pas être rempli en prodiguant ses
soins, à l'exemple de Marthe, à ce divin Sauveur qui l'avait
comblée de tant de grâces.

Nous retrouvons enfin Sainte Véronique sur le chemin
du Calvaire : Qui n'a point gardé le souvenir de ce prodige
ineffable de bonté et de miséricorde à l'égard de cette pieuse
et sainte femme ? — Notre Seigneur Jésus-Christ marche

_____

[1] Luc VIII, 43 etc.

péniblement sous le fardeau de sa croix, son corps n'est plus qu'une plaie, sa face adorable est couverte « de poussière, de sueur et sang. » Longtemps Véronique s'est tenue à l'écart, suivant de loin les péripéties de ce drame si douloureux pour son pauvre cœur ; mais voici qu'elle s'avance, et, surmontant la timidité naturelle à son sexe, elle fend la foule des soldats et va au-devant de notre Divin Sauveur ; elle tombe à genoux et lui présente un linge qu'elle avait reçu autrefois des mains de la Très Sainte-Vierge et qui va servir maintenant à essuyer la face adorable de son Divin fils.

Mais, ô merveille! la récompense d'une action si héroïque ne se fait pas attendre, les traits de Jésus restent empreints sur le voile de Véronique ; elle l'emporte précieusement comme une relique vénérée dont elle ne se séparera plus désormais.

Cachée sur son cœur, cette triste image de Jésus meurtri la consolera et la fortifiera dans la prison où, bientôt, elle sera enfermée avec Zachée et plusieurs autres disciples de Jésus-Christ par ordre de Saul persécuteur. Elle la fortifiera encore lorsque, placée sur une barque sans voile et sans rame, avec Zachée et les autres disciples, elle sera lancée à la mer.

Qu'importent les écueils, les vents et les tempêtes, Véronique porte l'image de celui qui d'un geste calma la mer de Tibériade. Ainsi que nous l'avons déjà dit : ils voguent, les pauvres exilés, ils voguent toujours, le cœur plein d'espérance, et c'est ainsi qu'ils sont providentiellement conduits au Pal de grave, non loin de Bordeaux.

Tandis que Zachée entreprend sa mission d'apôtre,

Veronique se refugie à Soulac, où elle vivra désormais dans l'union la plus intime avec son Jésus, accomplissant elle aussi, à sa manière, par ses prières et ses austérités, la conversion de nos ancêtres à la lumière de l'Évangile.

La vie de Sainte Véronique, comme celle de la Très Sainte-Vierge, a été une vie cachée en Dieu : aussi n'avons-nous que peu d'évènements à en rapporter.

Sans entrer ici dans la question chronologique que M. Bourrières a savamment discutée, nous allons rapporter un fait qui nous montre la puissance du voile de Véronique : ce fait se rapporte à l'Empereur Tibère.

Tacite nous apprend que l'Empereur souffrait d'une maladie qui lui dévorait le visage ; et la tradition nous dit, que c'était une espèce de lèpre, conséquence de ses débauches, répandue non-seulement sur la face, mais encore sur plusieurs autres parties du corps.

Tibère, ayant été informé des merveilles qu'accomplissait Notre-Seigneur Jésus-Christ, « appela Volusien et quelques autres officiers de sa cour et leur ordonna de partir sans délai, pour la Judée, afin d'obtenir de ce médecin extraordinaire la guérison de sa maladie. »

Les députés partirent; mais Notre-Seigneur était déjà mort quand ils arrivèrent. Ne pouvant voir celui qu'ils étaient venu chercher, ils apprirent qu'une dame, nommée Bérénice, conservait un linge sur lequel le Thaumaturge avait imprimé son portrait avec son sang, au moment où il allait au supplice. Leur premier soin fut donc de trouver cette dame. Elle leur montra le précieux voile renfermé dans une riche cassette ; mais, à aucun prix, elle ne voulut se séparer de son trésor.

Les députés de l'Empereur, craignant avec raison d'être mal reçus de leur maitre, si le but de leur mission était tout à fait manqué, prièrent Bérénice ou plutôt lui ordonnèrent de les accompagner à Rome, avec la vénérable relique.

Elle céda à leurs instances et se rendit à Rome avec eux.

Introduite devant Tibère, Bérénice lui découvrit le saint voile dont l'attouchement le guérit subitement de la lèpre. Par reconnaissance, Tibère voulut faire placer Jésus-Christ au rang des dieux ; mais ses yeux ne s'ouvrirent point à la lumière de l'Evangile et son cœur endurci ne fut point touché de la grâce.

Sainte Véronique avait érigé un monument à Notre-Seigneur sur une des places de Césarée. L'histoire de ce monument, quelle que soit l'époque de son érection, est trop intéressante pour que nous ne la rapportions pas ici, et appuyée sur trop de solides autorités pour qu'il soit permis de la révoquer en doute.

Sur un piedestal de grand prix, Véronique avait fait placer une statue qui représentait Jésus-Christ, ayant la main étendue pour la bénir, elle-même agenouillée et priant à ses pieds. Notre-Seigneur voulut montrer combien cet acte de piété lui était agréable par un prodige qui s'est renouvelé chaque année pendant 300 ans : auprès du piédestal croissait une herbe inconnue en Orient ; quand elle arrivait aux vêtements du Sauveur, elle contractait une vertu miraculeuse, celle de guérir de leurs maladies ou de leurs infirmités ceux qui se l'appliquaient avec foi.

Julien l'apostat, l'ennemi acharné de Notre-Seigneur Jésus-Christ, fit enlever cette statue du piedestal et y substitua la sienne, mais à peine y fut-elle dressée que le feu du ciel la réduisit en poudre... Juste châtiment d'un fol orgueil.

Parmi les précieux souvenirs que Véronique avait reçus des mains de la Sainte-Vierge, nous devons mentionner spécialement des cheveux et deux souliers, dont l'un fut donné à l'Église du Puy et l'autre à celle de Rodez. Quand aux cheveux, une partie fut attribuée à la ville de Clermont, en Auvergne, et l'autre, à celle de Mende, en Gévaudan.

A Soulac, Véronique fit élever un sanctuaire qui fut consacré par Saint Martial en l'honneur de la Mère de Dieu ; Bérénice y déposa la plus précieuse et, si je puis ainsi dire, la plus intime de toutes les reliques : du lait virginal de la Mère de Jésus, ce lait qui avait nourri le fils de Dieu enfant, ce lait dont il est écrit : *meliora sunt ubera tua vino.* Vos mamelles, ô Marie, sont meilleures que le vin... Nous tressaillons d'allégresse au souvenir des grâces infinies qui en découlent, *exultabimus et lætabimur in te, memores uberum tuorum.*[1]

Ainsi, Sainte Véronique passa à Soulac, dans la contemplation de ces grands mystères, les dernières années de sa vie. Ces reliques bien-aimées ravivaient sans cesse dans son cœur les doux souvenirs des événements de la vie de Jésus et de Marie, dont elle avait été le témoin privilégié.

Enfin, consumée par l'amour de Dieu, elle s'endormit doucement dans la paix du Seigneur à un âge très avancé.

Prière. — N. D. de Roc-Amadour, priez pour nous.
Sainte Véronique, priez pour nous.
O Bienheureuse Véronique, qui, bravant la foule des

(1) Cant.

bourreaux et des soldats, avez donné à Notre-Seigneur
Jésus-Christ le plus précieux témoignage de votre foi et de
votre amour, en essuyant sa face auguste couverte de sueur,
de crachats, de poussière et de sang, obtenez-nous la grâce
de purifier, dans le sang rédempteur, les souillures du péché
qui flétrissent nos âmes, images vivantes du Dieu Créateur.

Oui ! l'homme est fait à l'image de Dieu « ad imaginem
quippe Dei factus est homo. »

Et l'homme placé si haut n'a pas compris sa dignité. Il a
traîné l'image divine dans la boue, il l'a avilie dans le vice
et il est descendu au rang de la bête sans raison.

O Véronique ! comme jadis sur le chemin du Calvaire,
vous voyez encore l'image de Jésus souillée et déshonorée
en ses membres par le péché. Essuyez donc le visage du
divin Crucifié. Obtenez-nous que l'innocence nous soit
rendue, que la grâce divine reprenne sa place en nos âmes,
et que jamais plus nous ne perdions ce trésor « plus précieux
que l'or et la topaze. [1] »

Bientôt, car la vie présente s'enfuit, nous serons appelés
au Banquet des Noces de l'Agneau sans tache. Sainte
Véronique, écartez de nous l'affreux malheur de ce serviteur
infidèle qui, venu au festin sans être revêtu de la robe
nuptiale, fut chassé « et rejeté dans les ténèbres extérieures,
où il y a des pleurs et des grincements de dents. »

Glorieuse Véronique, obtenez-nous la grâce qu'à notre
heure dernière nos âmes purifiées entendent de la bouche
du Divin Sauveur, qui imprima sa face adorable sur votre
voile, cette consolante parole : « Bienheureux ceux qui ont

[1] Psaume.

lavé leur robe dans le sang de l'Agneau ». Ainsi soit-il.

Sainte Véronique, priez pour nous.

Notre-Dame de Roc-Amadour, priez pour nous.

———

CHAPITRE IV

Les pèlerins illustres
de Notre-Dame de Roc-Amadour au moyen-âge.

Ce serait une grande consolation pour les fidèles serviteurs de Notre-Dame de connaitre l'ensemble des évènements qui se sont déroulés à Roc-Amadour dans le cours des premiers siècles de l'Eglise. Mais quoique la fondation du pèlerinage par le Bienheureux Zachée paraisse solidement établie, toutefois il ne nous reste aucun document sur les développements successifs qu'il reçut dans les siècles qui suivirent la mort du Bienheureux.

Le culte de la *Vierge Mère* complétait si bien le sentiment religieux du peuple Gaulois envers la *Vierge qui devait enfanter*, que nos pères durent accepter avec ardeur la nouvelle religion qui réalisait les croyances et les traditions nationales. En outre, les miracles qui se multiplièrent au tombeau de Saint Amadour attirèrent tous les malheureux qui, affectés de quelque infirmité, cherchaient la guérison que la médecine ne pouvait leur donner, tandis qu'un plus grand nombre encore venaient implorer les faveurs spirituelles que la Mère de Dieu jetait à pleines mains dans ce sanctuaire de son choix.

Des prêtres, des moines, des laïques s'établirent dans cette sainte solitude, où, loin du bruit du monde, sous le regard de la Vierge de Zachée, ils se sentaient plus près du ciel.

Des habitations rustiques, s'étagèrent comme des ruches d'abeilles sur le flanc de la montagne, et, dans le cours des siècles, ces demeures primitives firent place aux constructions romanes ou gothiques dont nous admirons aujourd'hui les restes magnifiques.

Au vᵉ siècle, les Visigoths qui ravageaient la Gaule Méridionale se seraient, paraît-il, emparés de Roc-Amadour, et les moines gardiens de l'Oratoire auraient dû cacher le corps de Saint Amadour pour le soustraire à une profanation certaine.

Quoiqu'il en soit, à la fin du vIIIᵉ siècle, à l'époque de Charlemagne, le pèlerinage de Roc-Amadour était déjà célèbre dans la France entière, puisque le vaillant paladin Roland, dont nous raconterons plus loin l'histoire, allant combattre les Maures en Espagne, consacra son épée à Notre-Dame.

Voici les noms transmis par l'histoire, parmi tant d'autres ensevelis dans l'oubli, de quelques pèlerins illustres qui, à diverses époques du Moyen-Age, sont venus déposer aux pieds de Notre-Dame le tribut de leur foi, de leur amour et de leur reconnaissance.

En suivant l'ordre chronologique, nous devons placer au premier rang Arnald, premier évêque de Tulle qui, venu à Roc-Amadour « pour satisfaire à ses dévotions », en 1037, « reçut en hommage de Raymond v, vicomte de Turenne, une place qui relevait de son Église. [1] »

---

(1) Odo de Gissey.

En l'an 1170, Henri II, roi d'Angleterre, qui occupait une partie de la Guyenne, venait de se relever, par l'assistance de Notre-Dame, d'une maladie très grave. Plein de reconnaissance envers sa bienfaitrice, il vient pieusement la remercier dans son sanctuaire de Roc-Amadour. Sans doute l'histoire de ce prince n'est pas sans tache. Le sang de Saint Thomas Becket, mort pour la défense des droits et des libertés de l'Église, pèse sur sa mémoire. Mais nous avons la consolation de voir son repentir suivi d'une rigoureuse expiation et couronné par une mort chrétienne : autant de bienfaits dus à N.-D. de Roc-Amadour.

Voici un fait vraiment touchant, raconté par La Croix dans son *Histoire des Évêques de Cahors*.

C'était en 1183, Gérard III, évêque de Cahors, reçut à Roc-Amadour l'Abbé de Doulas, en Bretagne, venu en pèlerinage au sanctuaire de la Mère de Dieu. Leurs dévotions accomplies, les deux prélats résolurent d'aller visiter Henri III, le jeune Roi d'Angleterre, atteint d'une maladie dangereuse « chez Etienne Fabri en la ville de Martel. [1] »

Malgré ses offenses envers N.-D. de Roc-Amadour, ce malheureux prince fut assisté à ses derniers moments par « l'Evêque de Quercy contre les assauts de la mort », qui l'emporta en 1183. Ce prince dut ainsi à la protection de N.-D. de Roc-Amadour la grâce d'une bonne mort, après une vie qui n'avait pas été sans reproches.

Gérard III était encore à Roc-Amadour en 1190. Il y reçut la visite de Raymond, vicomte de Turenne, accompagné de de son fils Bozon.

(1) Odo de Gissey.

L'un des plus illustres personnages, qui, d'après Odo de Gissey, ont visité Roc-Amadour au Moyen-Age, est Saint-Engelbert, archevêque de Cologne, qui jeûnait tous les mercredis en l'honneur de la Sainte-Vierge. Métropolitain de la Basse-Allemagne, Prince et Electeur de l'Empire, Chancelier d'Italie, fils du comte de Mons, en Hainaut, et d'une fille du comte de Gueldre, l'Archevêque de Cologne était honoré d'Ambassades et de présents des rois de France, d'Angleterre, de Hongrie, de Bohême etc. Vers l'an 1200, cet illustre prince de l'église fit deux fois le pèlerinage de Cologne à Roc-Amadour, et ce fait seul suffit à prouver qu'à la fin du XIIᵉ siècle ce pèlerinage était célèbre dans l'Europe entière.

La Vierge Marie récompensa son fidèle serviteur en lui accordant la gloire du martyre. A l'exemple de Saint Thomas, Archevêque de Cantorbéry, Saint Engelbert mourut en 1225 « pour la défense de la liberté de l'Eglise Romaine. »

Six ans après, en 1231, les Etats du Quercy, voulant opposer une résistance énergique à l'hérésie des Albigeois qui menaçait d'envahir notre pays, se réunirent à Roc-Amadour.

C'est dans la chapelle même de Notre-Dame, au pied de l'autel et de la statue miraculeuse, qu'ils prêtèrent serment de fidélité à l'Église catholique, jurèrent de défendre jusqu'à la mort la foi de leurs pères et de protéger les communautés religieuses, très nombreuses à cette époque et persécutées avec acharnement par les hérétiques.

A cette même époque, et sans doute à la suite du *Serment de Roc-Amadour*, les nobles du Quercy prièrent l'Evêque de Cahors, Guillaume de Cardaillac, de se mettre en communication avec le chef de l'Armée Catholique, Simon de Montfort, qui guerroyait contre les Albigeois dans les environs de Toulouse, centre de la lutte.

Simon de Montfort vint à Cahors, à la prière de l'Évêque qui le reçut « magnifiquement. »

Or les troupes Allemandes qui étaient venues lui porter secours contre les mécréants, voulurent, avant de retourner dans leur patrie, visiter N.-D. de Roc-Amadour, dont le nom était universellement vénéré en Allemagne ; et Simon de Montfort, « ne respirant que piété envers Notre-Dame », les y accompagna, « afin de visiter tous ensemble et en si noble compagnie en ce saint lieu. [1] »

Certains auteurs mentionnent parmi les pèlerins illustres de Notre-Dame de Roc-Amadour, au Moyen-Age, les personnages suivants, que nous classons dans l'ordre chronologique :

Raymond, comte de Toulouse, 1042-1105, qui fut l'un des chefs de la première croisade.

Saint Bernard, 1091-1153. l'illustre Abbé de Cîteaux, qui a si bien écrit de la Vierge que l'on pourrait lui donner le titre de Docteur de Marie.

Saint Dominique, 1170-1221, à qui, d'après une pieuse tradition, Notre-Dame a révélé la dévotion du rosaire dans la chapelle miraculeuse de Roc-Amadour, et qui avec cette arme spirituelle vainquit l'hérésie des Albigeois, mieux encore que le comte de Montfort avec ses armées.

Saint Antoine de Padoue, 1195-1231, ce grand Thaumaturge qui semait les miracles sur ses pas, passa quelque temps de sa vie non loin de notre pèlerinage, dans les grottes de

_____

(1) Odo de Gissey.

Brive où il est particulièrement honoré de nos jours. Sa piété envers la Sainte-Vierge lui mérita le bonheur de recevoir de ses mains l'Enfant Jésus, dans une apparition merveilleuse.

Blanche de Castille, ce modèle des Mères, qui disait à son fils : « Mon enfant, vous savez combien je vous aime, et cependant je préférerais vous voir mort à mes pieds que coupable d'un péché mortel. » Et Saint Louis, Louis ix, 1226-1270, ce digne fils d'une telle mère.

Charles vii, 1422-1461, surnommé le *Victorieux*, grâce à la protection miraculeuse de Marie, qui lui envoya Jeanne d'Arc pour le délivrer de la domination Anglaise.

Louis xi, 1461-1487, qui, par sa victoire de Montléry, en 1465, porta un coup terrible à la féodalité si odieuse au peuple.

Enfin, le duc d'Anjou qui remporta, en 1569, sur les Calvinistes les victoires de Jarnac et de Moncontour et qui gouverna la France sous le nom de Henri iii, de 1574 à 1589.

Voilà les noms qui nous restent des pèlerins illustres qui ont visité Roc-Amadour dans les siècles de foi. C'est peu sans doute à côté de ceux qui se sont perdus dans la nuit des temps. Cependant ces noms suffisent pour établir qu'au milieu du Moyen-Age, si fécond en grands hommes et en saints, le pèlerinage de Roc-Amadour était arrivé à l'apogée de sa gloire.

En même temps, les richesses s'accumulaient et les miracles se multipliaient dans ses sanctuaires, et de tous les points de la France, de l'Espagne, de l'Allemagne, de l'Angleterre, les pèlerins accouraient en foules. Grands et petits, riches et pauvres, puissants et faibles, tous venaient implorer aide et protection au pied de la Mère de Dieu, tous se pressaient au pied de cette humble statue, élevée par Zachée à la gloire de Notre-Dame de Roc-Amadour.

S'il nous était permis de nous livrer à l'imagination dans un travail d'histoire, nous voudrions faire revivre de nouveau ces foules aux costumes bizarres, aux mœurs étranges, aux mâles vertus, à la foi ardente et vive, aux passions parfois violentes, aux généreux repentirs, qui viennent par les étroits sentiers, par les chemins raboteux, quelques uns à cheval, la plupart à pied, armés du bourdon et de l'escarcelle, à la façon du pèlerin légendaire.

La vapeur n'avait pas encore supprimé les distances, la pensée ne volait pas encore sur les ailes de la foudre. Aussi au prix de quelles fatigues les pèlerins du Moyen-Age ne parvenaient-ils pas à Roc-Amadour ? Des hôtelleries étaient placées sur les diverses routes qui conduisaient au sanctuaire.

On cite, parmi ces points de repos pour les *Roumieux*, le couvent des Fieux, en Limousin, et l'Hôpital Saint-Jean, canton de Martel, où l'on voit encore la lanterne qui dans la nuit indiquait le chemin. C'est une sorte de tour carrée, très élevée, surmontée d'une lucarne, s'ouvrant sur les quatre points cardinaux, où l'on plaçait une lanterne dont les feux dans la nuit dirigeaient la marche des pèlerins. Ainsi ils arrivaient à l'Hospitalet, en face des sanctuaires. Là, ils tombaient à genoux et saluaient avec ferveur « la Reine de céans, » Notre-Dame de Roc-Amadour; et puis, ils trouvaient à l'hôpital les soins nécessaires et un repos salutaire. Mais bientôt remis de leurs fatigues, impatients d'entrer dans la *terre des miracles*, ils passaient, tantôt en files serrées, tantôt en groupes épars, sous les portes gothiques qui commandent la Ville de Roc-Amadour, et descendaient la rue, l'unique rue... ce qui a donné lieu à cet adage : à Roc-Amadour toutes rues sont d'or, excepté une.

Parvenus au bas de l'escalier monumental qui conduit aux sanctuaires, ils baisaient, en versant des larmes, cette terre bénie. Ils gravissaient à genoux, une à une, semant des Ave Maria, les 216 marches qui se sont usées sous leurs pas.

Pendant des siècles, rois, princes, évêques, mêlés à la foule des fidèles, n'ont voulu monter à la Sainte-Chapelle que par cette voie douloureuse. Aussi, comme ils étaient récompensés de leurs fatigues par les miracles que la Sainte-Vierge multipliait en leur faveur et que nous raconterons plus loin. Roc-Amadour dans l'éclat de sa gloire avait tant de charmes !... Consolation pour les âmes affligées, pardon pour les pécheurs, espérance pour les malheureux, force pour les faibles : tous les biens spirituels se trouvaient, alors comme aujourd'hui, dans cette chapelle bien-aimée où tout redit et chante le glorieux nom de Marie.

Prière. — Très Sainte-Vierge et Mère de Dieu, nous recourons à vous pour recevoir les fruits de votre patronage. Oui, toutes les âmes Vierges se réfugient en vous, et vous conjurent de leur conserver ce beau, ce précieux, cet incomparable trésor de la Virginité !...

Vous êtes le plus grand des miracles de Dieu, ô Bien-heureuse Marie, toujours Vierge. Rien de plus grand, rien de plus illustre n'est jamais sorti et ne sortira jamais des mains du Créateur. Votre excellence dépasse le ciel et la

terre. Qui est plus saint que vous ?... Ni les Prophètes, ni
les Apôtres, ni les Martyrs, ni les Patriarches, ni les Anges,
ni les Archanges, ni les Trônes, ni les Dominations, ni les
Chérubins, ni les Séraphins : rien, en un mot, parmi toutes
les créatures visibles ou invisibles, ne vous dépasse en mérites et en sainteté, vous la Servante et la Mère de Dieu, vous
Vierge et Mère.

Oui, vous êtes la Mère de celui que le Père engendre de
toute éternité, de celui que les Anges et les hommes
reconnaissent pour leur Seigneur et Maître.

O Vierge ! comme vous dépassez toutes les puissances
célestes ! Elles assistent avec crainte et tremblement, en se
voilant la face de leurs ailes, ce Dieu que vous avez enfanté,
et à qui vous offrez, nouvelle Eve mère des hommes, le
genre humain par lui racheté : ainsi par vous nous recevons
le pardon de tous nos péchés.

« Salut donc, ô Mère, Ciel, Jeune fille, Vierge, trône de
Dieu et fondement de notre Église, son bonheur et sa gloire,
salut ! Priez sans cesse pour nous Jésus votre fils et notre
Seigneur, afin que par vous, nous puissions trouver grâce
devant lui au jour du jugement, et recevoir les récompenses
promises aux fidèles serviteurs de Dieu par la miséricorde
de Notre-Seigneur Jésus-Christ à qui appartient, dans l'Unité
du Père et de l'Esprit-Saint, toute gloire, tout honneur,
toute puissance, maintenant et dans les siècles des siècles.[1] »
Ainsi soit-il.

Notre-Dame de Roc-Amadour, priez pour nous.

----

[1] Saint-Chrysostome.

CHAPITRE V

Processions. — Divers dons faits au pèlerinage de Roc-Amadour.

.˙.

« L'usage des processions remonte très haut dans l'antiquité. L'Écriture Sainte nous en offre des exemples, notamment le récit de certaines processions faites au pied du Sinaï, et d'autres, faites autour de la ville de Jéricho. Nous savons même que, par un prodige admirable, à la suite de ces prières publiques, les murailles de la ville tombèrent d'elles mêmes. »

Odo de Gissey rapporte plusieurs grâces obtenues par les processions, entr'autres, une victoire remportée par Théodose contre le tyran Eugène ; la guérison de l'Évêque Lucille ; la cessation de la peste dans la ville de Rome etc.

Mais nous ne voulons parler ici que des processions faites à Roc-Amadour :

Au moyen-âge, comme de nos jours d'ailleurs, certaines paroisses s'organisaient en processions, pour aller implorer Notre-Dame de Roc-Amadour ou la remercier des bienfaits qu'elles tenaient de ses libéralités. Voici, à ce sujet, ce que nous rapporte avec une charmante simplicité l'historien que nous venons de citer. [1]

[1] Odo de Gissey.

» Une personne digne de foi me disait qu'on avait vu
» jusqu'à trente processions dans une journée à Roc-
» Amadour; mais un chanoine, attaché au service même du
» pèlerinage, m'a assuré d'un bien plus grand nombre. On
» pourrait en faire une bien longue liste, mais je me bornerai
» seulement à parler d'une ou deux :

» La ville de Gramat sera la première. Elle était frappée
» du cruel fléau de la peste, l'an 1564, et elle jugea que le
» souverain remède à opposer à un tel mal, était de recourir
» à la Mère de Dieu et d'aller en procession solennelle tous
» les ans à l'avenir, à Roc-Amadour. La ville en corps et
» d'un commun consentement sanctionna cette promesse
» par un vœu, et chaque année, le lendemain de Pâques,
» elle se rendait processionnellement à Roc-Amadour.

» La Mère de Dieu qui n'a rien tant à cœur que de nous
» faire savourer les douceurs de sa grande miséricorde
» envers nous, accepta un tel vœu, aussi dans peu de temps
» la ville fut entièrement délivrée de la peste. L'historien
» nous dit même que plus tard cette cruelle maladie étendant
» ses ravages jusqu'aux bourgs et villages voisins, de
» Gramat, pas un habitant de cette ville ne fut atteint.

» La seconde procession que je veux tirer de l'oubli, est
» celle de l'Abbaye de Saint-Benoît à Terrasson, diocèse
» de Sarlat. Les religieux de ce monastère, suivis et
» accompagnés d'une grande foule de personnes se rendirent
» en procession à Roc-Amadour, l'an 1598, le 25 juillet. Ils
» avaient fait vœu à la Sainte-Vierge d'aller la visiter en
» son sanctuaire bien-aimé, si toutefois il lui plaisait de
» vouloir bien les délivrer de deux grands maux qui
» ravageaient leur contrée : L'un était une mortalité de

» bétail, l'autre une extrême sècheresse qui menaçait d'une
» famine certaine ce même pays.

» Mais, ô merveille! le lendemain du jour où ils se furent
» voués à la mère de Dieu, il tomba du ciel une pluie
» si abondante, que les terres et les récoltes en furent
» suffisamment arrosées. De plus la mortalité du bétail
» cessa. [1] »

Nous pouvous redire ici avec Saint Bernard : « Que
celui-là, ô Vierge, taise vos louages, qui vous ayant fidèlement invoquée, n'aura pas été exaucé. »

***

Les pèlerins qui affluaient à Roc-Amadour, soit en foules
compactes, soit en groupes isolés, ne venaient pas les mains
vides. S'ils voulaient obtenir de Marie les grâces célestes,
ils apportaient aux pieds de la reine les trésors de la terre.
A l'exemple des rois Mages, ils déposaient dans le sanctuaire
sacré les présents les plus précieux, comme un hommage
impérissable de leur foi et de leur amour.

Aussi les églises de Roc-Amadour, au moyen-âge, regor-
geaient-elles d'ex-voto de toutes sortes et de richesses
immenses qui, comme nous l'exposerons plus loin, devinrent
la proie des Huguenots, au xvi⁰ siècle.

Odo de Gissey nous a conservé le souvenir de quelques
bienfaiteurs de marque, entre mille perdus dans l'oubli :

— L'an 1208, Pons de Gordon, seigneur voisin de Roc-
Amadour, donna à la mère de Dieu, tout ce qui lui revenait
de la seigneurie d'Espagnac.

(1) Odo de Gissey.

— En 1225, Henri, duc de Lorraine, voulut aussi se ranger parmi les fidèles dévots à la Sainte Vierge, en lui offrant un revenu de dix livres à perpétuité.

— Alphonse, comte de Toulouse, et frère de Saint Louis fit présent d'une lampe en argent, qui devait brûler jour et nuit devant l'image de la Sainte-Vierge.

— La Comtesse de Montpensier, une princesse française par le cœur comme par le sang, fit également don à Notre-Dame d'une lampe d'argent.

— Raymond, comte de Toulouse, l'an 1229, constitua une fondation de deux marcs d'argent, « payables tous les ans à l'avenir. »

Parmi les documents conservés, on a trouvé diverses donations faites par les rois de Castille, de Navarre et d'Espagne. Ainsi, le prieuré de Formillos, en Espagne, a appartenu autrefois au pèlerinage de Roc-Amadour.

— Thibaut 1er, roi de Navarre, comte de Champagne et de Brie, l'an 1239, fit une donation de 41 deniers, rente perpétuelle qui devait être payée chaque année à Notre-Dame de Roc-Amadour.

— Louis, duc de Guienne et d'Anjou, qui porta plus tard la couronne du royaume de Sicile, manda à son trésorier du Rouergue, l'an 1365, d'envoyer 20 livres en argent au pèlerinage de Roc-Amadour.

— Charles VI, roi de France, fit une donation de 20 livres tous les ans, pour l'entretien des lampes qui brûlaient dans la chapelle miraculeuse, l'an 1385.

— En 1396, le vicomte de Turenne, offrit à Notre-Dame de Roc-Amadour, un marc d'argent ; on devait le prendre sur une des seigneuries spécifiées dans la donation.

— Le Seigneur de Closes, en Auvergne, fit à Notre-Dame un présent digne d'un gentilhomme ; il lui offrit une maison en argent.

— Plus tard, c'est-à-dire en 1632, Anne de Montbrun, comtesse de Vaillac, apporta à la Sainte-Vierge une lampe en argent, avec 400 livres, destinées à la réparation de la chapelle.

« Un autre membre de la maison de Vaillac, le révérendissime Jean de Genouillac, évêque et vicomte de Tulle, fit pour l'honneur et la gloire de la Très Saint-Vierge beaucoup d'utiles recherches, précisément sur les diverses donations dont je viens de parler ; c'est lui même qui me les communiqua en son château de Mayronne, sur la Dordogne. [1] »

Gardons-nous de passer sous silence Mme de Fénelon la mère de l'illustre Archevêque de Cambrai, qui vint tant de fois prier dans la chapelle de Roc-Amadour et qui fit à Notre-Dame de si riches offrandes ; aussi en retour reçut-elle beaucoup de faveurs de la reine du ciel.

« L'un des plus précieux ex-voto qui ornent la chapelle miraculeuse est un tableau représentant M. et Mme de Salignac de Lamothe-Fénelon, aux pieds de la Mère de Dieu et lui offrant dans son berceau l'enfant qui devait être un jour le célèbre Archevêque de Cambrai. Ils avaient obtenu sa guérison, ils le portèrent à Roc-Amadour, pour l'offrir à Marie qui le leur avait conservé, et ils laissèrent ce tableau pour perpétuer le souvenir de leur reconnaissance. »

Mme de Fénelon professa toute sa vie pour le pèlerinage de Roc-Amadour une dévotion singulière, dont son testament

[1] Odo de Gissey.

du 4 juillet 1691, contient la preuve. Par ce dernier acte de sa volonté, elle désigna la chapelle de Notre-Dame pour le lieu de sa sépulture, et elle légua aux chanoines 3000 livres pour le capital d'une fondation. [1]

Ses désirs furent remplis ; son corps repose dans la Sainte-Chapelle. La rente de 150 livres tournois continua d'être servie au pèlerinage jusqu'à la Révolution ; ce fut même la seule qu'on n'aliéna point à cette époque. Lorsque la paix fut rendue à l'Église, une instance fut intentée pour la recouvrer ; mais la procédure, *annulée pour vice de forme*, ne pût arrêter la prescription qui l'éteignit.

Le château de Salignac, possédé de temps immémorial par la famille Fénelon, remontait, paraît-il, à la plus haute antiquité.

Odo de Gissey, *sur la foi d'un ancien manuscrit*, assure que Saint Martial, dans ses courses apostoliques à travers l'Aquitaine, s'arrêtait quelquefois au château de Salignac où il recevait une généreuse hospitalité. « Saint Amadour averti de son passage, allait le rejoindre dans cette maison ; d'ailleurs elle n'était guère éloignée de son ermitage. »

Puisque nous avons parlé du magnifique tableau des Fénelon ornant la chapelle miraculeuse, je puis ajouter que deux autres furent offerts « par M. de Cablans au souvenir des grâces obtenues par l'intercession de Notre-Dame. »

Dans le premier, on voit M. de Cablans implorant la Ste-Vierge pour le rétablissement de son épouse malade, Suzanne de Cablans.

---

[1] Caillau : *Histoire de Rocamadour*, p. 118.

« Dans le second, il présente à Marie les pièces d'un procès dont dépendait sa fortune. C'est à cette puissante protectrice, qu'il attribuait le succès de sa cause et la justice qui lui fut pleinement rendue. Il vint lui-même témoigner sa gratitude, avec une vive effusion que se plaisait à rappeler un des derniers chanoines de Roc-Amadour, M. Lacoste.[1] »

Telle était donc la piété, l'amour, la générosité des âmes chrétiennes envers Notre-Dame de Roc-Amadour aux siècles de foi. Et maintenant à quoi ont servi les divers dons dûs à la libéralité des pieux pèlerins ?

Grâce à ces fonds accumulés, le pèlerinage pût bâtir des églises plus spacieuses pour contenir les foules ; il put se procurer de riches ornements, établir cet escalier dans le roc qui facilite aux pèlerins l'arrivée aux sanctuaires, bâtir ces remparts et ces tours qui le protégeaint contre l'invasion des ennemis.

Au moyen de ces riches offrandes, on fit construire aussi deux hôpitaux : l'un, dédié à Saint-Jacques, était situé sur l'avenue méridionale, au bout de la côte de Magès ; l'autre, était situé sur l'avenue du Nord, tout près de la chapelle qui existe encore aujourd'hui et où l'on fait les offices de sépulture de la paroisse...

Les hôpitaux sont détruits ; il ne reste plus à l'Hospitalet que l'arceau d'un portail gothique, qui s'effrite de jour en jour sous l'action corrosive du temps.

Ces deux asiles étaient réservés aux malades, aux infirmes et aux pèlerins pauvres ; mais la Révolution n'a rien respecté, elle a tout détruit !...

(1) Le Guide du pèlerin.

Nous n'avons parlé dans ce chapitre que des dons faits par quelques grands personnages qui, après tout, n'ont donné à Marie que de leur superflu. Pourquoi ne consacrerions-nous pas un souvenir à tant d'autres âmes généreuses, mais moins favorisées des biens de ce monde et qui, malgré leur pauvreté, ont bien voulu faire la part de leur Mère du ciel, dans leurs petites économies ; pour cela leur main s'est ouverte et généreusement elles ont versé leur obole dans le trésor de Marie. Leurs noms ignorés sur la terre sont inscrits au livre de vie.

Qui nous dira avec quelle tendresse, avec quelle miséricorde, Notre-Dame de Roc-Amadour devait bénir ces âmes généreuses ? Oh ! pour moi il me semble la voir, les suivant du regard jusque dans leur famille, à travers les fatigues d'un long et pénible voyage, leur disant d'une voix bien douce : « Courage, enfant, la route est longue, mais la récompense est éternelle... »

Prière. — « Nous vous louons, très douce Vierge Marie, Mère de Dieu. Vous êtes notre mère et notre Souveraine, partant, nous vous supplions de nous accepter pour vos fils et serviteurs, parce que nous ne voulons plus avoir d'autre Mère que vous. Nous vous prions donc, ô notre bonne, gracieuse et très douce Mère, qu'il vous plaise de nous consoler en toutes nos angoisses et tribulations tant spirituelles que corporelles. Ayez mémoire et souvenance, très douce Vierge, que vous êtes notre Mère et que nous sommes vos fils, que vous êtes très puissante et que nous sommes des hommes pauvres, vils et faibles.

« Partant nous vous supplions, ô notre douce Mère, que

vous nous gouverniez en toutes nos voies et actions. Car hélas, nous sommes de pauvres disetteux et mendiants qui avons grand besoin de votre protection. Sus donc, très Ste-Vierge, notre douce Mère, préservez nos corps et nos âmes de tous maux et dangers, et de grâce, faites nous participants de vos biens et de vos vertus et principa'ement de votre sainte humilité, excellente pureté et fervente charité. [1] »

Notre-Dame de Roc-Amadour, nous ne pouvons point déposer à vos pieds les dons précieux dont les riches pèlerins d'autrefois ont orné votre sanctuaire, mais en échange des dons spirituels que nous sollicitons par la voix de votre pieux serviteur Saint François de Sales, nous vous offrons l'hommage de nos cœurs. Daignez l'agréer et nous protéger. Ainsi soit-il.

Notre-Dame de Roc-Amadour, priez pour nous.

---

[1] Saint François de Sales.

CHAPITRE VI

Cloche miraculeuse. — Marie Étoile de la mer.

Le titre de Miraculeuse, donné à la petite cloche suspendue à la voûte du sanctuaire de Marie, est pleinement justifié par les évènements que nous allons raconter.

Aussi bien, tout est *Miraculeux* à Roc-Amadour. Bientôt, nous décrirons la statue *Miraculeuse*, la Chapelle *Miraculeuse*, et nous aurons maintes fois raison de dire que Roc-Amadour est vraiment la terre des miracles.

D'ailleurs, ces précieux monuments remontent à une si haute antiquité qu'il n'a fallu rien moins qu'un perpétuel miracle pour les préserver, malgré les ravages du temps et de l'impiété, d'une destruction complète.

Si nous associons dans ce chapitre l'histoire de la cloche miraculeuse avec le titre d'*Étoile de la mer* porté par N.-D., c'est que la divine clochette a maintes fois sonné, ainsi que nous allons le voir, pour annoncer les miracles accomplis sur mer par la Vierge de Roc-Amadour, afin de sauver d'une mort certaine de pauvres matelots ou passagers ballotés par la tempête.

Cloche miraculeuse, qui nous dira ton origine ? — Sans doute aucune tradition ne nous est restée pour nous fixer à cet égard. Toujours est-il que sa forme primitive indique qu'elle remonte à une époque très reculée, et probablement même au temps de Zachée. Sans contredire les données de l'archéologie, nous pouvons croire « qu'elle a été offerte à Marie par son dévoué solitaire et que la bonne Mère a béni ce don de son fervent serviteur, en le revêtant d'une vertu merveilleuse, et en l'adoptant pour le signal de ses grâces extraordinaires. » [1]

« Cette petite cloche est en fer forgé et modelée au marteau. Sa forme est celle d'un timbre, ses parois, sans bourrelet ni évasement, ont une épaisseur uniforme d'un centimètre. Elle a de hauteur vingt-quatre centimètres, et trente-trois de diamètre. Ses oreillettes, de forme irrégulière, ont été forgées à part et sont reliées au corps par des rivets. » [2]

Nous allons, pour ainsi dire, suivre pas à pas le Père Odo de Gissey, en gardant autant que possible la simplicité de son style, dans l'histoire des miracles de la cloche miraculeuse.

» Claude Champier, en son livre des *Érections antiques*, parlant des divers monuments qu'il avait visités en voyageant à travers la France, fait mention du pèlerinage de Roc-Amadour, où il avait, dit-il, remarqué entre autres choses une cloche, qui, sans attache de cordes ni de chaînes pendantes, sonne quelquefois d'elle-même et sans que personne lui donne le moindre mouvement ; et cela, lorsque sur mer, des personnes en danger appellent à leur aide N.-D. de Roc-Amadour justement appelée : l'*Étoile de la Mer*.

» C'est une légende faite à plaisir, c'est un conte de bonnes gens, diront certains esprits forts; mais, ajoute le P. Odo de

(1) Guide du pèlerin.
(2) Guide du pèlerin.

Gissey, s'ils avaient vu et lu ce que six ou sept fois j'ai pu
lire et voir, lorsque pour satisfaire ma dévotion envers Marie
je me suis rendu en pèlerinage à Roc-Amadour, elles chan-
geraient d'avis et admireraient avec moi le puissant pouvoir
que la Mère de Dieu se plaît à manifester en ce sanctuaire.
D'ailleurs ce fait, si extraordinaire qu'il paraisse, n'est pas
unique ; plusieurs auteurs assurent qu'à Viglia, petite ville
sur la rivière d'Ébro, du diocèse de Sarragosse et du royaume d'Aragon, il y a également une cloche qui sonne parfois
d'elle-même, tout comme si quelqu'un la mouvait, et cela
lorsque quelque chose de sinistre doit arriver soit à l'Église
de Dieu, soit dans la ville même. »

Antoine Augustin, Archevêque de Tarragone, cite plusieurs exemples de ce fait merveilleux, entr'autres lors du
pillage de Rome sous le pontificat de Clément VII, l'an 1527,
et puis à l'occasion d'une épidémie qui fit un grand nombre
de victimes dans la ville de Sarragosse, en l'an 1564.

» Angelus Roca, évêque de Tagaste, rapporte, d'après
Pierre Garsias, recteur de l'Église de Viglia, qu'en 1601,
depuis le 13 juin jusqu'au 30 du même mois, la cloche de
Viglia sonna plusieurs fois d'elle-même : quatre mille témoins
auraient pu attester le fait ; il est donc absolument incontestable.

» L'auteur de la vie de Saint Ménulphe, fait aussi mention
d'une cloche miraculeuse au monastère de Bodian ; celle-ci
retentit, paraît-il, chaque fois que quelque religieuse doit
décéder.

» Lors de la translation du corps de Saint-Isidore, il
arriva que toutes les cloches de l'église où l'on allait le déposer, sonnèrent d'elle-mêmes sans que personne les touchât.

« Le martyrologe de l'Ordre de Saint Benoit contient aussi
la merveille du retentissement des cloches, à la mort d'une
Sainte Jeanne, de l'Ordre des Camaldules. On raconte aussi
que le jour de la canonisation de Saint Antoine de Padoue,
par Grégoire IX, l'an 1222, en la fête de la Pentecôte, pareil
miracle se produisit ; les cloches de Lisbonne, ville natale du
saint, sonnèrent d'elles-mêmes. »

On trouverait beaucoup d'autres faits semblables, dans
le *traité des cloches* d'Angelus Roca et dans les *documents
historiques* sur N.-D. du Puy recueillis par Odo de Gissey ;
mais ceux que nous venons de citer doivent suffire pour confirmer « le *rôle* » de la merveilleuse cloche dont nous
essayons d'écrire l'histoire.

Le premier des miracles parvenus à notre connaissance
date de l'an 1385.

Le 10 février de cette année, vers les 10 heures du soir, la
petite cloche de Roc-Amadour sonna d'elle-même. Plusieurs
témoins de cette merveille en ont assuré la véracité, entre
autres Messieurs Gilbert et Pierre de la Salle.

Le même miracle se reproduisit trois jours plus tard,
le 13 février, pendant qu'on célébrait le Saint-sacrifice de la
messe. Acte fut pris de cet évènement et tous les témoins,
en grand nombre cette fois, prêtèrent serment devant un
notaire apostolique pour en assurer l'authenticité.

« J'ai lu moi-même, dit Odo de Gissey, cette déposition
de tous les témoins signée par le notaire apostolique, nommé
Deparellis. »

Plusieurs autres sonneries miraculeuses sont relatées à la
marge du calendrier d'un ancien missel de parchemin, conservé à Roc-Amadour.

On y apprend que la petite cloche de N.-D. sonna d'elle-même, ainsi qu'elle l'avait déjà fait plusieurs fois, le 20 juillet 1435 et le 3 mai 1454. Peu de temps après cette dernière époque, on vit venir à Roc-Amadour de pieux pèlerins pour offrir leurs hommages de reconnaissance à N.-D.. Tourmentés sur mer par une furieuse tempête, ils avaient été arrachés à une mort certaine et ramenés au port de Saint-Jacques, en Galice.

Le cinquième miracle de la cloche de Roc-Amadour, d'après Odo de Gissey, « arriva le 14 octobre, en la fête de Saint Calixte, 1436. Vers les 6 heures du soir, la petite clochette retentit tout à coup. Les heureux témoins de ce nouveau bienfait de la Mère de Dieu notèrent soigneusement le jour et l'heure où s'accomplissait un tel évènement. Peu de temps après, on apprit qu'une flotte de marchands bretons, surprise par une violente tempête en pleine mer, désespérait de rejoindre la côte, tant les vagues étaient furieuses. Dans ce pressant danger, ils invoquent avec amour et confiance N.-D. de Roc-Amadour ; ils la supplient de justifier son glorieux titre d'*Étoile de la mer*, de les sauver du naufrage et de les guider à bon port. La Vierge d'Amadour ne fut point sourde à ces supplications, et tous ceux qui l'avaient invoquée, se sentirent soutenus et enveloppés dans une nuée blanche et miraculeusement transportés jusque sur le rivage ; tandis que les malheureux qui n'avaient point imploré le secours de Marie furent engloutis par les vagues. A la même heure, le 14 octobre 1436, à 6 heures du soir, la miraculeuse cloche annonçait cet évènement à Roc-Amadour.

L'an 1542 et le 5 mars, la cloche miraculeuse sonna d'elle-même. Les chanoines, en actions de grâces, firent sonner les autres cloches des églises et dressèrent un acte public de cette merveille.

En 1513, le 11 du mois d'octobre, la clochette annonça un nouveau trait de miséricorde de Marie envers ses pauvres enfants d'ici-bas. Le sieur Antoine Laydié, prêtre et sacristain de la Chapelle N.-D., et plusieurs habitants de Roc-Amadour, témoins de ce fait, en attestèrent la réalité « et, comme action de grâce, on célébra une messe chantée et on fit une procession générale et solennelle au son de toutes les cloches. » [1]

Le 22 octobre de cette même année, entre une heure et deux heures de l'après minuit, la petite cloche vint encore apporter la joie dans les âmes dévouées à Marie : déposèrent comme témoins : Jean Bressolies, prêtre, et plusieurs habitants de Roc-Amadour.

Après le chant de matines, une procession s'organisa, et, au son de toutes les cloches, elle se rendit devant l'image de la Sainte-Vierge pour la remercier et chanter ses miséricordes.

Le 3 février 1514, la cloche de N.-D. sonna encore miraculeusement. C'était entre 9 et 10 heures du matin. La déposition des témoins fut faite publiquement, et le chant de l'office divin fut suivi de la procession accoutumée.

Le 8 février 1514 (ainsi que le certifia à Roc-Amadour même Pierre Loille, du diocèse de Vannes, le 14 février, l'an 1550), N. D. de Roc-Amadour se montra propice envers ce matelot. Pierre Loille se trouvait à la côte de Bayonne sur un navire qui portait douze passagers et soixante-dix tonneaux de blé. Il était minuit ; une tempête éclata ; le navire

[1] Odo de Gissey.

CLOCHE MIRACULEUSE

menaçait de se briser contre les rochers. Pierre Loille se souvient alors des nombreux bienfaits obtenus par N.-D. de Roc-Amadour, il la supplie de venir à son aide, et lui fait vœu, s'il est sauvé, de faire le pèlerinage de Roc-Amadour en actions de grâces ; il promet en outre une offrande d'un millier de poissons secs.

Le vœu n'est pas plutôt formulé que le pilote et quatre autres de ses compagnons se jettent à la nage et atteignent le rivage. Les sept autres furent engloutis par les flots, sans doute parce qu'ils manquèrent de confiance envers « l'Étoile de la mer. »

Un marchand du diocèse de Vannes, Louis Baille, venu à Roc-Amadour en témoignage du secours obtenu sur mer de la bienveillante madone, a rédigé lui-même en ces termes le procès-verbal du miracle dont il a été l'objet :

Je soussigné, Louis Baille, déclare en toute vérité, qu'au retour d'un voyage en Écosse, le 13 février 1514, je fus assailli, vers les 10 heures du soir, par une si violente tempête que les vagues couvrirent le vaisseau qui me portait avec 26 autres personnes ; nous allâmes à fond.

Un des passagers me pria de concert avec lui de me recommander à Dieu et à la bonne Vierge de Roc-Amadour ; « mettons, dit-il, son nom sur ce traversier et allons à la garde de cette bonne Dame. »

Avec l'aide d'une corde nous nous attachâmes, mon compagnon et moi, à ce traversier ; la tempête nous emporta et de bonne heure, le lendemain, nous nous trouvâmes à demi morts sur la côte de Bayonne. C'est là que « nous prîmes terre par la grâce de Dieu et aide de sa pitoyable Mère, N.-D. de Roc-Amadour. »

Je suis venu la visiter en son sanctuaire, en reconnaissance d'un tel bienfait et pour l'accomplissement d'un vœu bien cher, puisqu'il m'avait sauvé la vie.

Signé : Louis BAILLE.

Le 31 mai 1545, nouvelle sonnerie miraculeuse, nouvelles actions de grâces.

Quatre ans s'écoulèrent sans que la cloche se fit entendre ; mais en 1549, le 15 février, elle retentit de nouveau entre deux et trois heures de l'après-midi.

Impossible d'exprimer la joie qu'en éprouvèrent les prêtres et les habitants de Roc-Amadour. En reconnaissance de ce bienfait ils firent après le chant des Vèpres et au son des cloches, la procession habituelle plus solennelle que jamais.

En 1549, même année, le 18 mars, la Mère des miséricordes fit sonner sa petite cloche entre 2 et 3 heures après minuit : c'était le signal du secours que l'Étoile de la mer accordait sur les flots en courroux à quelques-uns de ses dévoués serviteurs. Noël Duval, Antoine Mand, Jean Marroy, prêtres, et plusieurs autres personnes rendirent témoignage solennel, afin de perpétuer la mémoire de cet événement.

En 1551, la cloche de Marie annonça publiquement encore un nouveau trait de son excessive bonté envers ceux qui l'invoquent dévotement ; et, l'année suivante, le 16 avril 1552, « François Lalan, du diocèse de Nantes, vint au nom de Guillaume Millassets rendre grâce du favorable secours qu'il avait reçu de la Mère de Dieu en 1551. »

Le dernier miracle raconté par Odo de Gissey sur la merveilleuse cloche fut célébré à Roc-Amadour le 23 septembre 1554 par une procession générale, au son de toutes les

cloches, dans les rues de la ville. N.-D. de Roc-Amadour
avait justifié une fois de plus son beau titre d'*Étoile de la
mer* « en secourant Yves le Commodet, pilote breton, natif
de l'île de Bius ou Bréhat, tout près de la ville épiscopale de
Lantraiguet ou Triguier. »

Il conduisait 30 passagers lorsqu'ils furent surpris tout à
coup par une violente tempête ; ils invoquent aussitôt N.-D.
de Roc-Amadour, et ils se voient promptement secourus et
délivrés de tout danger.

Yves se rendit à Roc-Amadour le 23 septembre suivant,
pour remercier la Sainte-Vierge ; il fit célébrer en son honneur deux messes et donna une somme d'argent à sa chapelle.

C'était le 7 mars 1613 que Jacques Jas, âgé d'environ 55
ans, natif de la ville de Saint-Malo, en Bretagne, se rendait en
pèlerinage, à pieds, à Roc-Amadour, pour remercier la Très
Sainte-Vierge de l'avoir préservé du naufrage, lui et 13 de
ses compagnons, le dernier jour de l'an 1612. [1]

Le navire qui les portait était chargé de 30 tonneaux de
fer qu'ils apportaient de Saint-Sébastien, en Biscaye. La
tempête qui les surprit dura de 5 heures du matin à 6
heures du soir ; elle fut si violente « qu'ils furent obligés
d'abattre les voiles, de plier les bourdes et trinquets, de
couper le mât et l'arbre du navire. »

Enfin ils recourent en toute confiance à celle que l'on
n'appelle pas en vain l'*Étoile de la mer*, et aussitôt la
tempête s'apaise, le vent leur devient favorable et ils arrivent
sains et saufs au rivage de Bretagne.

Oui, N.-D. de Roc-Amadour est bien l'Étoile de la mer !

A quelle époque N.-D. de Roc-Amadour a-t-elle été

[1] Odo de Gissey.

surnommée *Étoile de la mer* ? Nous l'ignorons. Plusieurs auteurs aiment à croire que c'est Zachée lui-même qui lui donna ce titre.

Quoi d'étonnant à cela ? Marie n'a-t-elle pas été son étoile tutélaire durant sa périlleuse navigation à travers l'Océan ? Ne devaient-il pas, lui et ses compagnons d'exil, d'avoir abordé aux côtes du Médoc, à la bienfaisante clarté de cette Étoile marchant toujours rayonnante devant eux ?

Quel imposant tableau que celui de l'Océan dont la tempête soulève les flots : les vagues en fureur menacent d'engloutir une frêle embarcation chargée d'êtres humains ! Quel désespoir au cœur de ces malheureux dont les forces s'épuisent à lutter contre une mort presque inévitable !...

Mais tout à coup, un éclair a brillé au sein de la nuit. Est-ce une lumière qui frappe les yeux ?.. Est-ce une inspiration qui tombe dans le cœur comme· un rayon d'espérance ?... Toujours est-il que les naufragés sentent la présence de l'Étoile de la mer, prête à les secourir. Alors ils invoquent N.-D. de Roc-Amadour, ils font vœu de visiter son sanctuaire et de lui apporter quelques riches présents... Ils sont sauvés !...

Au même instant, mûe par la main invisible des anges, la divine cloche de Notre-Dame s'ébranle, et ses tintements célestes font tressaillir dans leurs stalles les vieux moines qui prient nuit et jour aux pieds de la Mère de Dieu.

Par leur ordre toutes les cloches sonnent : les voix de la terre se mêlent à la voix du ciel... Le peuple accourt pour admirer le prodige, on se range en procession et on célèbre par des chants d'allégresse les miséricordes de Marie : *Ave Maris Stella !*

Tel est le spectacle auquel le XV⁰ et le XVI⁰ siècle étaient, pour ainsi dire, habitués. Mais voilà déjà trois siècles et demi, que la divine clochette n'a point sonné

« Le carillon des anciens jours, »
le carillon du miracle.

Pourquoi ce long silence ? C'est le secret de N.-D. de Roc-Amadour ; je ne veux pas le scruter, mais certes son bras ne s'est pas raccourci, et la miséricorde de Marie ne se lasse point. Roc-Amadour, malgré les ruines accumulées, n'a point cessé d'être la terre des miracles, ainsi qu'on le verra par la suite de notre histoire.

Prière. — Nous vous saluons, douce Étoile de la mer, Mère de Dieu, Vierge sans tâche, heureuse porte du ciel. Vous que le salut de l'Ange Gabriel a rendue notre Mère à la place d'Ève, donnez-nous la paix. Brisez les liens des pécheurs, rendez la lumière aux aveugles, éloignez de nous le malheur et demandez pour nous l'abondance.

Montrez-vous Notre Mère ; que par vos mains il reçoive nos prières, celui qui pour nous a voulu s'appeler votre Fils. O Vierge incomparable, ô la plus douce des créatures, arrachez-nous au péché et rendez-nous chastes et doux. Donnez-nous une vie pure, préparez-nous une route paisible, afin que, pendant l'éternité, nous vivions joyeux en présence de Jésus. Ainsi soit-il.

Étoile de la mer, priez pour nous. N.-D. de Roc-Amadour, priez pour nous.

CHAPITRE VII

L'escalier de Roc-Amadour. — L'épée de Roland.

Pieux pèlerins, descendez l'unique rue qui traverse la
ville de Roc-Amadour. Nous voici au pied de l'escalier qui
doit nous conduire au terme tant désiré de notre pèlerinage.
Quel spectacle s'offre à nos regards ! Des hommes, des
femmes, des enfants, tenant en main le chapelet, gravissent à
genoux les degrés de l'escalier monumental. Loin de nous
tout respect humain : suivons l'exemple que N.-D. de
Roc-Amadour met sous nos yeux et, après tant d'autres,
disons-lui : *Ave Maria*. Nous vous saluons, ô Marie, humblement prosternés au pied de cette échelle semblable à celle de
Jacob, dont le sommet atteint le ciel et nous conduit à votre
sanctuaire bien-aimé. Tendez nous votre main protectrice,
afin que nous montions pieusement cette voie douloureuse.

Plongés dans la prière, les cent quarante marches ont
disparu successivement sous nos pas. Nous voici arrivés sur
une esplanade entourée de maisons au style gothique : elles
paraissent remonter au treizième siècle. Tournons à droite,
nous voici en face d'un autre escalier composé de soixante-
seize marches ; et, comme il fait partie de l'enceinte sacrée, il
est surmonté d'un grand portail de forme ogivale. Toujours
ouvert pour donner aux pieux pèlerins un libre accès, il

nous sera aisé de le franchir ; et, après avoir passé sous l'arcature qui supporte le *palais des Évêques*, nous arrivons sur une plate-forme qui possède comme mur d'enceinte une belle couronne de chapelles dédiées la première à droite, à Saint Joachim et Sainte Anne, la seconde à Saint Blaise, la troisième à Saint Jean-Baptiste ; en face, nous avons la crypte dédiée à Saint Amadour et où reposent ses reliques ; elle est surmontée de l'Église Saint-Sauveur. A gauche, c'est l'oratoire Saint Michel qui semble par son élévation étendre, son aile protectrice sur tous les autres sanctuaires assis à ses pieds. Comme une sentinelle toujours debout, Saint Michel est justement fier d'être constamment fidèle à son poste. N'est-ce pas d'ailleurs une heureuse idée de donner un tel portier à la reine du ciel ?

Gravissons les vingt-cinq degrés qui nous séparent d'une seconde plate-forme, moins spacieuse que la première, et tout entière abritée sous le rocher qui la surplombe. C'est la place Saint-Michel. Elle sépare l'oratoire de l'Archange du sanctuaire de Marie. Sur cette place, se passaient jadis les actes publics qui intéressaient le pèlerinage. Il existe d'anciennes pièces notariées portant que les parties ont comparu « *in platea Sancti Michaelis.* »

Dans le fond, à égale distance de la porte d'entrée de la chapelle miraculeuse et de Saint-Michel, nous vénérons la statue de Saint Amadour couchée sur un tapis de mousse dans une sorte de niche pratiquée dans le rocher, au lieu-même où le corps du saint fut déposé après sa mort.

Et maintenant nous voici en présence de l'épée de Roland.

Sur le mur extérieur de la chapelle Saint-Michel, on voit une lourde chaîne scellée dans la muraille, qui tient suspendu un simulacre d'épée en fer, très grossière, très pesante : elle porte le nom d'épée de Roland.

Est-ce cette fameuse Durandal tant chantée dans les romans et les poèmes chevaleresques du moyen-âge? Évidemment, non. Monsieur Caillau pense que la véritable épée de Roland a été enlevée par Henri au Court-Mantel, qui pilla Roc-Amadour en 1183 pour solder l'armée qui le soutenait dans sa révolte contre son père.

Roland traversa la France pour rejoindre son oncle Charlemagne qui guerroyait en Espagne. Il vint rendre hommage à Notre-Dame de Roc-Amadour. Il lui offrit ce qu'il avait de plus précieux, son épée. Mais il ne pouvait se priver des services de Durandal dans la guerre sainte qu'il allait entreprendre ; il la racheta donc aussitôt et la paya son poids d'argent.

D'ailleurs, si Roland reprenait son épée, ce n'était que pour combattre les ennemis de Jésus-Christ et de sa sainte Mère, et nous savons de quels rayons de gloire les exploits du héros ont entouré « la vaillante Durandal. »

Charlemagne avait franchi les Pyrénées ; Roland, qui tenait l'arrière-garde avec les douze pairs et les plus vaillants chevaliers, campait dans les montagnes. Les Gascons instruits par le traître Ganelon, le surprennent et l'entourent de toutes parts. En vain Roland et les autres guerriers font des prodiges de valeur ; ils succombent sous le nombre toujours croissant de leurs ennemis, et leur mort glorieuse, à l'instar d'une victoire, a immortalisé le val de Roncevaux. Quand Roland se vit mourir, il exhala en ces termes ses regrets et ses adieux envers sa Durandal bien-aimée :

« Lors demeura tout seul Roland parmi le champ de bataille,

las et travaillé des grands coups qu'il avait donnés et reçus,
et dolent de la mort de tant de nobles barons qu'il voyait
devant lui occis et détranchés. Menant grande douleur, il
vint parmi les bois, jusqu'au pied de la montagne du Césaire
et descendit de son cheval dessous un arbre, auprès d'un
grand perron de marbre qui était là dressé en un moult beau
pré, au-dessus du val de Ronceveaux. Il tenait encore
Durandal, son épée. Cette épée était éprouvée sur toutes les
autres, claire et resplendissante et de belle façon, tranchante
et affilée si fort qu'elle ne pouvait ni casser ni briser. Quand
il l'eut longtemps tenue et gardée, il la commença à regretter
comme en pleurant et dit en telle manière : o épée très belle,
claire et resplendissante qu'il n'est pas besoin de fourbir
comme toute autre, de belle grandeur et large à l'avenant,
forte et ferme, blanche comme ivoire par la poignée, entresi-
gnée de croix d'or, sacrée et bénie par les lettres du saint nom
de Notre-Seigneur Jésus-Christ et environnée de sa force,
qui usera désormais de ta bonté ? Qui t'aura ? Qui te portera ?..
..... Autant de fois j'ai par toi occis ou Sarrasins ou
déloyaux Juifs, autant de fois pensai-je avoir vengé le sang
de Jésus-Christ. J'ai trop grand deuil, si mauvais chevalier
paresseux t'a après moi ; j'ai trop grande douleur, si
Sarrasin ou autre mécréant te tient et te manie après ma
mort. Quand il eut ainsi son épée regretté, il la leva en
haut et en frappa trois merveilleux coups au perron de
marbre qui était devant lui ; car il la pensait briser, parce
qu'il avait peur qu'elle ne vînt aux mains des Sarrasins. Que
vous conterait-on de plus ? Le perron fut coupé d'en haut
jusqu'en terre, et l'épée demeura saine et sans nulle brisure,
et quand il vit qu'il ne la pouvait dépecer en aucune

manière, il fut trop dolent. » Alors il aperçut un gouffre profond ; à grand'peine put-il s'y traîner, et après s'être assuré que
personne ne pouvait le voir, il y jeta son épée. Puis sentant
la mort s'approcher, il s'adossa à un arbre, et là, le visage
tourné vers l'Espagne,

De maintes choses à pourpenser se prist,
De tantes terres comment il a conquis,
De douce France, de ceuls de son païs,

. . . .

Jointes ses mains, l'a la mort entrepris,
Saint Gabriel et bien des autres dis (anges),
L'âme de lui portent en paradis. (1)

Charlemagne, averti par le cor de Roland, arriva en toute
hâte ; mais c'était trop tard. Il ne trouva sur le champ de
bataille que le cadavre de ses douze pairs et de leurs valeureux
compagnons d'armes. L'histoire nous dit que Charlemagne
pleura à la vue du corps inanimé de son cher neveu ; mais
que faire ? Il ne pût que rendre aux morts les honneurs
suprêmes et venger leur défaite.

Le corps de Roland fut embaumé dans le vin et les plantes
aromatiques, et transporté à Blaye, où il fut inhumé. Son cor
d'oliphant, ou trompe d'ivoire, fut placé à ses pieds ; son épée
fut suspendue sur sa tête. Son cor fut plus tard transféré
à l'église collégiale de Saint-Seurin, à Bordeaux, et son épée
à Roc-Amadour. Le pieux paladin l'avait donnée à Notre-
Dame ; ses nobles compagnons vinrent la restituer.

(1) Chronique de Turpin

Hélas ! Roc-Amadour doit pleurer après Roland la perte de ce glorieux trophée. Quelle noble relique ! Quelle pièce historique incomparable que cette « vaillante Durandal » que les poètes ont entourée d'une auréole féérique, « claire et resplendissante, et de belle façon tranchante et affilée si fort qu'elle ne pouvait ni briser ni casser. »

Combien de temps notre pèlerinage a-t-il gardé ce précieux ex-voto ? L'abbé Le Guennec pense qu'elle fut emportée par les Normands qui ravagèrent le Quercy à la fin du VIIIᵉ siècle. Nous avons déjà cité l'opinion de Monsieur Caillau : Roc-Amadour aurait gardé la Durandal jusqu'à la fin du douzième siècle et elle aurait été enlevée par Henri au Court-Mantel en 1183.

Quoiqu'il en soit, elle n'existe plus, et l'épée qu'on lui a substituée n'est qu'un grossier simulacre destiné à perpétuer la mémoire de la piété de Roland envers N.-D. de Roc-Amadour.

Prière. — « O Marie, je reconnais que vous êtes la créature la plus noble, la plus élevée, la plus pure, la plus belle, la plus douce, la plus sainte, la plus aimable enfin de toutes les créatures. Oh ! si tous vous connaissaient, Vierge sainte, et vous aimaient comme vous le méritez ! Mais je me réjouis de ce que tant d'âmes saintes, dans le ciel et sur la terre, sont tout embrasées d'amour pour votre bonté et votre beauté. Je me réjouis plus particulièrement encore de ce que Dieu même vous aime vous seule, plus que tous les hommes et tous les anges ensemble. O reine très aimable, tout misérable pécheur que je suis, je vous aime aussi, mais je vous aime trop peu, je désire un amour plus tendre envers vous ;

obtenez-le moi donc, ô mon aimable Mère, puisque votre amour est une grande marque de prédestination et une grâce que Dieu n'accorde qu'à ceux qu'il veut sauver. [1]»

Cette échelle de Jacob, dont l'escalier de Roc-Amadour nous rappelle le souvenir, n'est-elle par une image de l'amour divin qui monte d'aspirations en aspirations, de désirs en désirs, jusqu'au sommet de la perfection chrétienne ? Et c'est vous, ô Marie, « qui avez disposé ces ascensions dans nos cœurs. [2] » Oh ! daignez les multiplier ; qu'elles montent jusqu'au trône de Dieu, qu'elles inclinent vers nous le cœur de votre fils, qu'elles fassent descendre sur nos âmes les effusions de son amour. Ainsi soit-il.

N.-D. de Roc-Amadour, priez pour nous.

---

(1) Saint-Liguori.
(2) Ascensiones in corde suo disposuit.

CHAPITRE VIII

La Chapelle Saint-Michel.

Il convient, ce me semble, de commencer la description des édifices sacrés par la chapelle dédiée à l'archange Michel. S'il est vrai, comme nous l'avons dit plus haut, que Saint Michel soit le portier de Notre-Dame, saluons d'abord la sentinelle qui nous donnera accès chez son auguste souveraine.

Notre but n'est pas de donner ici une étude didactique, au point de vue archéologique et architectural. On peut à cet égard consulter le *Guide du Pèlerin* que nous suivons d'ailleurs pas à pas, car c'est le meilleur guide que nous ayions, quoiqu'il soit très incomplet, surtout depuis la restauration du pèlerinage par Monseigneur Grimardias.

Notre but ici est de faire ressortir le côté pieux et, si je puis ainsi dire, le point de vue moral des monuments de Roc-Amadour. Aussi bien, ces pierres n'ont-elles pas besoin de notre pinceau. Elles parlent bien haut par elles-mêmes, « *lapides clamabunt.* » Heureux si nous pouvons interpréter dignement leur langage.

La chapelle Saint-Michel est juchée au-dessus d'une salle qui n'offre rien de remarquable, et qui servait autrefois de lieu de réunion aux prêtres du pèlerinage ; elle portait le nom *de chauffoir des chanoines.* La chapelle est adossée au rocher, qui lui sert de mur, de voûte et de toiture.

« Son abside, construite sur un cul-de-lampe à vigoureuses moulures, saillit en forme de tourelle. Elle est couronnée par une corniche en quart de rond renversé, qui repose sur des corbeaux à figure humaine, remarquables par la finesse de leur travail et par leur beau caractère. Une triple arcature, dont les retombées sont supportées par des têtes saillantes, décore le sommet de l'édifice, qui va se perdre dans le rocher.

» Cette petite chapelle romane est le plus ancien des édifices qui subsistent encore à Roc-Amadour ; elle est intéressante par la pureté de son style, l'originalité de sa construction et par sa position singulière.

» Quoique bien exiguë dans ses proportions, elle tenait le premier rang parmi les sanctuaires secondaires, et elle figurait seule, après la chapelle miraculeuse et l'église Saint-Sauveur, dans le rôle des contributions annuelles ou extraordinaires qui se payaient en cour de Rome.

» On entre dans la chapelle Saint-Michel par un étroit escalier à moitié taillé dans le vif. Les marches ont été usées par les pieds des innombrables visiteurs, et au frottement de leurs mains, les moëllons bruts dont les murs sont formés, ont pris un brillant poli. Son intérieur offre un aspect saisissant ; l'art et la nature se sont heureusement unis pour lui donner un cachet tout particulier. D'un côté, c'est le rocher dans sa rudesse naturelle, s'élevant par ressauts pour l'abriter ; quelques bouquets de pariétaires, s'échappant de ses fissures, en voilent seuls la sombre nudité. De l'autre, ce sont des arcatures sévères, aux fines colonnettes, aux chapiteaux évasés, qui encadrent d'étroites baies. L'abside en cul-de-four est décorée de peintures aux couleurs voyantes, qui datent du xiie siècle. Au milieu est peint le Christ bénissant, assis sur son trône. L'Alpha et l'Oméga, inscrits sur l'auréole qui l'entoure, rappellent qu'il est le commencement et la fin de toutes choses. Autour de lui sont groupés les évangélistes écrivant sur des pupitres ses divins enseignements. En avant sont placés : d'un côté, un séraphin à six ailes ; de l'autre, l'archange auquel la chapelle est dédiée.

» Une corniche qui court au-dessus de l'arcature, soutenait autrefois un plancher. L'étage supérieur, auquel on arrivait par un petit escalier à vis, ménagé dans l'épaisseur du mur, portait le nom d'archives. Etait-ce réellement dans ces placards, qui se voient encore béants, qu'étaient conservés ces cartulaires tant regrettés, ces procès-verbaux des prodiges opérés par l'intercession de Notre-Dame de Roc-Amadour, ces titres de fondations qui étaient la gloire de Roc-Amadour et l'honneur des familles, ces actes de donations faits en témoignage de dévotion et de reconnaissance ? De tant de pièces si précieuses, il ne reste plus rien. L'incendie a tout dévoré, la révolution a tout dispersé. [1] »

Le sommet de la chapelle est couronné par une galerie extérieure, construite en charpente. Cette galerie fut brûlée par les Huguenots, mais elle a été refaite depuis sur le modèle primitif, de sorte que sa forme grossière lui a conservé son cachet d'antiquité. A quel usage était-elle destinée ? Était-ce de ce lieu éminent qu'on donnait, à l'époque des grands pardons, aux innombrables pèlerins que l'enceinte de l'église ne pouvait contenir, la bénédiction solennelle ?

Quoiqu'il en soit, elle n'est plus affectée à un usage spécial ; et nos SS. les Évêques ont coutume de nos jours de bénir le

(1) Guide du Pélerin.

peuple, du haut de la rampe qui borde le rocher sur l'esplanade
du château.

Du haut de sa chapelle, Saint Michel domine tous les
édifices sacrés et semble les protéger de son aile et de sa
lance. Évidemment, les fondateurs du pèlerinage ont été
inspirés de cette grande pensée, en donnant à l'Archange la
place qui convient au chef de la Milice Céleste qui, du haut
du rocher, semble nous crier encore : *Quis ut Deus* ?

D'un geste imposant, l'Archange nous montre la chapelle
miraculeuse et nous invite à entrer chez sa Reine, pour
adorer à ses pieds le Mystère de l'Incarnation qu'il salua lui-
même à la tête des Anges restés fidèles, lorsqu'il leur jeta son
cri de ralliement et de victoire : « *Quis ut Deus* ! » Qui est
égal à Dieu !

» La porte de la chapelle Saint-Michel était surmontée
d'un tableau qui lui servait d'enseigne. On n'y distingue plus
que la tête nimbée de l'archange et une âme placée sur un
de plateaux de la balance.

» Les arcatures qui décorent le sommet de la chapelle à
l'extérieur, encadrent des peintures remarquables par leur
admirable conservation et aussi par leur ancienneté ; car
elles sont contemporaines de l'édifice. Elles représentent
deux sujets : l'Annonciation et la Visitation. Dans l'Annonciation, l'ange debout présente à Marie assise un écriteau
portant les premiers mots de la salutation : *Ave Maria, gra-
tia plena*. Dans la Visitation, Marie embrasse avec effusion
sa cousine Élisabeth. Les figures, quoiques traitées avec soin,
sont posées maladroitement et dessinées avec l'incorrection
commune à cette époque. Elles se détachent sur un fond d'azur
qui leur donne de la vigueur. L'artiste ne s'est pas contenté

de jeter sur les draperies des teintes plates, striées de traits foncés, qui en déterminent les contours et en accusent les plis ; il les a rehaussées de teintes claires, qui adoucissent l'éclat de leurs vives couleurs. Dans le champ des tableaux, sur les parties lisses des arcatures, on remarque des renflements de mortier qui tranchent sur le fond bleu. C'étaient des supports d'ornements en métal doré ou en poterie émaillée, que la cupidité a malheureusement arrachés, parce qu'elle leur supposait une valeur intrinsèque qu'ils n'avaient pas.

» Le mur extérieur de la chapelle était couvert d'une grande peinture murale, malheureusement détruite aux trois quarts.

» Dans le ciel apparaît le Père Éternel, couronné d'une tiare, revêtu d'ornements pontificaux, selon le goût du xve siècle. Les nuages qui l'entourent, ne laissent en évidence que son buste. Sa main droite supporte devant lui Jésus-Christ les mains jointes, dans l'attitude de la prière. Sous les nuages flotte une banderole chargée d'inscriptions devenues illisibles.

» Sur le premier plan, trois morts, sortis de leurs tombeaux, se tiennent debout et menaçants. L'un d'eux est armé d'une pelle de fossoyeur, un autre lance une javeline. Il ne reste plus que des vestiges de trois chevaliers montés sur des chevaux richement caparaçonnés, qui s'arrêtent consternés devant cette effrayante apparition.

» Plusieurs ont voulu voir dans cette peinture un fragment de la danse Macabre (danse des morts) ; d'autres, une punition miraculeuse infligée à des violateurs de tombeaux. Nous y reconnaissons une traduction, bien souvent reproduite depuis le xiiie siècle, d'un *Lai des trois morts et des trois vifs*. Le poète, dans ce lai, représente trois jeunes seigneurs chevauchant sans souci, en devisant de chasse, d'amour et de plaisirs. Trois morts viennent à leur rencontre, et leur font de sérieuses réflexions sur la vanité des choses humaines.

» Les sanctuaires de Roc-Acamadour étaient bordés de tombeaux ; la grande plate-forme était un cimetière, et beaucoup de nobles maisons y avaient fait établir des caveaux particuliers. Outre les membres de ces familles privilégiées, on portait à Roc-Amadour pour y être ensevelis les corps de pèlerins, de confrères, qui avaient mis toutes leur confiance en la Sainte-Vierge, et qui avaient demandé, comme une suprême faveur, de dormir leur dernier sommeil auprès de leur oratoire de prédilection. Un tel encombrement de tombeaux dans un lieu aussi réserré avait sans doute effrayé les moines de Roc-Amadour ; ils avaient dû refuser l'inhumation à des corps apportés de loin, lorsque le Pape Alexandre III, dans une bulle où il ordonna de laisser Roc-Amadour entre les mains de l'abbé de Tulle, déclara « que la sépulture » de ce lieu serait libre, en sorte que personne ne pourrait » s'opposer à la dévotion et à la dernière volonté de ceux qui » auraient résolu de s'y faire ensevelir, à moins qu'ils ne » fussent excommuniés ou interdits ; sauf cependant le juste » intérêt des églises auxquelles les corps seraient enlevés. Qu'il » ne soit donc permis à aucun homme de violer cette feuille de » confirmation ou d'y contrevenir en quelque point ; que si » quelqu'un osait tenter de le faire, qu'il sache que son audace » l'exposerait à encourir l'indignation du Dieu tout puissant » et de ses bienheureux apôtres Pierre et Paul. Donné à » Anagni, le quatrième des Kalendes d'avril. [1] »

(1) Arch. manusc. de Roc-Amadour. Biblioth. impériale, ms. 125, fol. 236, 237.

» La représentation du célèbre lai, étalée à tous les yeux au-dessus de tant de sépultures, était une prédication permanente. Elle redisait à tous les visiteurs les grands enseignements de la mort, trop facilement oubliés. [1] »

Prière. — Saint-Michel, priez pour nous !

O glorieux prince de la milice céleste, dans votre saint oratoire de Roc-Amadour, nous vous invoquons. Lorsque Lucifer leva dans le ciel l'étendard de la révolte, lorsque à la tête des anges rebelles il s'écria : « *quo non ascendam ?* je poserai mon trône à côté de celui de Dieu et je serai semblable au Très-haut » ; placé à la tête des anges fidèles, vous répondites à l'orgueil insensé de Lucifer par cette parole vengeresse du droit et de la justice : *Quis ut Deus ?*

Satan et son armée furent précipités dans les abîmes :

Depuis ce jour, ô glorieux Michel, vous êtes le protecteur invincible de toutes les grandes causes : défendez l'Église de Jésus-Christ, qui vous implore par la bouche de tous ses prêtres : « Saint Michel Archange, dit-elle, défendez-nous dans le combat ; soyez notre sauvegarde contre la malice et les embûches du démon ; Prince de la milice céleste, par la vertu divine qui est en vous, précipitez dans les enfers Satan et tous les esprits mauvais qui parcourent le monde pour perdre les âmes. »

O glorieux Saint Michel, vous êtes tout particulièrement le champion de la Mère de Dieu et, en quelque sorte, le féal chevalier de la Reine du Ciel. Au commencement, Dieu propose à l'adoration de ses Anges le Verbe, son Fils, incarné

(1) Guide du Pèlerin.

dans le sein de la Vierge Marie : *et adorent eum omnes angeli ejus.* Lucifer, rempli d'orgueil, refusa de s'incliner devant le mystère d'un Dieu fait homme. Mais vous, Saint Michel, et à votre suite les légions des anges fidèles, vous courbâtes votre front devant la toute-puissance divine, et vous adorâtes le mystère de la Rédemption des hommes par l'incarnation du Fils de Dieu.

Dès ce jour, vous vous êtes fait l'humble serviteur de la Vierge Marie. C'est donc à juste titre que nous vous invoquons dans le sanctuaire qui vous est dédié à Roc-Amadour.

La France est le royaume de Marie, et vous êtes son patron, son protecteur. Affermissez donc sur notre patrie l'empire de notre auguste Reine et faites nous la grâce, qu'après l'avoir servie pieusement pendant notre vie sur la terre, nous méritions de régner un jour avec elle dans les Cieux. Ainsi soit il.

CHAPITRE IX

La Chapelle Miraculeuse.

Ce n'est plus le vénérable oratoire élevé par les mains de Saint Amadour à la gloire de la Mère de Dieu. Un bloc, détaché de l'immense roc qui le domine, a écrasé dans sa chute cet humble, mais glorieux monument de sa piété.

En 1479, Monseigneur de Bar, évêque de Tulle, reconstruisit et agrandit l'oratoire de Zachée, ainsi que le prouvent ses armes, maintenant mutilées, qui étaient placées sur l'axe surbaissé du portail et qui se voient encore à la porte intérieure du sanctuaire. Une inscription, placée sur le mur extérieur du chevet, fixe la date de cette reconstruction.

Mais l'œuvre que Monseigneur de Bar exécuta avec tant de zèle et tant de goût n'existe plus. Le 3 septembre 1562, Roc-Amadour fut pris par les huguenots. Le colonel Duras et le capitaine Bessonias y entrèrent avec six vingts chevaux et un grand nombre de gens de pied. Ils portèrent partout la mort, le ravage et l'incendie. Les cloches furent fondues, les ornements d'église dérobés et emportés. On tient, dit Odo de Gissey, que la valeur en revenait à 15000 livres. Ils en sortirent, chargés de butin, après avoir rançonné la ville d'une bonne somme d'or.

La fureur des hérétiques s'exerça surtout sur la chapelle miraculeuse. Toutes les richesses que la piété et les arts y avaient amoncelées depuis des siècles, furent brisées, pillées, anéanties. Les saintes images furent mutilées ; la charpente fut incendiée, et les lames de plomb qui la recouvraient mises en fusion. Sous l'action du feu, les voûtes s'effondrèrent, et il ne resta plus debout que des pans de murs.

Ce qui subsiste encore de l'œuvre du XVᵉ siècle, la fenêtre du chevet aux meneaux flamboyants finement découpés ; le portail aux délicates moulures, aux choux rampants si capricieusement enroulés, si habilement fouillés, au pinacle gracieusement épanoui, font vivement regretter l'ornementation architecturale, qui sans doute avait été prodiguée à l'intérieur de l'édifice.

Les chanoines qui survécurent au sac de 1562, réparèrent de leur mieux les désastres de cette néfaste journée. Mais le pillage avait épuisé leurs richesses ; ils n'avaient pas les moyens de rétablir les choses dans leur premier état. D'ailleurs, le style dans lequel avait été élevée la chapelle, était alors entièrement délaissé. Ils ne songèrent donc qu'à relever et à décorer l'oratoire selon le goût de l'époque, et avec le secours insuffisant des ouvriers qui étaient à leur disposition.

Sur les murs restés debout, ils construisirent une coupole conique ajourée au sommet par une lanterne. Ils placèrent sur les tribunes reconstruites des appuis en pierre, supportés par des balustres. L'autel fut revêtu d'une boiserie sculptée et dorée. Un rétable rehaussé aussi de dorures couvrit le mur du sanctuaire et supporta sur son entablement une niche richement ornementée, où la statue miraculeuse, heureusement sauvée, reprit sa place d'honneur.

L'ancienne boiserie qui couvrait l'autel de Saint Martial n'existe plus aujourd'hui. Le rétable qui surmontait l'autel

PORTE DE LA CHAPELLE MIRACULEUSE

a été également remplacé par un autel en bronze doré,
richement ciselé. La piété de Monseigneur Grimardias a
voulu enchasser dans ce reliquaire monumental la pierre
vénérable sur laquelle Saint Martial et, après lui, tant
d'autres saints, ont célébré les saints mystères. Nous nous
proposons de donner plus loin une description de cet autel.
Parlons maintenant de la statue miraculeuse et de la pierre
consacrée par Saint Martial.

La statue de Notre-Dame de Roc-Amadour n'offre point
cette beauté idéale, ces formes spiritualisées sous lesquelles
on aime à se représenter la Mère du Sauveur. Elle a été
taillée dans un tronc d'arbre par une main pieuse, mais
inhabile à traduire les sentiments qui la guidaient.

Elle a soixante-seize centimètres de hauteur et trente
centimètres de largeur à sa base. La Vierge est assise sur
un siège réservé dans le même bloc. Sa tête est surmontée
d'une couronne dont les fleurons sont tombés de vétusté ; ses
cheveux flottent librement sur ses épaules ; ses yeux sont
humblement baissés ; ses traits, un peu trop arrêtés, expriment néanmoins une douceur calme et digne. Les vêtements,
à peine drapés, ne dissimulent pas les formes amaigries du
corps. Les deux bras sont écartés et tendus, pour se reposer
par les mains ouvertes, sur les appuis latéraux du siège.

Sur le genou gauche se tient assis l'enfant Jésus. Une
couronne est sur sa tête ; de sa main gauche, il tient le livre
des Évangiles.

La statue entière est noire. Il n'est pas présumable que cette couleur lui ait été donnée à dessein. Le bois dont elle est formée, a dû noircir en vieillissant dans une atmosphère chargée
de la fumée des cierges et de l'encens brûlés en son honneur,

Elle ne porte aucune trace de mutilation ; mais, par
l'action du temps, le bois s'émiette et tombe en poussière. A
une époque bien reculée, on a recouvert le corps, pour le
préserver de la destruction, d'une mince feuille d'argent
appliquée soigneusement sur toute la surface. L'argent a
aussi pris une teinte noire en s'oxidant ; et le métal n'est
plus reconnaissable qu'aux petits rinceaux qui ornent l'en-
colure et l'extrémité des manches de la robe, où il a été
préservé par une couche d'or. Le métal, corrodé par l'oxide,
tombe en lambeaux, et laisse à nu la partie inférieure.

Cette antique statue a toujours été exposée à la vénération
des fidèles dans un lieu élevé : mais, derrière l'autel, sur une
console qui fait saillie au croisillon de la fenêtre, était placée,
à la portée des pèlerins, une statue en argent, copie exacte
de l'image miraculeuse. C'est cette copie qui était présentée
pour satisfaire à leur dévotion, et qu'ils venaient baiser
pieusement.

Presque tous les lieux de pèlerinage ont conservé dans
de gracieuses légendes le souvenir de l'invention des images
miraculeuses qu'ils possèdent, des signes providentiels
qui les ont manifestées. L'histoire et la tradition se taisent
sur l'origine de la statue de N.-D. de Roc-Amadour. Elle
a toujours été, dans ce lieu, l'objet d'un culte assidu. Ne
doit-on pas en conclure qu'elle est aussi ancienne que le
pèlerinage, et que le saint ermite qui, dès le premier siècle
de l'Église, éleva sur le rocher un humble autel à Marie,
l'orna de cette pieuse image.

La science archéologique vient pleinement confirmer cette
opinion, en reconnaissant à la vénérable effigie tous les
caractères d'une haute antiquité.

Ce qui distingue les plus anciennes effigies de la Mère de Dieu, c'est le sentiment de profond respect avec lequel elle remplit ses sublimes fonctions. Dieu l'a choisie entre toutes les femmes pour être la Mère du Verbe ; elle s'est soumise humblement à sa volonté. Je suis, a-t-elle dit au céleste messager, la servante du Seigneur ; qu'il me soit fait selon votre parole. Elle prête son sein virginal pour l'accomplissement du mystère de l'incarnation et, quand l'enfant lui est né, il repose sur ses genoux comme sur un trône. C'est son fils ; mais c'est surtout son Dieu ; et Marie, se renfermant dans le rôle passif que lui inspire son humilité, le contemple avec amour, l'écoute avec attention, l'adore en silence. Elle n'a garde de le caresser, comme un enfant vulgaire ; elle ne le touche même pas. Jésus, quoique bien jeune, n'est cependant pas un enfant. Il se tient par sa propre force et sans aucun secours ; il est complètement vêtu ; la couronne royale est sur sa tête.

D'une main il bénit, de l'autre il tient le livre où sont écrits les enseignements qu'il vient répandre sur la terre, pour la régénérer. Il est tout entier à sa mission ; et, si une caresse maternelle venait l'en détourner, on croirait entendre sortir de sa bouche, ces paroles qu'il adressa à ses parents dans le temple. « Ne savez-vous pas qu'il faut que je sois occupé aux choses qui regardent le service de mon Père ? »

La statue vénérée à Roc-Amadour, est parfaitement conforme à ce type primitif et le reproduit dans sa sévère pureté. L'archéologie nous prouve donc qu'elle appartient au premier siècle du Christianisme. En effet, la représentation de la Mère de Dieu ne resta pas longtemps renfermée dans ce mode symbolique. De siècle en siècle l'élément humain vient

le modifier en s'y mêlant. Marie, peu à peu, se montre Mère :
d'abord, elle essaie de soutenir son enfant ; plus tard, elle le
porte entre ses bras ; enfin, au seizième siècle, elle lui prodigue des caresses auxquelles il répond avec effusion. Ces
divers types expriment une idée juste et vraie : l'élément
divin et l'élément humain se marient dans une harmonie
parfaite dans les chefs d'œuvres que nous ont légué les
Raphaël, les Murillo, les Michel-Ange, etc... On conçoit
que l'art rudimentaire des premiers siècles n'ait pu atteindre
cette idéale beauté.

Nous en concluons donc que, parmi toutes les statues
miraculeuses consacrées par un culte séculaire, la statue de
N.-D. de Roc-Amadour tient le premier rang par son antiquité, et nous n'avons aucune raison de douter qu'elle n'ait
été sculptée par le ciseau plus pieux qu'habile de l'Amateur
du rocher.

Aussi, de quelle émotion le cœur du pèlerin n'est-il pas
saisi lorsqu'il se prosterne devant cette image, que tant de
générations ont entourée de leur respect et de leur amour,
que Dieu a manifestement bénie en accueillant les vœux
déposés à ses pieds et en prodiguant les miracles à ceux qui
sont venus devant elle implorer la reine des Cieux.

N'est-ce pas, d'ailleurs, un miracle de la divine Providence,
que la conservation de cette fragile statue à travers tant de
siècles, de désastres et de révolutions ? La même Providence
nous a conservé aussi l'autel de pierre sur lequel elle fut
primitivement placée : c'est l'autel même de la Chapelle.
Il est formé d'une seule dalle terminée sur ses bords par un
chanfrein faisant saillie sur le massif de maçonnerie qui le
supporte. Cette pierre a été consacrée, du vivant de Saint

Amadour, par Saint Martial, premier évêque de Limoges. Elle est enchassée, ainsi que nous l'avons dit plus haut, dans l'autel érigé par Monseigneur Grimardias.

Nous ne parlerons point ici de la cloche miraculeuse à laquelle nous avons consacré un chapitre spécial ; mais nous ne pouvons passer sous silence les ex-voto dont la piété et la reconnaissance ont entouré l'autel de Marie.

Oh ! combien plus émus devaient être les pèlerins qui visitaient l'oratoire, avant qu'il eut été dépouillé par l'impiété ! De riches ornements brillaient alors sur l'autel ; une couronne de lampes précieuses était suspendue autour de la Sainte-Image ; les ex-voto couvraient tous les murs' et refluaient jusqu'au dehors ; on voyait partout des effigies en cire représentant des personnes sauvées, des membres guéris, des villes délivrées, des navires préservés du naufrage : langage énergique et touchant qui redisait à tous la puissance et la bonté de Marie.

Quoiqu'il en soit, si la Chapelle de N.-D. n'a pas recouvré les richesses qu'elle possédait au Moyen-âge, toujours est-il qu'elle a été complètement restaurée et habilement décorée par les soins de Monseigneur Bardou, d'abord, et enfin, par le zèle infatigable de Monseigneur Grimardias. Aujourd'hui, le pèlerin qui entre dans l'Auguste sanctuaire est saisi par l'aspect imposant des ex-voto, des reliquaires, des tableaux, des lampes dorées, des plaques de marbre aux inscriptions pieuses, des riches bannières dont l'ensemble encadre gracieusement l'autel monumental.

A l'entrée apparaît le rocher noirci par les cierges où sont suspendus des entraves, des chaînes, des béquilles, une miniature de navire, souvenirs précieux de miracles

accomplis par N.-D. de Roc-Amadour. En face est l'autel.
Les artistes peuvent en apprécier le style, la valeur archéologique ; mais, pour le peuple, ce chef-d'œuvre est d'un effet
saisissant. Le dôme de l'autel est surmonté d'un faisceau de
sept bannières aux couleurs de la Vierge. La statue miraculeuse repose sous ce dôme, comme sur un trône, au-dessus
du tabernacle où réside le fils de Marie. Marie n'est-elle pas
le siège de la sagesse « sedes sapientiœ ? »

Le rétable de l'autel porte en bas-relief deux scènes de
l'histoire de N.-D. de Roc-Amadour. A droite, Saint Dominique reçoit de Notre-Dame l'inspiration de fonder la dévotion
du Rosaire, source inépuisable de grâces qui coule sur le
monde entier sous l'impulsion des Papes et, notamment, de
Léon XIII, qui méritera devant Dieu et devant l'histoire
le titre de Pontife du Rosaire. A gauche, Roland verse
en argent sur le plateau de la balance le poids de sa
Durandal.

Le tombeau représente trois scènes historiques : à gauche,
Notre Seigneur, entouré des apôtres, invite Zachée à descen-
dre du sycomore : « Zachœe, festinans descende. » Au centre,
Saint Martial, sous les traits de Monseigneur Grimardias,
bénit la statue de N.-D. de Roc-Amadour. A droite, le
Saint Ermite meurt entouré de ses disciples et assisté par
Saint Martial. Un ange présente l'âme du défunt à Notre
Seigneur, assis à côté de sa Mère, sur son trône dans le ciel.

Le tabernacle est très richement décoré : la porte est ornée
d'une gravu'e sur émail, représentant l'apôtre Saint Jean
donnant la Sainte Communion à la Sainte-Vierge. L'ensemble
du monument est d'une grande richesse. A coup sûr, Saint
Martial a du bénir notre bien aimé Pasteur, d'avoir enchâssé

la pierre qu'il consacra vers l'an 70 dans un écrin aussi merveilleux.

En 1891, Monseigneur Grimardias célébrait le 25me anniversaire de sa consécration épiscopale. A cette occasion, toutes les paroisses du diocèse offrirent une bannière à N.-D. de Roc-Amadour. Les plus riches furent placées dans la Chapelle miraculeuse : les unes sont suspendues aux voûtes ; d'autres forment des faisceaux à la rampe des tribunes, d'autres enfin tapissent les murs ; ces bannières sont à la fois un hommage de la piété du diocèse envers N.-D. de Roc-Amadour et un précieux souvenir de l'un des plus beaux jours du pèlerinage.

Qu'il nous soit permis de clore ce chapitre en rappelant ici un précieux souvenir. A genoux sur la froide pierre, dans la Chapelle miraculeuse, un pèlerin priait : « O N.-D. de Roc-Amadour, salut ! Pour vous, j'ai franchi de longues distances : mais maintenant qu'il m'est donné de déposer à vos pieds mes humbles hommages, mes fatigues ne sont plus rien, tant il m'est doux de vous dire en mon nom, au nom des miens, salut !

» O Mère, mon cœur vous est ouvert ; vous voyez ma misère, je sais votre bonté. O Mère, ayez pitié de moi. Je suis un faible anneau de cette longue chaîne de générations humaines qui ont invoqué ici la Vierge de Zachée. Nul ne vous a implorée dans ce sanctuaire sans avoir été exaucé. Les grands sont venus. Mais les petits sont venus aussi ; et il me semble que vous avez plus de miséricorde pour nous, car n'est-ce pas de nous que votre Fils a dit : *Beati pauperes.*

» Au nom des miens, de mes proches, de mes amis, je

vous salue. Ils sont là-bas bien loin, mais leur cœur est ici
par leurs vœux que je dépose à vos pieds.... »

Ainsi pria le pèlerin. Et longtemps ses lèvres frémissantes
exhalèrent les sentiments de son cœur. Longtemps il dit et
redit à sa Mère ses tristesses, ses troubles, ses angoisses ;
tempêtes intérieures qui ballottent l'âme comme les flots
de l'Océan secouent la barque du pêcheur.

Mais l'Étoile des mers ne tarda pas à briller à ses yeux.
Alors un profond sentiment de joie surnaturelle s'empara
de son âme. Il sentit sa foi raffermie, son espérance assurée
et son cœur rempli de reconnaissance et d'amour pour Celle
qui, une fois de plus, lui montrait combien elle est sa Mère.

Daigne N.-D. de Roc-Amadour imprimer ces mêmes
sentiments et verser ses trésors de grâces dans les âmes qui
l'invoquent dans son sanctuaire bien-aimé. Daigne notre
Auguste Mère déroger, s'il le faut pour le salut des âmes,
aux lois de la nature et reprendre la série des miracles qui
ont illustré le nom de Roc-Amadour dans les siècles passés.

N.-D. de Roc-Amadour, priez pous nous.

Prière. — N.-D. de Roc-Amadour, humblement prosternés
à vos pieds, nous vous offrons le tribut de nos louanges.
Vous êtes bénie entre toutes les femmes, parce que vous avez
changé en bénédiction la funeste sentence qui avait frappé
Ève coupable ; parce que vous avez relevé le malheureux
Adam qui gisait sous le coup de l'exécration divine.

Vous êtes bénie entre toutes les femmes, parce que la
bénédiction du Père s'est répandue par vos mains sur tous
les hommes et les a délivrés de l'ancienne condamnation.
Vous êtes bénie entre toutes les femmes, parce que vous avez

apporté le salut aux générations qui vous ont précédée et à celles qui vous ont suivie.

» Vous êtes bénie entre toutes les femmes, parce que sans semence vous avez produit ce fruit béni, ce pain vivant descendu du ciel, ce froment des élus qui nourrit l'humanité, de siècle en siècle, jusqu'à la fin des temps. Oui ! vraiment, vous êtes bénie entre toutes les femmes, vous, qui n'étant qu'une femme selon la condition naturelle, devenez cependant Mère de Dieu par le plus grand miracle que le créateur ait jamais accompli.

» En effet, vous avez trouvé grâce devant Dieu, et quelle grâce ! une grâce immortelle, indéfectible, inébranlable, invincible, suréminente, en quelque sorte infinie.

» Et voilà pourquoi, avec l'Église catholique, avec les saints de tous les siècles, nous vous disons, et nous vous redisons encore : Salut, pleine de grâce, le Seigneur est avec vous, vous êtes bénie entre toutes les femmes. [1] »

» O Mère immaculée du Christ Jésus, N.-D. de Roc-Amadour, daignez donc exaucer la prière des pécheurs qui du fond du cœur poussent vers votre trône le cri de leur misère : « Sainte Marie, Mère de Dieu, priez pour nous pauvres pécheurs, maintenant et à l'heure de notre mort. » Ainsi soit-il.

N.-D. de Roc-Amadour priez pour nous.

---

[1] Sancti Sophronii. Hom. in Delparæ Ann.

CHAPITRE X

L'Église St-Sauveur. — La crypte de St-Amadour.

Pour bien marquer que Notre-Seigneur Jésus-Christ est
à une distance infinie de sa Mère, puisqu'il est Dieu, on a
donné à l'Église qui lui est consacrée des proportions autrement vastes que celles du Sanctuaire dédié à la plus auguste
des créatures. L'Église Saint-Sauveur est la grande Église
de Roc-Amadour, et, en quelque sorte, la basilique du
pèlerinage.

Cet édifice était autrefois entièrement isolé de la chapelle
miraculeuse : un couloir à ciel ouvert les séparait. Parmi
les pierres tombales qui recouvraient cet étroit passage, on
remarquait la dalle funèbre d'une princesse anglaise qui,
fidèle aux traditions ambitieuses de sa race, y avait fait
graver les lys de France.

Aujourd'hui, les deux édifices sont reliés entre eux et
communiquent par une porte intérieure. Auprès de cette
porte se trouve un tombeau en forme de chapelle ogivale,
adossé au rocher. Aucune inscription ne rappelle le nom du
personnage qui gît sous ce gracieux édicule ; mais nous savons
par le témoignage d'Odo de Gissey qu'Antoine de Latour,
vingtième évêque et vicomte de Tulle, voulut avoir son
tombeau dans l'église où il aimait tant à prier. Les ossements

conservés dans ce monument, sous un large drap mortuaire
de soie violette, sont évidemment ceux de ce pieux prélat,
qui a voulu reposer auprès du vénéré sanctuaire jusqu'au
jour de la résurrection.

L'Église est un vaste édifice de l'époque de transition.
L'architecture en est simple et sévère. Aucun ornement ne
coupe ses lignes majestueuses. C'est une masse imposante,
d'un caractère éminemment religieux. Ses formes vigoureusement accusées, son énergie quelque peu lourde et massive,
s'harmonisent merveilleusement avec le roc grossièrement
taillé, qui lui sert de mur dans le fond.

Deux piliers flanqués de huit colonnes engagées, et sur
lesquels viennent reposer les retombées des voûtes, partagent
l'église en deux nefs. A chacune de ces nefs correspond une
petite abside circulaire en cul-de-four, ménagée dans l'épaisseur
des larges murs du chevet. Le maître-autel se développe en
avant d'une fenêtre en plein cintre qui occupe le centre du
chœur.

Ce partage de l'église en deux nefs paraît singulier,
maintenant qu'elle est toute entière livrée aux fidèles. Il
était logique, alors qu'elle était desservie par des moines ou
des chanoines qui y récitaient l'office divin.

Une nef était occupée par leur chœur clôturé de chancels,
l'autre nef restait libre pour la dévotion des pèlerins qui
assistaient à l'office et suivaient les prières. L'autel, placé
dans une position centrale, permettait à tous de contempler
les cérémonies liturgiques et de s'associer au saint sacrifice.

L'antique crucifix en bois, que l'on remarque aujourd'hui
entre les deux grands piliers, est l'unique reste du chœur
des moines, dont il surmontait la porte. Les pèlerins, qui

montent à genoux les escaliers, terminent leur pieux exercice devant cette image vénérable.

L'Église Saint-Sauveur et la crypte de St-Amadour qui ne forment qu'un seul édifice, ont dû être construites dans le onzième siècle, probablement par Bernard III, évêque de Cahors, qui, pendant 18 ans, de l'année 1035 à l'année 1053, résida à Roc-Amadour et y éleva de grands bâtiments.

Les ornements qui décoraient l'Église Saint-Sauveur au moyen-âge ont complètement disparu. A la toiture, incendiée par les Huguenots, on avait substitué à la hâte une toiture mal combinée dont le poids tendait à écarter les murs. Le monument avait cédé peu à peu sous cette pression incessante et les voûtes s'étaient déformées et profondément déchirées.

Pour remédier à un état de choses si alarmant, on a dû rebâtir depuis les fondements les murs déversés, prendre en sous-œuvre et rebâtir à neuf ceux que l'incendie avait calcinés. Sur ces bases solidifiées les voûtes ont été, en partie reconstruites, en partie restaurées et l'édifice a reçu une nouvelle toiture.

L'heureux achèvement de ce hardi et urgent travail, sous la direction de M. Cheval, architecte d'un réel mérite, permit enfin de pourvoir à la décoration intérieure. A ce point de vue les boiseries du chœur ont une valeur réelle.

Les murs, les piliers et les voûtes ont été recouverts de peintures d'un goût douteux. Elles frappent sans doute les yeux du vulgaire ; mais les artistes préféreraient la pierre nue qui ferait mieux ressortir les formes architecturales du monument.

Quelques lambeaux de vitraux restaient encore aux

fenêtres. Ils ont été soigneusement relevés ; et de nouveaux vitraux, calqués sur les anciens, jettent dans l'église une lumière colorée et de vifs reflets, qui la consolent de son deuil trop prolongé.

Chacun de ces vitraux, aux nombreux personnages assis dans les médaillons ou courant sur les rinceaux, forme un tableau complet.

Le sujet de la verrière du chœur, ce sont les salutations. Au centre est Marie portant sur ses genoux son divin Fils ; autour d'elle s'empresse la hiérarchie céleste, pour la saluer en chantant ses louanges. Au sommet sont les anges Michel et Gabriel ; au-dessous, les patriarches représentés par Abraham, qui tient entre ses bras le bélier du sacrifice. David au nom des prophètes, saint Pierre comme prince des apôtres, saint Etienne pour les martyrs, saint Amadour pour les confesseurs, sainte Catherine pour les Vierges, sainte Véronique pour les saintes femmes, offrent leurs hommages à la Reine du ciel.

Le vitrail du nord a pour sujet l'arbre de Jessé. Du sein de ce patriarche s'échappe une tige qui s'élève en développant ses luxuriants rameaux, sur chacun desquels est un des rois d'Israël. Au sommet de la tige s'épanouit, comme une fleur gracieuse, la Vierge annoncée par les prophètes, la Vierge Mère du Sauveur.

Le vitrail du midi est consacré à l'Église universelle. Au sommet est Jésus ; sur sa tête plane le Saint-Esprit. A ses pieds est l'Église assise sur un trône, comme une reine ; le sceptre est entre ses mains, elle a le front ceint d'une couronne. Les autres panneaux représentent Marie, auprès de laquelle les premiers fidèles se sont groupés, comme

autour d'une mère ; puis Saint Pierre, vicaire de Jésus-
Christ, et Saint Paul, apôtre des nations. Leurs collègues,
échelonnés sur les rinceaux, se pressent autour des principaux
personnages. Au bas est la Synagogue, qui a refusé la lumière,
et dont les yeux sont couverts du bandeau de l'erreur. Elle
a perdu toute sa gloire : elle est tombée. La couronne
s'échappe de sa tète, et son étendard, dont la hampe brisée
est encore dans sa main, gît à terre sans honneur.

Qu'elle est belle l'église Saint-Sauveur lorsque, à l'époque
des grandes réunions, une multitude pieuse et recueillie se
presse dans son enceinte. Les confessionnaux qui garnissent
son pourtour sont constamment assiégés par les fidèles. Le
saint sacrifice est offert sans interruption sur ses autels ; et,
à la table sainte, les ministres sacrés ne cessent de distribuer
le pain eucharistique. Les chants liturgiques, les cantiques
populaires émeuvent les cœurs, les prédicateurs communiquent aux âmes l'ardeur et le zèle dont ils sont animés. La
foi et la piété se montrent au grand jour, elles s'épanouissent
dans toute leur ferveur.

La crypte dédiée à Saint Amadour est située au-dessous
de l'église Saint-Sauveur et s'étend sous la double travée
du sanctuaire. Cette crypte date de la même époque et est
du même style que l'église supérieure. La sévère simplicité
de son architecture, ses formes massives et quelque peu
lourdes, conviennent admirablement à un édifice souterrain,
sur lequel reposent d'énormes constructions.

Un large pilier carré, se courbant en arc doubleau ogival,
partage l'église en deux travées. Des colonnes engagées dans
les angles supportent sur leurs larges chapiteaux simplement
évasés et sans ornements, les arcs ogives qui dessinent la

voûte et projettent à sa surface une vigoureuse saillie.

Cette église a reçu une restauration, que réclamait impérieusement son état de délabrement. Les murs, à leur base, ont été revêtus de boiseries en chêne à arcatures romanes, sur lesquelles se détachent des confessionnaux de même style. Un mobilier en calcaire fin et poli a remplacé les rétables vermoulus que l'humidité et l'abandon avaient rendus irréparables. Ce nouveau mobilier, d'ailleurs, plus grave et plus sérieux, s'harmonise mieux, par sa matière et sa forme, avec l'édifice, qu'il complète sans en altérer le caractère ni en dissimuler les lignes.

Il n'a été conservé des anciennes boiseries que deux tableaux en relief dépourvus de tout mérite artistique, mais bien précieux, parce qu'ils confirment la tradition qui attribue à Zachée, sous le nom de Saint Amadour, la fondation du pèlerinage. Zachée y est représenté, d'abord sur le sycomore, puis recevant Jésus à l'entrée de sa maison.

La crypte de Saint Amadour est décorée de peintures qui rappellent les principaux évènements de la vie de Zachée et le souvenir des grands personnages qui ont visité le pèlerinage de Roc-Amadour. On peut lire la description de ces peintures dans le guide du Pèlerin.

» A la suite de l'église, existe une vaste salle voûtée. C'était une grande citerne où venaient se réunir les eaux pluviales. Un conduit en terre cuite la mettait aussi en communication avec la fontaine Notre-Dame, qui y versait son mince tribut. Une ouverture pratiquée derrière l'autel, permettra d'utiliser cette salle et d'y établir une belle sacristie.

» Par une petite porte placée auprès du sanctuaire, on descend dans un chemin de ronde qui longe l'église à sa base.

Ce passage était autrefois moins étroit, et son extrémité, plantée de treilles vigoureuses, portait le nom de jardin de Saint Amadour. En 1835, le rocher qui portait cette luxuriante végétation se détacha tout-à-coup, et écrasa dans sa chute une partie de la maison qu'il surplombait. Cet accident n'eut pas plus de suite que n'en ont d'ordinaire à Roc-Amadour les accidents, car aucun des habitants ne fut atteint. Dussions-nous faire sourire les personnes qui, jalouses à l'excès de la dignité de Dieu, ne veulent pas permettre à sa providence paternelle de s'étendre à d'aussi petits détails, nous dirons que la chute des rochers et la ruine des maisons n'ont pas été rares dans un lieu si abrupte et si longtemps délaissé, et que néanmoins il est inouï qu'elles aient causé quelque accident mortel. [1] »

Nous lisons au Propre de Cahors que le corps de Saint Amadour fut d'abord déposé à l'entrée de l'oratoire, dans le creux du rocher où se trouve une statue en plâtre représentant le saint Ermite endormi dans la paix du Seigneur. Il reposa dans ce tombeau jusqu'en 1166. A cette époque, son corps fut découvert et transféré solennellement dans la basilique qu'on venait de construire en son honneur. De nombreux miracles s'accomplirent autour du saint corps qui était conservé sain et intact, comme s'il était vivant. Il était entouré de la vénération des fidèles, dans la crypte que nous venons de décrire, jusqu'en l'an 1562. Nous dirons plus loin comment les Calvinistes le mirent en pièces et essayèrent de le détruire. Aujourd'hui, les restes glorieux de Saint Amadour sont renfermés dans un reliquaire en bois doré qui

[1] Guide du Pèlerin.

semble remonter à une haute antiquité. Ils attendent là, au milieu du respect et de l'amour des pieux serviteurs de Marie, la résurrection glorieuse qui leur est réservée.

Prière. — Saint Amadour, priez pour nous.

N.-D. de Roc-Amadour, priez pour nous.

O vous qui nous aimez tant, Jésus ici véritablement Dieu caché, par l'intercession de N.-D. de Roc-Amadour nous vous implorons, écoutez-nous.

Que votre passion soit notre amour, que votre bon plaisir soit notre plaisir ! Donnez-nous de le chercher, de le trouver, de l'accomplir ! Montrez-nous vos voies, indiquez-nous vos sentiers. Vous avez vos desseins sur nous, faites-les nous connaître et donnez-nous de les suivre jusqu'au définitif salut de notre âme. Qu'indifférents à tout ce qui passe et ne voulant voir que vous, nous aimions tout ce qui est à vous, mais vous surtout, vous notre Dieu ! Rendez-nous amère, toute joie qui n'est pas vous, impossible tout désir hors de vous, délicieux tout travail fait pour vous, insupportable tout repos loin de vous. Toute œuvre qui ne vous honore pas, faites-nous bien sentir qu'elle est morte. Que notre piété soit moins une habitude qu'un élan continuel du cœur.

O Jésus, nos délices et notre vie, donnez-nous d'être sans recherches dans notre humilité, sans dissipation dans nos joies, sans abattement dans nos tristesses, sans rudesse dans nos austérités. Donnez-nous de parler sans détour, de craindre sans désespoir, d'espérer sans présomption, de reprendre sans colère, d'aimer sans faux semblant, d'édifier sans ostentation, d'obéir sans réplique, de souffrir sans murmure.

O Jésus, bonté suprême, nous vous demandons un cœur épris de vous seul, qu'aucun spectacle, aucun bruit, ne puisse distraire, un cœur fidèle et ferme qui ne chancelle, qui ne descende jamais, un cœur indomptable, toujours prêt à lutter après chaque tempête, un cœur libre, jamais séduit, jamais esclave, un cœur droit qu'on ne trouve jamais dans les voies tortueuses.

Dirigez également notre esprit, ô mon Dieu, qu'impuissant à vous méconnaître, ardent à vous chercher, il parvienne à vous rencontrer, vous la suprême sagesse ; que ses entretiens ne vous déplaisent pas, que, confiant et calme, il attende vos réponses et que sur votre parole il se repose.

Et vous, glorieuse Mère de Jésus, daignez présenter à votre divin fils nos humbles supplications. Ainsi soit-il.

N.-D. de Roc-Amadour, priez pour nous.

CHAPITRE XI

Chapelles de Sainte-Anne et Saint-Joachim, de Saint-Blaise et de Saint-Jean-Baptiste.

Sept sanctuaires sont groupés dans l'enceinte du pèlerinage. Nous venons de visiter les quatre principaux ; il ne nous reste plus qu'à décrire les trois chapelles qui entourent le plateau de l'Église.

» De la chapelle Sainte-Anne et Saint-Joachim qui s'appuie sur le chevet de la grande Église, il ne restait qu'une porte ogivale et quelques pans de murs à demi ruinés sous l'action du temps. Les substructions qui allaient à dix mètres de profondeur chercher un appui sur une saillie du rocher, percées imprudemment sur plusieurs points, lézardées dans tous les sens, menaçaient de tomber sur le village qu'elles dominent. Tout l'édifice a été reconstruit depuis le fondement, dans le style du XVᵐᵉ siècle. Le portail actuel a été pris dans les ruines de l'Hôpital-Beaulieu, aujourd'hui appelé Hôpital-Issendolus. C'est un des derniers restes de cette magnifique abbaye fondée par les Seigneurs de Thémines, et donnée vers la fin du XIIIᵐᵉ siècle aux chevaliers de Saint-Jean-de-Jérusalem, pour y établir un couvent de femmes de leur ordre.

» La seconde chapelle a été dédiée à Saint Blaise, évêque

de Sébaste, en Arménie. Le corps de ce saint martyr, très-vénéré chez les Grecs, fut apporté en Occident à l'époque des croisades, et Roc-Amadour eut une large part de ses reliques, qui sont heureusement conservées. Ce fut sans doute pour recevoir avec honneur ce précieux dépôt, et pour répondre à la dévotion toujours croissante des peuples envers Saint Blaise, qu'on érigea le monument qui porte son nom.

» La chapelle de Saint Blaise appartient au XIIIme siècle. Quelques détails de son ornementation décèlent le style de cette époque ; mais l'ensemble porte l'empreinte bien prononcée de l'architecture romane, dont l'influence subsista longtemps dans les contrées méridionales, alors qu'elle était abandonnée dans le nord de la France. Les violettes épanouies sur les chapiteaux, d'un côté du portail, la végétation sculptée sur les culs de lampe qui soutiennent les retombées des voûtes, sont des essais timides de l'art nouveau. Les moulures du portail, qui continuent dans les voussoirs, les profils des pieds-droits à gorge et des colonnes cylindriques, les tores qui font saillie sur les arcs des voûtes, sont l'expression de l'art ancien qui domine la construction.

» La chapelle Saint-Jean-Baptiste fut fondée en 1516 par un noble et puissant religieux, frère Jean de Valon, chevalier de l'ordre de Sainct-Jean-de-Hierusalem, commandeur, etc.., lequel estant meu de dévotion envers la dévote église et magnifique oratoire Nostre-Dame de Roque-Amadou, où tous les jours on faict le service divin, le sus nommé de Valon estant, pour ce faire, dispensé et authorisé de sa Saincteté, donna et fonda à perpétuité aux vénérables prébandiers de la dite église et oratoire la somme de cinq cens livres à luy deües par noble Barthelemi de la Garde, seigneur de Sanhes, pour laquelle somme le dit seigneur de Sanhes luy avait affecté le repayre et moulin de Langlade, comme il résulte d'une obligation passée par Barthelemi Darnis, notaire de Gramat, le 3 juin 1514, pour icelle somme prendre, lever et exiger sur ledit Seigneur de Sanhes, conformément au dit contrat. »

On peut lire dans le Guide du Pèlerin le dispositif de cette fondation qui fut acceptée, le 16 juillet 1516, par le vénérable Jean-Albert et Bernard Lacroix, « prestres et prébandiers du dit oratoire, et autres prébandiers, assemblés au son de la cloche, qui, estant certifiés de la dite fondation, acceptèrent icelle et promirent n'y contrevenir mais tenir et accomplir le contenu en icelle, moyennant le dit legat, donation et somme de cinq cens livres. »

Sur un des murs intérieurs de la chapelle, on voit un *enfeu* couronné d'un fronton garni de choux rampants. C'est là le tombeau que s'était réservé le noble religieux dans l'acte de fondation.

Nous remplissons un devoir en rendant ici un public hommage à la famille de Valon que tant de liens rattachent au pèlerinage de Roc-Amadour.

« Déjà au XIIme siècle, une dame de Valon était venue remercier la Sainte-Vierge d'une insigne faveur, et ce pèlerinage de reconnaissance était signalé par un nouveau miracle que raconte ainsi le chanoine Farsit :

» Blessée par les ennemis du pays, la dame de Valon, comme Lazare que le Seigneur éveilla du sommeil de la mort, reposa, dit-on, dans le tombeau. En étant sortie par la protection de la glorieuse Vierge de Roc-Amadour, elle venait à son église pour y offrir ses prières. Or, un jeune homme à l'esprit pervers, de conduite vicieuse, mais vigoureux de corps et élégant dans ses manières, se joignit à elle pour qu'elle fournît à sa nourriture pendant le voyage. La dame, distinguée par sa noblesse et sa générosité, renommée par ses moyens et son désir de faire le bien, agréa ses services. Il se disposait, au contraire, à rendre le mal pour le bien et attendait une occasion favorable pour enlever à la dame ses vases d'argent. Et comme à ses mauvais desseins il joignait le désir de les exécuter, un soir que, fatigués de leur voyage, ils étaient arrivés à Userchef (Luzech ou Usech), ce méchant jeune homme déroba de la valise de la dame trois vases précieux et 80 sous ; puis, feignant d'avoir quelque chose à faire dans le village, il sortit de l'hôtellerie. Toute la nuit, il erra çà et là, sans trouver son chemin. La dame donna des signes pour le reconnaître, on le chercha de tous les côtés ; il fut enfin rencontré et ramené : il n'avait pu ni fuir, ni s'éloigner ; car la bienheureuse Vierge avait retenu ses pas. Rien n'avait été détourné de l'argent qui avait été confié à la garde de la fidèle Reine. Alors la dame, faisant éclater sa reconnaissance envers le Seigneur, répétant à haute voix les louanges de la Vierge, amena avec elle le jeune homme à l'église de Roc-Amadour, pour le remettre à la bonne Mère. Mais la Médiatrice de Dieu et des hommes, la Mère de celui qui a porté les péchés du monde, qui ne veut pas la perte des méchants, mais leur conversion, le délivra de ses liens et lui rendit la liberté... »

Nous ne pouvons nous empêcher de mentionner ici un privilège très important qui fut concédé, probablement en retour de services militaires, à la famille de Valon. Nous voulons parler d'un droit sur la vente des sportelles ou médailles de Notre-Dame de Roc-Amadour.

« Par un acte passé le 11 juin 1468 à Roc-Amadour, sur
la place Saint-Michel, frère Othon de Chalo, agissant en vertu
d'une procuration de Monseigneur Denys de Bar, évêque de
Tulle et de son chapitre, déclare en présence de noble Antoine
de Valon, seigneur de Thégra, et de nombreux témoins, que
de tout temps (*ab omni œvo*) la famille de Valon a été en
droit de vendre la moitié des signes en plomb ou en étain sur
lesquels est imprimée et figurée l'image de la glorieuse Vierge
Marie, ou du moins de percevoir et d'exiger la moitié du
produit de la vente de ces signes, faite par le dit seigneur
évêque ou par un mandataire de son choix. D'accord avec
noble de Valon, frère Othon de Chalo, donne la régie de cette
vente à Guillaume Sabatier, prêtre et habitant de Roc-
Amadour, qui s'engage à agir dans l'intérêt des deux parties
et à leur rendre un compte bon et loyal. »

Qu'était-ce que la sportelle de Notre-Dame de Roc-Amadour ? C'était le sceau même de l'Église : *sigillum beatœ
Mariœ Rupis-Amatoris*. L'évêque de Tulle seul, comme
administrateur perpétuel, avait le droit de les distribuer et
d'en recueillir le profit, qu'il partageait avec la famille de
Valon. Toutefois, malgré des défenses réitérées, les habitants
du village en faisaient un commerce clandestin. Ils vendaient
en même temps une médaille représentant la Véronique ;
mais cette image n'avait pas la même créance que la sportelle
officielle.

En 1425, pour soulager la misère qui pesait sur le pays,
l'évêque se dépouilla de son privilège en faveur des habitants
et leur permit de vendre librement les sportelles à leur profit
pendant l'espace de deux ans.

» Les sportelles étaient des médailles en plomb ou en **étain** dont les pèlerins avaient soin de se pourvoir, pour les fixer à leur chapeau ou au camail qui couvrait leurs épaules. A chaque sanctuaire qu'ils visitaient, ils demandaient sa sportelle particulière, à Saint-Jacques-de-Compostelle sa coquille, et ces signes réunis en ordre sur leur pèlerine retraçaient fidèlement leur pieux itinéraire.

» La sportelle était pour le pèlerin plus qu'un objet de piété, plus qu'un souvenir religieux ; c'était un sauf-conduit qui le mettait à l'abri de tous les dangers, une marque distinctive qui le faisait vénérer partout et lui assurait une cordiale hospitalité. Muni de la sportelle, il devenait une personne sacrée ; il pouvait, en temps de guerre, traverser impunément les camps ennemis. En 1399, malgré les hostilités qui désolaient le Quercy, le pèlerinage de Roc-Amadour était fréquenté comme à l'ordinaire. Français et Anglais respectaient également, à leur aller et à leur retour, les visiteurs de la sainte chapelle. Un Anglais fait prisonnier par la garnison de Cahors fut mis en liberté, aussitôt qu'on l'eut reconnu comme pèlerin de Roc-Amadour. [1] »

Trois sportelles de Roc-Amadour sont conservées au musée de Cluny et la famille de Valon en possède une quatrième. Les directeurs du Pèlerinage ont fait frapper de nouvelles médailles sur le modèle des sportelles du moyen-âge, et les pieux pèlerins peuvent se pourvoir de cet insigne au Magasin de Sainte-Marie.

A l'intérieur comme à l'extérieur, la chapelle de Saint Jean-Baptiste et en forme de tour octogone ; sa toiture très basse est bordée par une rampe également octogone, en

---

[1] Guide du pèlerin,

pierre ouvragée, dans le style flamboyant. Une tourelle octogone domine, de sa flèche très aiguë, en pierre très décorée, la chapelle de Saint-Jean-Baptiste. Cette tourelle relie la dite chapelle au palais des évêques de Tulle et contient un escalier en pierre qui conduit en pas de vis aux divers étages de l'édifice. Le palais des évêques de Tulle, complètement restauré par les soins de Monseigneur Grimardias, ferme l'enceinte sacrée et s'étend sur une ligne parallèle à la basilique, depuis le sanctuaire de Saint-Jean-Baptiste jusqu'au rocher, en passant sur l'escalier monumental que nous avons décrit au chapitre septième.

On pénètre dans l'enceinte par la *porte du fort*, large portail qui s'ouvre sous le palais, et, après avoir gravi les degrés qui s'élèvent sur la largeur de l'édifice, on arrive sur le plateau des églises.

La façade du palais est très imposante. Le grand arceau du portail supporte deux étages de fenêtres à triple baie séparées par des colonnettes. L'édifice s'appuie d'un côté au rocher, de l'autre à une haute tour romane couronnée de créneaux. La toiture ardoisée du palais est bordée de créneaux qui se relient à ceux de la tour. Le palais des évêques de Tulle honore le bon goût des artistes qui en ont fait la restauration. Ce palais a son histoire : là furent accueillis les nombreux prélats qui visitèrent Roc-Amadour, le légat du pape, Arnaud Amalric, qui passa à Roc-Amadour l'hiver de 1211 ; le saint martyr Engelbert, archevêque de Cologne, qui visita deux fois Roc-Amadour ; les évêques de Cahors, toujours dévoués au Saint oratoire, et une foule d'autres pieux pontifes attirés à Roc-Amadour par leur piété envers Marie.

Outre le palais des évêques de Tulle que nous venons de décrire, l'enceinte sacrée contenait plusieurs vastes habitations qui abritèrent d'abord les cellules des bénédictins et plus tard les appartements des chanoines à qui était confiée la garde du pèlerinage. « On avait dû y ménager aussi des logements pour les nombreux serviteurs attachés au pèlerinage, et pour la garnison qui veillait à sa défense, en temps de guerre. »

Un édifice entièrement isolé se dressait dans les anfractuosités de l'immense rocher. C'était l'ermitage où de fervents imitateurs de Saint Amadour perpétuaient ses vertus et ses œuvres.

Sur les saillies inégales du roc était tracé un étroit et périlleux sentier, qui seul donnait accès au pittoresque ermitage. Une corde tendue à des anneaux qui sont encore scellés dans la pierre, prêtait un appui nécessaire pour franchir ce passage effrayant.

Le paisible asile où les serviteurs dévoués de Marie, séparés du monde et comme suspendus entre le ciel et la terre, coulaient des jours heureux dans la prière et le jeûne, n'a pu échapper à la dévastation et à l'incendie. Il a été complètement détruit. Quelques restes de fondements, quelques pierres encore attachées aux rochers, étaient les seuls vestiges de sa grandeur passée.

Monseigneur Bardou a relevé ces vénérables ruines. Par ses soins, une maison consacrée à la glorieuse Vierge dont elle porte le nom — Maison de Marie — a pris la place de l'antique ermitage, qui est devenu une maison de paix et de retraite. Les personnes désireuses de passer quelques jours dans le recueillement, y trouvent un asile assuré contre le bruit et les distractions du monde.

Et quelle maison fut mieux adaptée à une si sainte destination ? Là, tout inspire de salutaires pensées, tout porte aux profondes méditations. L'étrange position des cellules que le roc supporte et recouvre, au-dessus de la profonde vallée où l'œil plonge avec effroi, l'aspect capricieux et sévère de la masse de rochers qui bornent l'horizon, le silence et la solitude que les bruits du village ne peuvent troubler, le souvenir des fervents anachorètes qui sanctifièrent cette retraite par leurs vertus, le voisinage du célèbre oratoire où Dieu s'est plu à faire éclater la gloire de sa Sainte Mère, tout dispose l'âme au recueillement et à la prière. Heureux ceux qui peuvent venir retremper leurs âmes à l'ombre de ces rochers. Les jours écoulés auprès de N.-D. de Roc-Amadour laissent au cœur des impressions profondes, un souvenir toujours vivant, toujours fécond, que rien ne saurait effacer.

Prière. — Très Sainte-Vierge Marie, vous êtes la porte du ciel et le refuge des pécheurs, nous vous supplions donc avec Saint Anselme : veuillez notre salut et infailliblement nous serons sauvés.

Quoi donc ? Vous resserreriez envers nous les entrailles de votre miséricorde ?... O Notre-Dame, vous ne voudriez pas nous sauver ? — Certes, selon le témoignage du psalmiste, notre Dieu est notre miséricorde, et vous, sans nul doute, vous êtes sa mère.

Si donc, vous, qui êtes en vérité la Mère de la miséricorde, vous nous refusez ses salutaires effets, que ferons-nous, pauvres pécheurs, lorsque votre fils viendra nous citer au tribunal de sa Justice ?

» Sans doute, par vous votre fils s'est fait notre frère, et ce titre nous inspire si grande confiance qu'il semblerait peut-être que nous n'aurions point besoin de votre protection maternelle.

» Mais il n'en est rien, car, tout en sauvegardant les droits de sa justice, votre divin Jésus inclinera davantage la sentence de son jugement soit vers la miséricorde et le pardon, soit vers la condamnation et le châtiment, selon qu'il verra votre volonté, la volonté de sa douce mère, inclinée vers l'un ou vers l'autre. »

Sauvez-nous donc, ô N.-D. de Roc-Amadour, nous vous en conjurons par l'intercession de Sainte-Anne et de Saint-Joachim, vos très saints parents, de Saint-Blaise, votre très fidèle serviteur et de Saint-Jean-Baptiste, le glorieux précurseur de votre Fils, qui tressaillit et fut sanctifié dans le sein de sa mère, au moment où vous saluâtes Sainte Élizabeth. Ainsi soit-il.

N.-D. de Roc-Amadour, priez pour nous.

CHAPITRE XII

Les Miracles de Notre-Dame de Roc-Amadour.

Avant de raconter les évènements miraculeux que les auteurs nous ont transmis, il convient de poser en principe la possibilité du miracle en général. Le matérialisme ne peut la nier qu'en repoussant l'existence même de Dieu, qu'en décrétant arbitrairement que les lois de la nature sont nécessaires, immuables et éternelles. Nous n'avons pas à démontrer ici l'absurdité d'une telle doctrine, non moins contraire au sens commun et à la raison qu'aux traditions des peuples et aux données de l'histoire.

Ainsi, quiconque n'est pas athée souscrira volontiers à la belle définition de la nature par Buffon : *Le système des lois établies par le créateur pour la conservation et la reproduction des êtres.* Partant de cette définition, il nous est facile d'établir la possibilité du miracle.

Qu'est-ce, en effet, que le miracle ?

Un évènement contraire aux lois constantes de la nature: ainsi, qu'un mort de quatre jours, déjà tombé en dissolution, sorte vivant de son tombeau ; qu'à la voix, au simple commandement d'un homme, une tempête violente s'apaise subitement, ou qu'un fleuve remonte vers sa source, voilà des faits qui sont une suspension manifeste des lois universelles et bien connues de ce monde physique : voilà des miracles.

Or, qui osera dire que de pareils prodiges sont impossibles à Dieu, qu'il ne peut les opérer par sa toute-puissance, ou, s'il lui plait, par des agents qui parlent en son nom ? Le bon sens dit à chacun que Dieu a établi librement les lois qui gouvernent ce monde visible, que ces lois sont l'effet de sa volonté toute-puissante ; et comment serait-il le maître suprême de la nature entière, comment en serait-il le législateur indépendant, s'il ne pouvait suspendre ses lois suivant les desseins de son adorable sagesse ?

Le hasard n'est rien, la nécessité est un mot et non pas une cause. C'est Dieu qui a fait les causes secondes et qui leur a donné leurs propriétés, leur degré de force et d'activité. Or, si ces lois sont l'ouvrage de Dieu, comment contester à Dieu le droit et le pouvoir d'y déroger selon son bon plaisir ?

Les lois de la nature sont sages, puisqu'elles émanent d'une sagesse infinie. Mais le législateur ne peut-il pas avoir des raisons de la plus haute sagesse d'y déroger quelquefois ? Par exemple, l'établissement et la conservation de la foi, la récompense des saints, le châtiment ou la conversion des pécheurs.

Les miracles sont comme des coups d'autorité divine qui manifestent la main puissante et le gouvernement suprême du maître des hommes et de la nature.

Les lois de la nature doivent avoir un caractère de stabilité ; mais des suspensions très rares et pour des cas exceptionnels ne nuisent en rien à l'harmonie de l'ensemble.

Concluons donc avec Jean-Jacques Rousseau [1] : « Dieu

---

[1] J.-J. Rousseau.. 3ᵉ lettre de la montagne.

peut-il faire des miracles ? c'est-à-dire peut-il déroger aux
lois qu'il a établies ? Cette question sérieusement traitée
serait impie si elle n'était absurde ; ce serait faire trop
d'honneur à celui qui la résoudrait négativement que de le
punir ; il faudrait l'enfermer. »

« On peut discerner le miracle des faits naturels. Mais on
doit dans cet examen marcher avec prudence. Ainsi, un fait
n'est pas miraculeux parce qu'il est extraordinaire ou que
la cause en est inconnue. Il est parfois difficile de distinguer
le miraculeux du naturel ; et, en ce cas, il faut suspendre
son jugement en attendant de nouvelles lumières, selon la
parole de l'Écriture : « ne croyez pas à tout esprit, éprouvez
tout et retenez ce qui est bon. » Mais si je vois le cours de
la nature manifestement interrompu, si je suis témoin d'un
évènement qui déroge *évidemment* à une loi constante du
monde physique, il n'est pas en mon pouvoir de n'y pas
reconnaître un miracle ; vainement j'affecterais le contraire,
je mentirais à ma conscience et mon cœur réclamerait
contre mes paroles. [1] »

Dieu communique souvent sa puissance sur la nature à
ses fidèles serviteurs. Ainsi, la vie des saints est toute
tissée d'évènements merveilleux ; mais aucun saint n'a
multiplié les miracles, comme l'auguste Mère de Dieu ; et
Marie s'est toujours plu à manifester sa toute-puissance
dans ces lieux privilégiés où elle appelle les foules et où
elle tient, en quelque sorte, ses assises solennelles. Ce sont
les miracles qui ont fait les pèlerinages.

Qu'est-ce, en effet, qui a attiré les peuples à Roc-Amadour,

---

[1] Frayssinous.

durant les seize premiers siècles de l'Église, comme ils sont attirés de nos jours aux roches Massabielles ? Les miracles. Il n'est pas douteux que durant ces quinze siècles les miracles se sont multipliés à Roc-Amadour. Les morts ressuscités, les malades guéris, les naufragés sauvés, des victoires remportées contre les ennemis du nom Chrétien, les conversions les plus extraordinaires multipliées à l'infini : voilà l'attrait surnaturel et irrésistible qui n'a cessé pendant ces longs siècles d'attirer les peuples à ce sanctuaire bien-aimé.

Ah ! si nous possédions les anciennes chroniques du moyen-âge, si les annales de N.-D. de Roc-Amadour n'avaient pas été jetées aux flammes par les Vandales du seizième siècle, si nous pouvions secouer la cendre de ce passé glorieux, que de merveilles ne mettrions-nous pas sous les yeux des pieux serviteurs de Marie !

Quoiqu'il en soit, ce qui nous reste suffit pour donner une idée de l'ensemble. Voici donc des miracles qui nous ont été transmis par Odo de Gissey, et qu'il a recueillis lui-même dans deux auteurs du douzième siècle, Farsit, chanoine de Laon, qui, d'après Odo de Gissey, raconte dans son ouvrage 107 miracles de N.-D. de Roc-Amadour, et Robert Dumont, continuateur de la chronique de Sigebert.

Dans le chapitre que nous avons consacré à la cloche miraculeuse nous avons rapporté plusieurs miracles très intéressants. Nous n'avons pas à y revenir ici ; mais ceux qui suivent n'ont pas un moindre intérêt. Ce n'est pas seulement sur mer que N.-D. de Roc-Amadour a daigné manifester sa puissance. Les deux miracles que nous allons rapporter, d'après M. Le Guennec, nous prouvent que des champs de bataille redisent et chantent encore sa bienveillante intervention. Remarquons tout d'abord que, outre la cloche miraculeuse, Notre-Dame possédait une bannière qu'on peut également appeler miraculeuse. Voici comment elle fut donnée au pèlerinage.

Il y avait à Roc-Amadour un religieux sacristain, auquel la bienheureuse Vierge apparut trois samedis de suite, tenant à la main un étendard ployé et lui ordonnant de l'apporter de sa part au petit Roi d'Espagne, qui devait combattre les Sarrazins. Le sacristain allégua le peu de considération attachée à sa personne ; on ne croirait pas, disait-il, à ses paroles. Le prix de sa résistance fut un signe de mort pour le troisième jour.

Il fallut obéir. Le Prieur accepta la charge de remplir le mandat auquel était attaché l'ordre de ne pas déployer l'étendard avant le jour du combat, et ce jour-là même, avant l'heure d'une pressante nécessité.

Le moine mourut après avoir fait connaître cette révélation, et le Prieur de Roc-Amadour exécuta fidèlement l'ordre de la Reine du Ciel. Il se rendit lui-même sur le champ de bataille. Cet étendard portait l'image de la Bienheureuse Marie tenant son enfant entres ses bras et elle avait à ses pieds le signe que le Roi de Castille, appelé le petit Roi, avait coutume de porter sur son propre drapeau.

Or, à la même époque, c'est-à-dire, au commencement du XIIme siècle, l'émir Mohammet-Aben-Asser, qu'on appelait aussi Miramolin, entra en Espagne à la tête d'une nombreuse armée. Alphonse IX, roi de Castille, ne pouvant seul tenir tête à un si redoutable ennemi, implora la protection du pape, Innocent III, dont les yeux étaient sans cesse ouverts sur les besoins de la chrétienté, adressa un pressant appel aux princes de l'Europe : « — L'ennemi de la Croix, disait il, ne cherche pas seulemement à opprimer l'Espagne, ses efforts tendent à mettre partout les chrétiens sous le joug. » Et, au nom de la foi menacée, l'illustre pontife pressait vivement les souverains catholiques d'aller joindre leurs forces à celles du roi de Castille. Les roi d'Aragon et de Navarre, les chevaliers de Malte et ceux de Calatrava, ainsi que quelques seigneurs français, répondirent à l'appel du père commun des fidèles.

Le 12 juillet 1512, les armées étaient en présence : à minuit, un héraut d'armes fit retentir dans le camp des chrétiens cet appel : combattants du Seigneur, levez-vous !!... Ensuite on entendit les confessions, on offrit le Saint Sacrifice et on donna à chacun la Communion.

Voici à ce sujet la réflexion du protestant Hurter ; elle est digne de remarque : « Notre génération peut à peine comprendre le courage que devait inspirer à des hommes simples et entourés des dangers de la mort, la confession des péchés. Si nous réfléchissons, qu'à la confession venait se joindre le gage de l'amour et de l'immortalité, reçu dans la communion, nous aurons le secret de cette foule d'actions héroïques, par lesquelles se distinguaient tant de guerriers du moyen âge. [1] »

La bataille commença dès le matin ; elle fut sanglante. A midi, la victoire était encore indécise, ou plutôt, elle semblait pencher du côté des ennemis du Christ. Un instant les Maures purent se croire vainqueurs. L'avant-

_____
[1] Hurter, p. 329.

garde d'Alphonse avait été écrasée ; la seconde ligne était en déroute ; les chevaliers de Malte et de Calatrava étaient décimés.....

Dans cette extrémité, le roi de Castille déploie au front des troupes chrétiennes la bannière de Notre-Dame de Roc-Amadour. Les chrétiens la saluent avec un indicible enthousiasme et, poussant des cris de joie, reprennent vigoureusement l'offensive. Les Musulmans. transportés de rage lancent contre elle une grêle de flèches et de pierres, et, saisis subitement d'une terreur panique, ils prennent la fuite dans une complète déroute.

Les pertes des Musulmans, tant sur le champ le bataille que dans la déroute qui suivit leur défaite, furent immenses. Les chrétiens, de leur côté, avaient déjà perdu beaucoup de monde ; mais, dès que l'étendard de Marie fut déployé, trente hommes à peine tombèrent sur le champ de bataille. Le moine Albéric, à qui nous empruntons ce récit, termine par cette pieuse et chaleureuse invocation : « Béni soit le Seigneur qui a perdu les impies ! »

Tandis que les croisés étaient à la poursuite des fuyards, l'Archevêque de Tolède, avec d'autres prêtres et évêques présents au combat, entonna le *Te Deum*, sur le champ de bataille. Tous versaient des larmes de reconnaissance et quand l'armée victorieuse entra à Tolède, son premier soin fut d'aller faire à Marie, dans une de ses églises, l'hommage de la glorieuse victoire qu'elle venait de remporter. C'est en mémoire de cette victoire que le pape Innocent III établit la fête du triomphe de la Croix.

A cette même époque, l'Église avait à combattre des ennemis non moins redoutables que les Sarrazins. C'étaient

les Abigeois, dont les doctrines, empruntées aux Manichéens
et aux Gnostiques, ne tendaient à rien moins qu'à détruire
toute religion, toute morale, toute société. Innocent III ordonna une croisade. Saint Dominique fut choisi pour la prêcher.
Vint-il à Roc-Amadour, avant d'entreprendre cette mission,
demander aide et secours à Notre-Dame ?...

Une pieuse tradition nous permet de croire que dans la
chapelle miraculeuse de Roc-Amadour, la Benoîte Vierge
apparut à son fidèle serviteur, lui révéla la dévotion du
Rosaire et lui donna le chapelet dont il devait se servir
pour combattre les sectaires qui désolaient le midi de la
France. Toutes leurs forces devaient se briser devant cette
arme en apparence si faible.

On donna pour chef à cette croisade Simon de Montfort,
en qui la piété égalait le courage, à tel point qu'un concile
de Montpellier le surnomma un autre Judas Machabée. A
l'exemple de Saint Dominique, Simon de Montfort vint en
pèlerinage à Roc-Amadour recommander sa sainte entreprise à la Vierge toujours victorieuse. Aussi, quelque temps
après, avec huit cents hommes, il écrasait à Muret l'armée
ennemie forte de quarante mille combattants.

Quelques temps après, les États du Quercy vinrent à Roc-
Amadour et s'engagèrent par serment, dans la chapelle
miraculeuse, au pied de l'autel, en présence de la statue de
Marie, à rester toujours fidèles à la religion de leurs pères
et à combattre de toutes leurs forces l'hérésie Albigeoise.
Aussi, cette hérésie funeste ne parvint-elle jamais à s'établir
dans notre Quercy et le Languedoc lui-même, qu'elle avait
tant désolé, en fut bientôt délivré par la miraculeuse protection de N.-D. du Rosaire, la Vierge de Roc-Amadour.

« Béni soit le Seigneur qui a perdu les impies ! »

Prière. — N.-D. de Roc-Amadour, l'histoire nous apprend que vous avez multiplié les miracles, durant le cours des siècles, dans votre bien-aimé sanctuaire, mais l'unique miracle nécessaire, c'est le salut de notre âme. « A quoi, nous serviraient votre glorieuse exaltation et le tressaillement de joie douce et affectueuse que nous en ressentons, si nous venions à nous perdre ?...

» O Marie, de même que Jésus est notre Sauveur, ainsi vous êtes notre réconciliatrice ; sauvez-nous donc avec d'autant plus de sollicitude que vous nous voyez plus souillés des boues de ce monde dans lesquelles nous sommes nés. Certes, vous ne faillirez pas à votre mission. Depuis le jour de notre rénovation par le sang de votre Fils sur la croix, vous n'avez cessé de secourir toutes les âmes qui se sont réfugiées sous votre protection maternelle.

» Aussi, avez-vous mérité dans tous les siècles, les hommages et les louanges de toutes les créatures.

» Nous vous en supplions donc, secourez-nous selon toute l'étendue de nos besoins et de votre puissance, afin que la louange que vous possédez dans les siècles passés se perpétue de nos jours et dans les siècles futurs pour votre plus grande gloire. [1] » Notre-Dame de Roc-Amadour, de pieux pèlerins imploreront de vous des miracles temporels ; daignez les accorder, en vue du salut de leur âme. Mais tous, nous avons besoin du miracle spirituel de notre conversion, de notre persévérance finale, en un mot, de notre salut.

[1] St Anselme.

Voilà l'*unique nécessaire* que nous implorons de votre miséricorde. Vous seconderez les vues de Notre-Seigneur Jésus-Christ sur nous, en nous l'accordant. Ainsi soit-il.

N.-D. de Roc-Amadour, priez pour nous.

———

CHAPITRE XIII

Morts ressucités par N.-D. de Roc-Amadour.

La résurrection d'un mort a toujours été considérée comme un miracle de premier ordre. En effet, la resurrection déroge à l'une des lois les mieux connues et les plus constantes de la nature. Quoi de plus facile à constater que la mort de Lazare, dont le cadavre est en putréfaction depuis quatre jours dans le tombeau ? Quoi de plus facile à établir que sa survie, après sa sortie du sépulcre, à l'appel du Sauveur ? Les ennemis même de Jésus ne doutèrent point de la résurection de Lazare, mais ils cherchèrent à tuer le ressuscité, car sa présence parlait trop éloquemment en faveur de la doctrine du Divin Maître.

Le chanoine Farsit, auteur du douzième siècle, nous raconte le fait suivant. Nous le reproduisons, en laissant au style la simplicité et la naïveté que lui ont données les anciens auteurs.

« Il y avait dans le territoire de Cahors, un saint prêtre, du nom de Bernard de Suave. Tous les ans il avait la pieuse coutume, en qualité de chapelain de la Mère de Dieu, d'aller avec ses paroissiens visiter le sanctuaire de Roc-Amadour ; le jour de la fête de la Nativité de la Sainte-Vierge avait ses préférences. Il y célébrait les offices divins et déposait dans la sainte Chapelle les nombreuses offrandes qu'il avait apportées ; il épanchait ensuite son âme dans de suaves et ferventes prières : — O mon Dieu, s'écriait-il, quand me délivrerez-vous de ce corps de mort ! Quand me sera-t-il donné de quitter cette vallée de misères et de tribulations pour régner avec vous !

» Notre-Seigneur ne voulut point combler tout d'abord ses désirs ; avant de l'appeler à la gloire du ciel, il le rendit infirme.

» Aimé de tous ses paroissiens, il ne fut pas abandonné dans sa souffrance ; ils le visitaient souvent durant sa maladie. Profitant de leurs visites, le bon Pasteur leur donnait de salutaires conseils en les exhortant de toutes ses forces à persévérer dans le bien et à devenir encore meilleurs.

» Telle fut sa conduite jusqu'au moment où il rendit sa belle âme à Dieu et qu'il fut reposer avec ses pères dans le sein de Jésus-Christ. C'est à neuf heures du soir qu'il rendit le dernier soupir ; le lendemain, on célébra pompeusement ses funérailles, au milieu de ses paroissiens qui, n'ayant plus de père, se lamentaient et pleuraient à chaudes larmes. Ils adressaient à Notre-Seigneur et à sa sainte Mère leurs supplications et leurs prières. Se tournant vers N.-D. de Roc-Amadour, ils lui disaient avec une confiance et une foi sans égales : — O N.-D. de Roc-Amadour, ô notre bonne Mère, Vierge de miséricorde et de pitié, rendez-nous notre pasteur et notre père !

» Le ciel ne resta point sourd à leurs prières ; car, au moment où on se disposait à descendre le défunt dans la tombe, la bière s'ouvre d'elle-même et semblable à un homme qui se relève d'un profond sommeil, le prêtre se dresse sur son cercueil et adresse à ses paroissiens désolés des paroles de consolation et d'espérance.

» Aussitôt les ornements lugubres font place aux décorations de fête, les cantiques d'allégresse succèdent aux chants funèbres, la foule est transportée de joie. Constantes dans leurs supplications, ces âmes simples le furent aussi dans leur reconnaissance. Quant au bon prêtre, comme preuve du miracle qui venait de s'opérer en sa faveur, il envoya à Roc-Amadour le lit sur lequel il avait été déposé après sa mort. »

» C'était en l'an 1531, le Père Odo de Gissey raconte qu'un enfant était venu au monde sans vie. Depuis quatre jours il reposait dans le tombeau, lorsque sa mère, Marguerite Amorose, du diocèse de Limoges, ne pouvant se consoler de la perte de son enfant, implora avec confiance le secours de la Très Sainte-Vierge Marie et lui promit d'aller en pèlerinage à Roc-Amadour si son fils ressuscitait. Ce qui mettait le comble à son malheur, c'est que son enfant mort-né n'avait pu recevoir le Sacrement du Baptême. Or, à force d'instances et de larmes, elle détermina son mari à aller ouvrir le tombeau : ô prodige !... le père retrouve son enfant plein de vie et jetant du sang par les deux narrines. Il est retiré du cercueil et baptisé. Inutile d'ajouter quels furent le bonheur et la joie de ces parents. Cette pauvre mère était bien largement consolée, en voyant son fils recevoir, par l'intercession de la Mère de Dieu, une double vie, la vie corporelle et la vie spirituelle.

» Relevée de ses couches, Marguerite Amorose se rendit à Roc-Amadour pour attester le miracle et remercier la Très Sainte-Vierge. »

* * *

Le même auteur raconte encore un nouveau fait qu'il avait puisé également dans les archives du pèlerinage. Il porte la date 1609, et est relaté dans l'acte suivant :

« Je soussigné, Antoine de Guilhaume, natif du Vigan et demeurant à Saint-Médard — en Périgord — certifie que ma fille de l'âge de 8 à 10 mois ayant avalé le noyau d'une longue prune appelée fuseau, en fut tellement offensée au gosier, que pour la retirer il en résulta une grande effusion de sang qui laissa ma fille presque sans vie. Cet état dura pendant trois heures, si bien qu'on la croyait morte. Le suaire était déjà prêt pour l'envelopper et l'ensevelir, lorsqu'il me souvint que N.-D. de Roc-Amadour pouvait bien, si telle était sa miséricorde, me venir en aide et me rendre mon enfant chérie. Avec une entière confiance je demande cette grâce à cette bonne Dame lui faisant vœu en même temps de faire le pèlerinage de Roc-Amadour et de m'abstenir pendant un an de boire du vin. La chose réussit et si heureusement que cette pauvre fillette recouvra la vie et la santé. »

Nous regrettons de ne pouvoir ajouter un plus grand nombre de résurrections. Sans doute celles-ci ne sont pas les seules que N.-D. de Roc-Amadour ait accomplies, mais leur histoire n'est pas venue jusqu'à nous.

Certains auteurs expriment le regret de ne pouvoir raconter, à la suite des résurrections corporelles, les résurrections spirituelles que N.-D. de Roc-Amadour a multipliées dans le cours des siècles. Ce regret est tout naturel ; mais les miracles corporels frappent les yeux, les miracles spirituels restent cachés dans le secret des consciences : Dieu seul les connaît et seul il les inscrit aux archives du ciel.

Malades guéris. — Voici une double guérison obtenue par l'intercession de N.-D. de Roc-Amadour et racontée par le chanoine Farsit :

« Une femme de Vienne était privée de la vue depuis plusieurs années. La vie pour cette pauvre aveugle s'écoulait bien triste ; aussi ne cessait-elle de faire appel à la miséricorde divine, la suppliant d'apporter un peu de remède à ses maux. Avec une vive foi elle suppliait la Vierge de Roc-Amadour de lui venir en aide. Elle fit vœu d'aller en pèlerinage à Roc-Amadour si Marie lui rendait la vue.

» Son vœu fut entendu et sa prière exaucée, la vue lui fut rendue.

« Chose étrange ! Une fois guérie la malade oublia sa promesse, mais la Mère de Dieu sut la rappeler au devoir. Quelque temps après, en prenant son repas, un os à double tranchant s'arrêta dans son gosier et la malheureuse ne savait que devenir. Elle ne pouvait parler, impossible aussi de pousser ni sanglot, ni soupir, sans augmenter ses douleurs. Alors elle se souvint de son vœu oublié, et le souvenir de ses infidélités redoubla ses angoisses. Elle resta 16 jours dans cette horrible situation, ne pouvant prendre aucune nourriture. Enfin pleurant sa faute, elle se jette à genoux, lève les yeux et les mains vers le ciel, et adresse à Marie cette prière : « O Étoile de la mer, qui brillez parmi toutes les créatures de l'éclat le plus vif, ayez pitié de moi. Je vous en conjure, laissez tomber sur moi un regard de compassion, sans vous je vais périr infailliblement. »

» Les personnes témoins de cette scène mêlèrent leurs larmes, leurs vœux et leurs prières à ceux de la pauvre femme. Encore une fois, Marie se montra clémente, la malheureuse put enfin rejeter l'os qui l'étranglait et la santé revint ; mais cette fois la promesse ne fut pas oubliée. Elle partit aussitôt pour faire son pèlerinage, emportant avec elle l'os qui avait failli lui ôter la vie. Elle le déposa dans la chapelle comme preuve des deux miracles que N.-D. de Roc-Amadour avait accomplis en sa faveur. »

Odo de Gissey raconte encore le fait suivant : « Le 13 juin, l'an 1547, Jacques Fronsac de Saint-Martin-de-Marancin, du diocèse de Bordeaux, reçut un coup d'estoc qui lui perça le bras gauche, et le corps même, en passant sous trois côtes. Le coup fut jugé mortel par l'avis de trois habiles chirurgiens appelés pour visiter ces plaies. Le pauvre blessé tourna son espérance du côté du ciel et demanda à Notre-Seigneur, par l'intercession de sa très sainte Mère, de vouloir bien le guérir. Il promit, en témoignage de sa reconnaissance de porter lui-même un cierge de cire du poids de 3 livres au sanctuaire de Roc-Amadour.

» Notre-Dame agréa sa prière et lui rendit la santé. Fidèle à sa promesse, Jacques Fronsac ne manqua pas d'exécuter ce qu'il avait promis. Il se rendit donc à Roc-Amadour où il fit célébrer une messe en action de grâces de ce bienfait. »

Monsieur Debons a tiré des annales de Figeac, le fait suivant, qui a été reproduit par M. Caillau, dans son histoire de N.-D. de Roc-Amadour.

» Mᵉˡˡᵉ Madeleine d'Hugonon, âgée d'environ 14 ans, était malade depuis deux ans d'un tremblement continuel au bras droit. La main était aussi tellement serrée, qu'on ne pouvait l'ouvrir qu'à force, mais livrée à elle-même elle se refermait aussitôt et si fort que la pointe des doigts avait fait impression dans la main.

» A cette infirmité, vint s'ajouter une paralysie à la jambe droite qui se rétrécit à tel point, qu'elle ne pouvait plus l'appuyer que sur la pointe du pied ; elle n'y avait d'ailleurs aucune force, puisque, bien qu'elle se soutînt sur une béquille, il fallait toujours une personne forte pour l'aider à marcher.

» Au lieu de diminuer, son mal augmentait tous les jours si bien qu'elle passa deux ou trois mois dans une agitation continuelle de tout son corps. Plusieurs personnes furent employées à la garder et à la tenir, une fois même on fut sur le point de l'attacher dans son lit avec des draps.

» M. Rouzet, médecin de Figeac, fut appelé ; il examina la malade avec soin et ordonna plusieurs remèdes : ils ne produisirent aucun bon résultat. Voyant que les remèdes humains n'apportaient aucun soulagement dans l'état de sa chère malade, la mère tourna les yeux vers le ciel ; elle invoqua la très Sainte-Vierge, la suppliant, au nom de l'amour qu'elle avait pour son fils Jésus, de vouloir bien guérir sa fille; elle lui promit en même temps d'aller la visiter dans son sanctuaire de Roc-Amadour et d'y conduire également sa fille, dès qu'elle pourrait supporter les fatigues du voyage. Depuis le jour où sa mère avait formulé ce vœu, Madeleine demandait incessamment qu'on la conduisît à Roc-Amadour. Elle fit en effet le pèlerinage, mais avec quelle peine !

» Enfin on arriva à Roc-Amadour, le 15 mars 1677. Le soir du même jour, comme elles achevaient leur prière, Madeleine s'écria tout à coup : « Ma mère, voilà ma main ouverte ! »

» Le lendemain matin elle était entièrement guérie, tous les maux dont elle souffrait avaient disparu et sans laisser aucune trace. Sans éprouver la moindre peine, elle monta seule les degrés qui conduisent à la chapelle Notre-Dame ; elle alla déposer avec sa mère de bien sincères actions de grâces, au pied de l'autel de celle qu'on n'appelle pas en vain : le salut des malades. Puis, avec la même facilité qu'auparavant, elle descendit les mêmes degrés et rentra dans sa famille, à Livernon.

» Dix ans plus tard, cette pieuse et jeune personne, pour témoigner sa reconnaissance à la Mère de Dieu, entra au couvent de Lundieu, sous le nom de Sr Marie des Anges. Elle édifia cette communauté par ses exemples, par ses leçons, et quelque-fois même par ses miracles. Elle mourut en odeur de sainteté dans la 49e année de son âge. »

Prière. — O Marie, refuge des pécheurs, que de Lazares sont ensevelis dans le tombeau de l'iniquité ! Il ne faut pas moins de puissance, dit-on, pour convertir un pécheur endurci, que pour ressusciter un mort. Mais votre prière est toute puissante. Faites donc entendre aux morts du péché le cri de la délivrance: « *Lazare, veni foras* ! Lazare, sors du tombeau ! »

O Mère de miséricorde, si nos prières ne peuvent vous fléchir, laissez-nous vous adresser les supplications de Saint Anselme: « Pensez donc et considérez que ce n'est point pour perdre, mais pour sauver les pécheurs, que notre Créateur s'est fait homme de vous « Quoi donc ! vous ne nous aideriez pas, pécheurs que nous sommes, vous qui êtes, à cause de nous et pour nous, élevée à un tel degré de gloire que toute créature vous reconnaît et vous vénère comme sa

Reine ? N'aurez-vous point souci de notre perte, parce que, quel que soit notre sort, pauvres infortunés, il n'en résultera aucun dommage à votre gloire ? Cela, vous le pourriez peut-être de quelque manière, si vous n'aviez été faite Mère de Dieu que pour votre utilité propre et votre exaltation personnelle.

Mais Dieu, qui s'est revêtu de notre humanité dans votre sein très pur, ne l'a-t-il pas fait pour votre salut et notre salut commun ?

Quoi donc, vous qui êtes en possession de votre bonheur infini, ne feriez-vous pas tous vos efforts pour que ce même salut parvienne jusqu'à nous dans la mesure qui nous convient ?

« Pourra-t-on dire qu'il vous suffit de vous complaire dans votre bien-être et que vous vous souciez peu de celui des autres ? [1] »

Non, mille fois non, très miséricordieuse Mère, il ne sera pas dit que vous ayez failli à votre mission. Non, jamais un pécheur qui vous invoque sincèrement ne sera repoussé. Par votre intercession toute puissante, il ressuscitera à la vie de la grâce, il persévèrera jusqu'à la fin et il entrera à l'heure marquée par Dieu dans la vie éternelle. Ainsi soit-il.

Notre-Dame de Roc-Amadour, priez pour nous.

---

(1) *Tuorum sufficiens commodorum nostrorum negligens esse videberis.* — Saint-Anselme.

CHAPITRE XIV

N.-D. de Roc-Amadour, protectrice des enfants.

Nous lisons au chapitre XVIII de Saint Mathieu :

« Les disciples s'approchèrent de Jésus et lui dirent : — « Qui, pensez-vous, sera le plus grand dans le Royaume des Cieux ? » Et Jésus appelant un enfant le plaça au milieu d'eux et dit : — « En vérité, je vous le déclare, si vous ne vous convertissez et ne devenez comme de petits enfants, vous n'entrerez point dans le Royaume des Cieux. Quiconque donc s'humiliera comme ce petit enfant, voilà celui qui est le plus grand dans le Royaume des Cieux... Celui qui recueillera un enfant comme celui-ci en mon nom, m'accueille moi-même....... Gardez-vous de mépriser l'un de ces petits, car je vous le dis : leurs Anges, dans les Cieux voient, sans cesse la face de mon Père qui est dans les Cieux. »

Le voilà l'amour de Jésus pour les petits enfants. Or si l'on a pu dire : « *Cor Pauli cor Christi*, le cœur de Paul c'est le cœur de Jésus-Christ », a fortiori, devons-nous le dire du cœur de Marie. Si Notre doux Sauveur a tant aimé les petits enfants, comment Marie ne les aimerait-elle pas ? Les multiples apparitions de la Sainte-Vierge à de petits enfants ne sont-elles pas là pour témoigner des sentiments de son cœur maternel ?

Sans remonter plus haut, à la Salette, deux petits enfants ; à Pontmain, plusieurs ; à Lourdes, une petite fille, contemplent la radieuse figure de la Mère de Dieu et des hommes ; ils jouissent de sa présence, conversent avec elle et reçoivent, en quelque sorte, ses caresses maternelles.

Oh ! comme nous sommes heureux, de saluer la Vierge de Roc-Amadour sous le gracieux titre de Notre-Dame des enfants. Vous allez voir comment elle l'a justifié.

⁕

« S'il n'est rien, nous dit M. Caillau, qui déchire plus le cœur d'un père et d'une mère que de voir expirer sous leurs yeux les gages précieux de leur amour, il n'est rien aussi, qui rende une alliance plus triste et plus malheureuse, que de se voir frappé d'une funeste stérilité et privé du bonheur de revivre dans de jeunes et gracieux rejetons. Or, Marie qui a connu tout à la fois et la joie de la maternité et la douleur de voir mourir sous ses yeux le fruit de ses entrailles, s'est plu à réjouir ses servantes dévouées par une heureuse fécondité et à leur épargner les horreurs d'une séparation précoce. »

Les faits suivants nous donnent la certitude de cette double protection de la Sainte-Vierge.

» Le 3 mai 1513, Maurice de Langue, du diocèse de Sarlat, en Périgord, se rendait en pèlerinage à Roc-Amadour ; il amenait avec lui une de ses filles qui lui avait été conservée par N.-D. de Roc-Amadour. Cette jeune enfant était déjà réduite à toute extrémité, lorsque son père tournant sa confiance vers Marie, fit vœu de conduire la malade à Roc-Amadour si elle guérissait ; de plus, il promit en témoignage d'un tel miracle et de sa reconnaissance, qu'il apporterait, avec son enfant, le suaire et le linceul déjà prêts pour l'ensevelir.

» A peine le vœu était-il formulé, que l'enfant se sentit guérie. [1] »

* *
*

» Le 13 mai 1543, venait à Roc-Amadour, Jean Cansac, de la paroisse de la Magdeleine, située sur les confins du Rouergue et du Quercy. Or, voici ce qu'il déposa : « Grâce à N.-D. de Roc-Amadour, sa femme avait obtenue une heureuse délivrance et, fidèle à la promesse qu'il avait faite à la Sainte-Vierge, si elle voulait bien la préserver de la mort en pareille circonstance, Jean Cansac, venait apporter le suaire de sa femme et un cierge en cire également de sa hauteur.

» La faveur de la Sainte-Vierge paraît ici incomplète, car si la Mère fut heureusement délivrée, l'enfant mourut quelques jours après sa naissance, mais nous devons ajouter qu'il mourut avec la grâce du Baptême. Pensée bien consolante pour des parents chrétiens qui ont la douleur de perdre leurs enfants. [2] »

» C'était en l'an 1620, le petit-fils du sieur Duport, habitant tout près de Cahors, fut atteint de la petite vérole, si bien qu'il en était tout couvert, mais particulièrement les yeux et le visage, de plus une fièvre chaude dévorait ce pauvre enfant.

» Craignant que son fils ne perdit la vue, le père tourna ses regards vers la Sainte-Vierge, vrai refuge des cœurs

(1) Odo de Gissey.
(2) Odo de Gissey.

affligés ; il lui promit d'aller la visiter en son sanctuaire de Roc-Amadour, si elle daignait avoir pitié de son fils et lui conserver la vue. Le vœu ne fut pas plutôt prononcé que l'un des yeux de l'enfant s'ouvrit et le lendemain l'autre s'ouvrit également ; de plus il parla et mangea, ce qu'il n'avait fait depuis dix jours, enfin il fut rendu à la santé.

» Prompt à promettre dans l'affliction, le père le fut bien moins dans l'exécution de sa promesse ; il retarda et renvoya son pèlerinage d'une année à l'autre, si bien que son fils retomba malade et il fut cette fois en si grand danger qu'on n'espérait pas le sauver. Duport reconnaît sa faute, il demande pardon à la Très Sainte-Vierge et lui proteste que si son fils guérit une seconde fois, il s'acquitterait de son pèlerinage à Roc-Amadour. Sa prière fut entendue, un mieux très sensible se produisit chez le jeune malade, il demanda à boire et à manger, ce qu'il n'avait fait depuis 15 jours.

» Trois jours après le père accomplissait son vœu, il allait témoigner de sa reconnaissance aux pieds de N.-D. de Roc-Amadour qui l'avait doublement protégé. [1] »

* *
* *

La relation du fait suivant a été adressée à Monseigneur de Cahors, par M. Mazot, ancien curé de Roc-Amadour et curé de Carlucet à cette époque, c'est-à-dire en juin 1838.

» Vers l'an 1723 se rendaient à Roc-Amadour, Jacques Teyssère et Marque Bouzou, son épouse, habitants d'un village appelé Granges, dans la paroisse de Carlucet.

(1) Odo de Gissey.

N'ayant point d'enfants ni espoir d'en avoir, à cause de leur âge très avancé, ils avaient reçu chez eux des neveux, auxquels ils avaient donné tous leurs biens, afin de recevoir d'eux les soins nécessaires à leur vieillesse. Mais ils n'en reçurent que de mauvais traitements et toutes sortes de mépris et d'ingratitude. Il eut été difficile et dispendieux de révoquer leur donation. Ils demandèrent à la Sainte-Vierge une consolation dans leur peine ; ils l'obtinrent au-delà de leur espérance. Marie leur envoya une héritière, à laquelle les neveux ingrats durent céder leur place. Malgré sa vieillesse, Marque mit au monde une fille, à laquelle elle fit donner le nom de Marie, sa bienfaitrice, et qui remplit de joie et de bonheur les dernières années de ses parents.

» Nous tenons ce récit des descendants en ligne directe de cette Marie Teyssère et de plusieurs vieillards du pays, qui le rendent tous de la même manière. [1] »

*
* *

Encore un fait plus récent, raconté par M. Caillau dans son histoire de N.-D. de Roc-Amadour.

» Une dame des environs de Roc-Amadour, ne pouvant garder aucun de ses enfants qui mouraient tous au moment de leur naissance, tourna ses regards vers Notre-Dame et lui fit vœu de s'imposer certaines bonnes œuvres, si elle voulait bien dans sa miséricorde, lui conserver l'enfant qu'elle allait mettre au monde. Sa confiance ne fut pas vaine, l'enfant naquit plein de santé : aussi, quelque temps après, l'heureuse mère l'amena à Roc-Amadour, pour offrir

[1] M. Mazol, prêtre.

à la bonne Mère l'hommage de sa juste reconnaissance.

» Plus tard, cet enfant miraculeusement conservé par Marie, devint malade et si malade que, en le voyant, les médecins disaient : « C'est un enfant perdu, il n'y a plus d'espoir. » Toujours ferme dans sa foi, la pieuse mère tourne toute sa confiance vers celle que, jusqu'ici, elle n'a pas invoqué en vain et la supplie avec son cœur de Mère de vouloir lui continuer ses bontés. Sa prière est entendue et la santé est rendue à son enfant. »

*
* *

« M. Caillau raconte encore qu'une pieuse dame, désolée de voir périr avant leur naissance, les premiers fruits de son union, résolut d'aller à Roc-Amadour implorer la protection de la Mère de Dieu. Sa prière ne fut pas inutile ; plusieurs enfants remplis de santé devinrent la récompense de sa foi et de sa confiance. Quelques années après, elle revint à Roc-Amadour remercier la Sainte-Vierge et déposer une généreuse offrande en souvenir de ses bienfaits. »

*
* *

« En 1833, M. Bousquet, ancien sous-préfet de Sarlat (Dordogne), voyageait dans sa voiture avec plusieurs membres de sa famille, parmi lesquels se trouvait un de ses enfants âgé de 7 ans. L'enfant se laisse tomber en avant sous les pieds des chevaux, et la roue passe sur son corps. On se précipite pour lui donner du secours, mais on ne lui reconnaît plus aucun signe de vie. Son pouls ni son cœur ne battent plus. Sa mère éplorée se désole, tout le monde est en larmes, on croit que l'enfant est mort. On invoque la Vierge de Roc-Amadour et, au bout de six heures de désolation et de cris de douleurs, l'enfant commence à respirer.

» Le lendemain le médecin disait que le cœur de l'enfant était encore légèrement aplati, mais qu'il n'y avait plus en lui ni douleur, ni contusion, ni rien qui puisse être regardé comme la suite de ce triste accident.

» M. et Mme Bousquet ont conduit au sanctuaire de Roc-Amadour le jeune enfant qui a voulu être revêtu du Saint Scapulaire, en témoignage de la protection visible de sa mère.

» Suit la signature de M. Galan, supérieur.[1] »

Il existait sur le plateau Saint-Michel une vieille armoire surmontée d'un énorme verrou, qui paraissait remonter, comme le coffre qu'il fermait, à une haute antiquité. Est-ce légende et superstition, est-ce vérité ?... Toujours est-il, que les femmes, dont l'union n'avait pas été bénie de Dieu, se croyaient assurées de devenir mères si, après avoir invoqué Notre-Dame dans son sanctuaire, elles pouvaient toucher ce vieux verrou, à qui une telle tradition s'était attachée dans le cours des siècles.

Nous connaissons un père de famille nullement porté aux idées superstitieuses, qui a été converti par une grâce de cette nature accordée à sa femme. Il revint selon sa promesse avec son épouse devenue mère, consacrer à Notre-Dame une ravissante petite fille, qu'il croit avoir obtenue par sa maternelle protection.

M. Bourrières dit avec plus de poésie : « Jadis, quand une jeune épouse se rendait à Roc-Amadour, après avoir lon-

_____

(1) **Extrait du registre actuel de Roc-Amadour n° 15.**

guement prié, elle montait dans la chapelle de Saint Michel. Elle saisissait la Durandal. Si elle pouvait la soulever et la brandir, elle se croyait assurée de devenir mère. Aux temps chevaleresques, cette superstition avait sa poésie et sa grandeur. »

Prière. — N.-D. de Roc-Amadour, priez pour nous.

O Mère, nous sommes tous vos enfants. Nous voulons vous prouver notre filiale affection par une piété tendre et sincère, par notre culte de tous les jours. Mais, ô Marie, nous ne pouvons rien sans vous ; ayez donc pitié de nous et, par vos bienfaits, montrez-nous combien vous êtes notre Mère.

Un jour votre Divin Fils dit à ses Apôtres : « Laissez venir à moi les petits enfants. » Oh ! que nous aimerions à entendre ces mêmes paroles de votre bouche bien-aimée. Ordonnez donc, Mère aimable, que nous nous approchions de vous, que nous nous pressions tous entre vos bras.

Votre Jésus prenait les chers petits sur ses genoux, il les pressait sur son cœur divin. O Mère, daignez nous recevoir, vous aussi, sur votre cœur maternel ; il fait si bon auprès de vous !

Puisque le Royaume du ciel appartient aux petits enfants et à ceux qui leur ressemblent, daignez, ô notre bonne et tendre Mère, conserver en nous l'innocence, la simplicité, la candeur de l'enfance, qui charmait le cœur de votre Fils, et qui nous méritera la grâce de voir se réaliser un jour en nous, sa douce et consolante promesse : « Bienheureux ceux qui ont le cœur pur, car ils verront Dieu. » Ainsi soit-il.

CHAPITRE XV

**Le grand pardon à Notre-Dame de Roc-Amadour
et les indulgences concédées à ce pèlerinage.**

Dans tous les siècles, Roc-Amadour a été vénéré par les peuples comme un lieu spécial de pénitence : A Roc-Amadour les grands pécheurs de tous les siècles sont venus implorer miséricorde.

— » La Vierge du Val ténébreux, écrit M. Bourrières, avec son pénitent se frappant la poitrine, n'a-t-elle pas quelque chose de particulièrement touchant ?

» La dévotion au divin Crucifié, un repentir à outrance à la suite de fautes grandes et peut-être nombreuses, tels sont les souvenirs incrustés sur le rocher de Provence. Peu de personnes peuvent gravir les sentiers qui conduisent à la Sainte-Baume. Restreint est aussi le nombre de ceux qui s'oublient autant que la pécheresse de l'Évangile. Rares sont les âmes capables d'atteindre les hauteurs de l'amour où s'éleva Madeleine.

» Plus large et plus abordable est le Val d'Alzou. Une mère nous y tend les bras. Elle s'appelle Mère de grâce et de miséricorde.

» C'est elle qui retint au-dessus des abîmes de la perdition Zachée le publicain. C'est à la bonté compatissante de

Marie, à sa miséricorde que l'ermite du val ténébreux confia ses demandes de pardon et ses actes de pénitence.

» Reconnaissance et repentir, grâce et miséricorde, Zachée et Marie, tels sont les sentiments et les noms que les échos du ciel et de la terre se renvoient dans la vallée de Roc-Amadour. Impossible aux pèlerins de ne pas vibrer à l'unisson de ces ravissantes harmonies. [1] »

Aucune dévotion ne fut donc mieux dans les traditions de notre pèlerinage que le Grand Pardon institué au moyen-âge, à une époque indéterminée. Ainsi, le Roi Charles VII et la Reine Marie, son épouse, étaient-ils dans les traditions et dans l'esprit du pèlerinage de Roc-Amadour, lorsqu'ils implorèrent du pape Martin V des bulles d'indulgences ou de *pardon*, comme on disait alors.

Odo de Gissey se lamente à juste titre de la perte de vieux documents de l'Église de Roc-Amadour, que « des boute-feux hérétiques » jetèrent aux flammes. Cependant l'historien du XVII siècle nous cite un fragment de la bulle du pape Martin V, en l'an 1427, concédant des indulgences au pèlerinage de Roc-Amadour. Cette bulle est un titre de gloire trop précieux pour ne pas en donner ici une analyse.

Dans cet acte pontifical, le pape reconnait et atteste que les origines du pèlerinage de Roc-Amadour remontent aux origines mêmes de l'Église des Gaules. Sans doute, d'une manière très vague Martin V dit : « *in principio quo christiana religio vigere cœpit.* » Le pape exprime l'opinion, le sentiment public de son époque.

Il était donc de tradition au XVᵉ siècle que le pèlerinage

(1) Bourrières : *Saint Amadour et Sainte Véronique.*

de Roc-Amadour remonte à l'établissement même de l'Église dans les Gaules. Le savant ouvrage de M. Bourrières a jeté sur cette question un jour tout particulier. Pour M. Bourrières la question semble tranchée.

La bulle rend hommage à la tradition d'après laquelle le saint fondateur de notre pèlerinage est bien Zachée, le disciple du Sauveur. Martin V s'exprime ainsi : — « *Per nostri salvatoris discipulum Zachœum tunc, nunc amatorem rupis nuncupatum, cujus corpus venerabiliter inibi requiescere fertur*. Enfin, la bulle de Martin V constate la grande célébrité du pèlerinage de Roc-Amadour au XVe siècle : « Depuis les temps les plus reculés, dit-il, la foule des fidèles, pressée par une immense dévotion, afflue des diverses parties du monde vers la chapelle construite par Zachée et dédiée par Saint Martial à la glorieuse Vierge Marie. »

La bulle de Martin V accordait une indulgence de trois ans et de trois quarantaines à tous ceux qui feraient le pèlerinage de Roc-Amadour et qui y déposeraient une aumône le jour de Noël, de la Circoncision, de l'Épiphanie, de Pâques, de l'Ascension, de la Fête-Dieu, de la Pentecôte, de la Nativité, de l'Annonciation, de la Purification de la Sainte Vierge, la fête de Saint Jean-Baptiste et de Saint Pierre et Saint Paul.

Plus tard, en 1463, le pape Pie II, dans une bulle où il proclame l'éclat du pèlerinage à cette époque, accorde une indulgence plénière à ceux qui feront une aumône à la chapelle miraculeuse.

Déjà le pape Clément II, qui régnait en 1046, avait accordé un an d'indulgence aux pieux pèlerins de Notre-Dame.

RELIQUAIRE EN BOIS DORÉ CONTENANT LES RESTES
DE SAINT AMADOUR

Les hérétiques ayant détruit les anciens documents, il est impossible de rappeler les nombreux privilèges dont les papes s'étaient plu à enrichir notre glorieux sanctuaire. Cependant ils n'ont pu abolir le souvenir du Grand Pardon de Roc-Amadour, sorte de jubilé solennel, qui revenait périodiquement chaque fois que la solennité de la Fête-Dieu tombait le jour de la Nativité de Saint Jean-Baptiste. N.-D. du Puy jouit d'un jubilé semblable, toutes les fois que la fête de l'Annonciation de la Sainte Vierge se rencontre le jour du Vendredi-Saint.

A quelle époque fut fondé le Grand Pardon de Roc-Amadour ?

Odo de Gissey pose la question sans la résoudre.

Toujours est-il que l'établissement du Grand Pardon ne peut remonter au delà de l'institution de la Fête-Dieu par le pape Urbain IV, en l'an 1261.

Depuis la réforme du calendrier par le pape Grégoire XIII, en l'an 1582, la Fête-Dieu ne peut coïncider avec la Nativité de Saint Jean-Baptiste que rarement, car ce résultat ne se produit que lorsque les pâques tombent le 25 avril, date extrême qu'elles ne peuvent franchir, d'après la réforme de Grégoire XIII.

L'an 1428, le Grand Pardon de Roc-Amadour coïncida avec l'un de ces évènements providentiels qui décident du sort des peuples. La France était depuis un siècle foulée aux pieds par les Anglais ; on priait dans tous les sanctuaires et l'on avait comme le pressentiment de la ruine définitive de notre patrie. Le roi Charles VII et la reine Marie se recommandent, eux et le royaume, à N.-D. de Roc-Amadour, Alors paraît la bulle du pape Martin V,

» Le samedi et 3 d'avril 1428, qui était les premières
» vêpres de Pàques, commença le pardon que notre seigneur
» le pape avait octroyé et donné pour la peine et la coulpe,
» en la chapelle et oratoire de N.-D. de Roc-Amadour, et y
» allèrent tant de gens de toutes parts, français et anglais[1]
» et autres, qu'il y avait des files de 20 et 30000 personnes
» étrangères à Roc-Amadour.

» Dura le dit pardon de Roc-Amadour jusqu'au 3ᵉ jour
» de pentecôte, nul homme ni causa trouble, ni dommage.

» A la Mi-Carême environ de l'an susdit, vint vers le roi
» de France, notre seigneur, une pucelle qui se disait être
» envoyée au roi, par le Dieu du ciel, pour chasser les
» Anglais du royaume de France. »

D'après les chroniques de l'époque, Jeanne d'Arc partit de
Buey avec son oncle Lascart et se rendit pour la première
fois à Vaucouleurs, auprès du sire de Baudricourt, vers
l'Ascension de 1428, par conséquent durant le grand pardon
de Roc-Amadour.

De même que la victoire de Lépante fut remportée contre
les Turcs, sous le pape Pie V, au moment où le peuple de
Rome se pressait dans les églises en implorant Notre-Dame
du Rosaire, ainsi, Jeanne d'Arc fut donnée à la France, au
moment où le peuple français, représenté par de nombreux
pèlerins accourus à Roc-Amadour, conjurait la Mère de
Dieu de délivrer le royaume de la tyrannie des oppresseurs.
Les grandes démonstrations à Roc-Amadour ont toujours
coïncidé avec des évènements heureux pour la France.

---

(1) On appelait Anglais ceux qui étaient partisans du régime des
Anglais chez nous.

Pie V n'hésita pas à attribuer la victoire de Lépante aux prières que les fidèles adressaient à Notre-Dame du Rosaire dans les églises de Rome.

Nous ne croyons pas être téméraires, en affirmant que Jeanne d'Arc a été donnée à la France par Notre-Dame de Roc-Amadour, grâce aux supplications extraordinaires du grand pardon de 1428. Les pèlerins affluaient de tous les points de la France « par files de trente mille », et les supplications ne cessaient de monter nuit et jour vers la reine du ciel, afin d'implorer miséricorde « pour la grande pitié qui était au royaume de France », tombé presque tout entier aux mains des Anglais.

Roc-Amadour était à cette époque le centre du culte envers la Sainte Vierge et, Marie étant considérée comme Reine de la France, il était tout naturel que tous les bras se tendissent vers elle pour implorer sa puissante protection. Le Pardon de 1428 fut bien une prière *publique*, au nom du Roi Charles VII et de la Reine Marie, qui avaient sollicité la bulle de Martin V, et au nom du pape qui avait octroyé le Grand Pardon. C'est ainsi que la France reçut sa libératrice.

Quel bonheur pour nous de croire que Jeanne d'Arc la *sainte*, que nous ne connaissons peut-être pas assez : « la sainte dans la jeune fille, la sainte dans la guerrière, la sainte dans la suppliciée, la sainte avec l'héroïsme du courage, et plus encore, l'héroïsme des vertus, [1] » a été donnée à la France par N.-D. de Roc-Amadour! Reine de la France, elle a voulu sauver son

[1] Monseigneur Dupanloup, *deuxième panégyrique de Jeanne d'Arc, pages 6 et 7.*

royaume, Vierge, elle l'a sauvé par la main d'une vierge.

Aussi bien, la Débora chrétienne avait-elle inscrit sur sa bannière le nom de Marie, à côté de celui de Jésus, pour bien indiquer qu'elle était l'envoyée de la Mère et du Fils.

Puissions-nous voir un jour la bergère de Domrémy, l'inspirée de Vaucouleurs, la victorieuse d'Orléans, la triomphatrice de Reims, la prisonnière de Compiègne, la martyre de Rouen, monter sur les autels. Puisse le front de Jeanne resplendir bientôt du nimbe lumineux; daigne N.-D. de Roc-Amadour glorifier son enfant. « La France se présentera alors, devant Dieu et devant l'histoire, entre deux figures virginales joignant au-dessus de sa tête leurs mains protectrices : Geneviève et Jeanne d'Arc. « Sorties toutes deux des derniers rangs du peuple, des entrailles même de la nation, appelées l'une et l'autre à remplir une mission de délivrance, sœurs par l'innocence et par la vertu, les vierges de *Nanterre* et de *Domrémy* recevraient alors un même culte d'admiration et d'amour. »

Puisse l'Église catholique, portant bientôt notre chaste héroïne sur les autels, nous permettre de lui dire dans un élan de confiance et de foi : « Sainte Jeanne d'Arc, priez pour nous !... [1] »

Prière. — C'est vous, très auguste reine de la France, qui avez choisi et appelé la Vierge lorraine, par l'intermédiaire de Saint Michel et des Vierges martyres,

---

(1) Monseigneur Freppel, 2ᵉ *panégyrique de Jeanne d'Arc.*

Sainte Catherine et Sainte Marguerite, pour délivrer votre royaume de la « grande pitié » où il était sous la domination anglaise. C'est vous qui l'avez conduite dans l'accomplissement de sa grande mission, à l'ombre de sa bannière où brillaient votre nom et celui de votre Fils. C'est vous qui l'avez soutenue et consolée dans son martyre si cruel.

O N.-D. de Roc-Amadour, de même que vous avez glorifié au ciel votre illustre servante, l'héroïque Jeanne, notre Débora, daignez la glorifier sur terre ; accordez-nous la grâce que le front si pur de Jeanne resplendisse bientôt du nimbe lumineux des saints. Accordez à la France cette seconde protectrice qui, avec sainte Geneviève, délivrera votre royaume de prédilection des calamités qui l'affligent dans nos temps malheureux et le replacera à la tête des nations, pour l'accomplissement de sa mission traditionnelle de défenseur du Christ et de son Église. Ainsi soit-il.

N.-D. de Roc-Amadour, priez pour nous.

CHAPITRE XVI

Les pèlerins de la pénitence à Roc-Amadour.

Nous empruntons ce chapitre à la plume de l'un des écrivains les plus remarquables que compte en ce moment l'Église de Cahors.

M. Viguié a publié dans la *Revue Religieuse* une page de l'histoire de *Roc-Amadour au moyen âge*, qui entre trop bien dans notre sujet pour ne pas la lui emprunter tout entière.

— C'est au moyen âge que Roc-Amadour atteignit l'apogée de sa splendeur.

Sans doute, le célèbre sanctuaire avait eu jusqu'alors, et il a compté depuis, de beaux jours. Mais en aucun temps il n'a eu dans ses murs d'aussi imposantes cérémonies, des prières aussi ardentes et d'aussi nombreux miracles, tant de richesses accumulées, un tel concours de pieux pèlerins et d'illustres visiteurs.

Un chœur de religieux y chantait nuit et jour les louanges du Sauveur et de sa Mère ; les Papes le comblaient, à l'envi, d'indulgences et d'insignes faveurs ; les Évêques de Cahors et de Tulle venaient se reposer à son ombre et se disputaient l'honneur de le restaurer, de l'accroître, de l'embellir ; de féaux hommes d'armes veillaient à sa

défense ; des saints comme Saint Engelbert de Cologne,
Odon de Cluny, Saint Bernard, Saint Dominique, se succé-
daient devant ses autels ; des rois, des reines, des princes
illustres, de preux paladins, de vaillants chevaliers, allaient
le visiter et le paraient avec amour des dons de leur muni-
ficence ; des foules immenses où l'on compta, à certains
jours, plus de trente mille personnes, y accouraient de
toutes les contrées de l'Europe et s'y livraient, avec une
ferveur admirable, à leur filiale dévotion.

Mais, à côté de ces pèlerins volontaires que la piété seule
amenait à Roc-Amadour, il y en avait d'autres, en grand
nombre, qui y étaient conduits de force, tantôt par les
décisions de la politique ou les stipulations de quelque
traité de paix, tantôt par les sentences des cours de justice
ou des tribunaux ecclésiastiques.

C'est de ces pèlerins involontaires que nous voulons
entretenir aujourd'hui nos chers lecteurs. Ce sujet aura
pour beaucoup, croyons-nous, l'attrait de la nouveauté.
Puisse-t-il, en les intéressant, les instruire et les édifier.

I. — *Pèlerins politiques.* — Le plus célèbre parmi les
pèlerins politiques de cette époque, fut Messire Robert de
Cassel, le plus jeune des fils du comte de Flandre.

Au commencement de l'année 1316, le roi de France,
Louis X le Hutin, voulant punir les Flamands révoltés,
avait appelé auprès de lui tous les vassaux de la couronne
et exigé que chaque commune lui envoyât un certain
nombre de soldats.

La noblesse du Quercy s'était empressée d'obéir. L'évêque
de Cahors, Hugues de Géraldi, lui même, pris d'un zéle
intempestif, avait levé une compagnie de gens d'armes

dans les fiefs de son Évêché, s'était mis à leur tête, malgré les justes récriminations de ses diocésains, et était allé rejoindre l'armée royale.

Mais bientôt les pluies et la famine forcèrent le roi Louis à ramener en France ses troupes décimées.... Il se proposait de rouvrir la campagne, lorsque la mort vint le surprendre, le 8 juin 1316.

Les Flamands profitèrent de cet insuccès pour obtenir de Philippe de Poitiers, régent du royaume de France, des adoucissements au traité de paix que Philippe-le-Bel leur avait imposé en 1304. Il s'était réservé, en particulier, de punir par *pèlerinages* les deux mille personnes de la ville et du terroir de Bruges qui lui paraîtraient avoir pris la part la plus active au massacre des 3500 français, égorgés en 1302, dans les murs de la cité flamande.

Voici quelle fut la première clause du nouveau traité signé à Paris le 1er septembre 1316.

» Premiers, que les dits de Flandre viendront en deue humilité, faire la révérence à Monseigneur le Régent, pour acquérir sa bénévolence et grâce, déclarants avoir merveilleux regret du mescontentement et couroux ausquels ils ont provoqué Monsieur son père, Monsieur son frère et luy.

» Que le comte Robert de Flandre dict de Cassel, fils m'aimé du dict comte Robert, fera, endedens un an inclusivement, un pèregrinaige à Saint Jacques en Galicie, un à *Nostre Dame de Rochemadour* (sic), un à Nostre Dame de Vaultbert, un à Nostre Dame du Puys, et un à Sainct Gilles en Provence. Et s'il ne peut les touts achever en un, il les fera en deux ans, etc.... »

Le comte de Flandre et son fils se substituaient à leurs sujets coupables et acceptaient de subir à leur place le châtiment qu'ils avaient encouru.

Il y avait du bon, quoiqu'on en dise, chez ces rudes seigneurs d'autrefois.

Nos ministres et nos députés seraient-ils capables d'en faire autant ?......

*
* *

Robert de Cassel outrepassa le délai de deux ans, que le traité de Paris lui accordait pour accomplir son pèlerinage. Ce n'est que cinq ans plus tard, au mois de juillet 1321, qu'il vint à Roc-Amadour, à cheval, et accompagné d'une suite nombreuse.

Le vendredi, veille de la fête de Sainte Marie Madeleine, nous apprend un document contemporain, le fils du comte de Flandre visita avec humilité et dévotion la chapelle miraculeuse et déposa ses offrandes sur l'autel de la Bienheureuse Vierge Marie.

Pour prouver à qui de droit qu'il avait régulièrement accompli le pèlerinage imposé et réalisé, dans toute sa teneur, la première clause du traité de Paris, il fallait à Robert de Flandre un acte écrit et authentique. Le prieur de Roc-Amadour le lui délivra, sous forme de lettres testimoniales écrites sur parchemin, en cinq exemplaires, et « scellées d'un scel de cire verte en un las de fil vert et signées de seing de tabellion publique. »

Un mois après, « le samedi avant la feste de Saint Barthelemy, apôtre, » Messire Robert de Cassel, « pèlerin de la Vierge, » était de retour à Paris et faisait vidimer par

Gilles Haquin, garde de la prévoté de Paris, les « cinq paires que lettres que instrumens » à lui délivrés par le prieur de Roc-Amadour.

Philippe le Long, roi de France, savait désormais que la première clause du traité de Paris avec les Flamands avait été bien et dûment exécutée.

. * .

Cinq ans après, la veille de Noël, 1326, un traité fut signé à Arques, par l'entremise du roi de France, Charles-le-Bel, entre Louis de Nevers, comte de Flandre, et les délégués des villes flamandes révoltées contre lui.

Ce traité portait : « que trois cents personnes de Bruges et de Courtray, seront envoyées en pèregrinaige. Si comme les cent vers Sainct-Jacques en Galice, les aultres cent à Sainct Gilles en Provence, et le demeurant vers Nostre-Dame de Rochemadour. »

Mais cette clause du traité d'Arques ne fut jamais exécutée, et les cent pèlerins flamands ne vinrent jamais à Roc-Amadour.

La coutume et la loi permettaient de racheter, à prix d'argent, ces sortes de pèlerinages. Les gens de Bruges et de Courtray préférèrent payer une somme relativement considérable, plutôt que d'imposer à trois cents de leurs concitoyens un voyage long, pénible et désastreux pour leur commerce et leur industrie.

Aussi voyons-nous Van Guy, le receveur de Flandre, donner quittance à la ville de Bruges, le 24 février 1329, d'une somme de 2250 livres, 6 sous, 1 denier tournois, pour la part de la dite ville dans les 10000 livres « dou racat de trois cens pèlerins acui li pais faite à Arques. »

En droit strict, Roc-Amadour aurait dû avoir une part dans ces 10000 livres tournois. Nous ignorons si elle lui fut attribuée. Mais tout nous porte à croire que la somme entière resta dans les mains du comte de Flandre, qui en avait d'ailleurs grand besoin pour équilibrer ses finances en désarroi.

Ne vous récriez pas trop vite et n'allez pas accuser pour cela le Moyen-Age d'obscurantisme et de barbarie.

Les temps ont marché, c'est vrai, et nous vivons, d'après la formule consacrée, dans un siècle de civilisation et de progrès.

Or, croyez-vous, je vous le demande, que nos gouvernants d'aujourd'hui seraient plus scrupuleux ?

II. — *Pèlerins judiciaires.* — Nos lecteurs ont pu voir par les deux exemples que nous venons de citer, pourquoi et comment se faisaient, au Moyen-Age, les pèlerinages politiques à Roc-Amadour ; — et aussi pourquoi et comment ils ne se faisaient pas.

Nous allons essayer maintenant de leur montrer ce qu'étaient les pèlerinages judiciaires et dans quelles circonstances on les accomplissait.

.•.

Les pèlerinages à certains sanctuaires vénérés, et, entre tous, à Roc-Amadour, figurent fréquemment parmi les pénalités édictées par le droit ecclésiastique, au Moyen-Age. Ces pieux voyages étaient imposés en expiation de quelques fautes graves et plus particulièrement du crime d'hérésie.

Le 7 septembre 1303, à l'instigation de Philippe-le-Bel, roi de France, Guillaume de Nogaret, son chancelier, s'emparait traîtreusement dans Agnani du pape Boniface VIII, l'accablait d'injures et de menaces, le soufletait même, dit-on, avec son gantelet de fer et le retenait trois jours prisonnier sans lui faire donner la moindre nourriture.

Mais les habitants d'Agnani, indignés de tant d'outrages, se levèrent en armes, chassèrent Nogaret et les bandits qu'il avait soudoyés, délivrèrent le Souverain Pontife et le ramenèrent à Rome où il mourut, un mois après, d'une fièvre ardente causée par ce criminel attentat, 11 octobre 1303.

Son successeur, Benoît XI, accorda au roi de France, comme don de joyeux avènement, l'absolution de toutes les censures qu'il avait encourues pour ce fait, 2 avril 1304. En même temps, par sa bulle du 13 mai 1304, il exceptait formellement de cette faveur Guillaume de Nogaret, dont il réservait la cause à lui et au Saint Siège.

Clément V, qui ceignit la tiare après le court pontificat de Benoît XI, chercha, comme son prédécesseur, à adoucir le roi de France. Par une bulle délivrée à Poitiers le 1er juin 1307, il lui accorda de nouveau un complet pardon des excès qu'il avait commis et fait commettre contre Boniface VIII. Il étendit même cette grâce à Nogaret, mais à condition qu'il visiterait dévotement le sanctuaire de Roc-Amadour, en attendant qu'il put entreprendre le voyage de Terre-Sainte, pour laver dans le sang des infidèles, l'attentat qu'il avait commis sur la personne sacrée du Souverain Pontife.

Guillaume de Nogaret accepta-t-il la pénitence imposée par le pape et vint-il en pèlerinage à Roc-Amadour ? Aucun document ne nous l'apprend d'une façon certaine.

Nous savons seulement que deux ans plus tard, et tout

au moins jusqu'en 1311, il poursuivait encore avec acharnement la mémoire de Boniface VIII, son illustre victime.

Une telle conduite permet de supposer que le chancelier
de France n'avait pas tenu grand compte de la bulle de
Clément V.

* *

A la suite de l'auto-da-fé solennel célébré à Toulouse, le
30 septembre 1319, par Frère Bernard Guidonis et Frère
Jean de Beaune, inquisiteurs de France, plusieurs des
accusés qui abjurèrent l'hérésie furent envoyés en pèlerinage
à Roc-Amadour.

Parmi les tribunaux ecclésiastiques du Moyen-Age, le
tribunal de l'inquisition de Toulouse fut peut-être celui qui
imposa le plus souvent le pèlerinage de Roc-Amadour aux
hérétiques pénitents. On trouve dans ses archives un
grand nombre de ces sentences et les passeports accordés
par les inquisiteurs à ceux qui en étaient frappés. Cette
peine fût, ce me semble, appliquée plus spécialement aux
Albigeois. Ces hérétiques professaient contre la Mère de
Dieu une haine satanique. Le pèlerinage à Roc-Amadour,
auquel on condamnait les nouveaux convertis, revêtait donc
le double caractère d'un acte de foi et d'un acte de réparation.

Au premier abord, cet acte nous paraît fort simple et
nous serions tentés de croire qu'un tel châtiment n'était
pas bien rigoureux. Cependant, ces pieux voyages étaient
très redoutés des pénitents, à cause des circonstances qui
les accompagnaient et de l'appareil dans lequel ils devaient
les accomplir.

Un costume spécial leur était imposé, qui décelait à tous

les yeux leur malheureuse condition. Une façon de sac,
d'étoffe grossière et de couleur sombre, les enveloppait
des pieds à la tête, et sur cet habit, deux grandes croix
de drap rouge étaient appliquées, l'une devant, l'autre
derrière, ou bien, l'une sur le côté droit et l'autre sur le
côté gauche de la poitrine. Ces croix devaient mesurer
deux palmes de longueur et deux doigts de largeur (50
centimètres sur 4, environ).

Revêtus de ce costume infâmant qui les désignait, tout
le long du chemin, surtout dans notre catholique Quercy,
au mépris, aux injures, quelquefois même aux coups, et
qu'ils ne pouvaient quitter sans s'exposer a être traités de
relaps, les pauvres pénitents se dirigeaint vers Roc-Amadour. Dès qu'ils arrivaient à la porte du sanctuaire, ils se
dépouillaient de leurs habits, déposaient leurs chaussures
poudreuses, et nu-pieds, la tête découverte, en chemise,
se fouettant avec une poignée de verges, ils s'avançaient
vers l'autel de Marie. Il s'agenouillaient par terre, au bas
des degrés. Les clercs de la Vierge leur attachaient au
cou et aux bras de lourdes chaînes, affectées à cet usage,
et leur donnaient à la main un cierge allumé.

C'est dans cette posture humiliée qu'ils prononçaient
l'amende honorable.

Le prêtre chargé de les recevoir à merci récitait sur
eux les prières liturgiques, leur faisait baiser une image
de Notre-Dame et leur ôtait les fers dont on venait de
les charger.

On les voyait alors se relever pleins de joie. Désormais
ils étaient libres ; leur pénitence était accomplie, leurs
erreurs pardonnées, et, sous l'œil maternel de Marie,

ces brebis, un instant égarées, rentraient définitivement dans le bercail de l'Église.

*
* *

Du droit éclésiastique, cette pénalité passa dans le droit civil.

Les pèlerinages étaient imposés par les Cours de Justice, au moyen-âge, aux personnes reconnues coupables de certains crimes ou méfaits plus ou moins graves, pour lesquels la mort aurait été une peine exagérée. Ils remplaçaient la prison et étaient regardés comme une réparation honorable.

« Il y a deux espèces de réparations, dit la coutume d'alors, l'une est profitable, c'est-à-dire, qu'elle consiste en argent ; l'autre est *honorable*, c'est-à-dire, qu'elle consiste en pèlerinages ou en rétractations et demandes de pardon. »

Le droit chrétien au moyen-âge avait de ces délicatesses exquises que notre droit moderne et païen ne connaît pas.

Les délits qui impliquaient comme punition le pèlerinage de Roc-Amadour étaient nombreux et variés. Nous allons en citer un certain nombre, relevés dans les coutumes de Flandre. Ils étaient, d'ailleurs, à peu de choses près, les mêmes dans les autres pays d'Europe.

Frapper quelqu'un d'un bâton sans lui briser aucun membre, mais en lui faisant une blessure apparente ; héberger sciemment un étranger en guerre avec un bourgeois de la ville ; frapper de nuit avec violence, mais sans bris de clôture, à la maison d'autrui ; aller, soit de jour, soit de nuit, devant la maison d'autrui « à teste ou à main armée et crier : « viens fours ! » (veni foras, viens dehors) ; user de menaces contre un témoin pour obtenir de lui un témoignage, ou à cause d'une déposition qu'il aura faite ; porter la main sur les officiers de justice, leurs clercs ou valets jurés, dans l'exercice de leurs fonctions ; dire « à prudhomme ou·à prudefemme de honneste conversation » certaines injures de nature à entacher leur réputation.

Tels sont les cas qui, d'après les *Statuts criminels de la cité de Liège* (ordonnances du 6 avril 1328), sont particulièrement réservés au pèlerinage de Roc-Amadour.

Encourt le voyage de Roc-Amadour, dans les coutumes de Looz : celui qui sciemment relève des fiefs devant les échevins ; celui qui appelle de sentences prononcées au sujet d'obligations, promesses ou reconnaissances faites devant la justice.

Dans les « Lettres del paix » signées le 7 mai 1318 par les belliqueux chanoines de Saint-Foillien de Fosses et les bourgeois de la ville, il est spécifié que « dors en avant... chis d'iaus qui metterat mayen à l'autre, irat en nom d'amende, à Nostre Dame de Rochemadur. »

En 1389, la corporation des drapiers de Malines condamne un de ses suppôts, nommé Joos den Ingelschen, à faire le pèlerinage de Roc-Amadour pour infraction grave aux statuts du métier. Il s'exécuta en 1390. « Ung record (de 1470) de la haulte cour de Janche » nous apprend que certaines injures ou actions contre « l'honnesteté et vertuz..... ains non pugnis de prison ou de bannissement, sont pugnis de voiage à Rocamadour, selonc usaige et coustume est en ces pays, et non admittitur appellation. »

Vers 1473, Joos Pietersscune est condamné par la Vierschare d'Ypres au pèlerinage de Roc-Amadour pour meurtre involontaire.

Le 27 avril 1499, la haute cour d'Hollers, ayant à juger un individu nommé Chalieu, reconnu coupable de scandale public, « condempne le dict Chalieu à unes voyes à Roca-Madouz, selonc l'accoutume en aultres lieuz en Brabant sur dicts méfaits. »

En 1595, le sieur de Chassey est condamné par le conseil d'Artois au pèlerinage de Roc-Amadour, avec faculté de se racheter moyennant 360 livres.

On voit par ce qui précède combien N.-D. de Roc-Amadour était aimée et vénérée, au moyen-âge, dans la Flandre et le Brabant.

Cette dévotion, d'ailleurs, datait de loin, aux Pays-Bas. Un vieux chroniqueur furnois, Pauwel Heynderix, affirme que les flamands connaissaient et fréquentaient ce sanctuaire au temps de Sainte Walburge, c'est-à-dire, au VIIIe siècle.

Prière. — Très Auguste Vierge Marie, reine des martyrs, intercédez pour nous. Obtenez-nous l'esprit de pénitence.

A Lourdes, un jour, vous avez ordonné à Bernadette de marcher sur ses genoux, de manger d'une herbe sauvage, de gratter la terre de ses mains, de boire de l'eau qui soudain jaillit sous ses doigts ; en même temps de vos lèvres augustes tombait ce cri : « pénitence ! pénitence ! pénitence ! »

Ah ! que cette parole est dure à nos oreilles et qui peut l'entendre dans ce siècle qui se meurt de la soif du plaisir. Et cependant, comme elle est vraie : « Si vous ne faites pénitence, vous périrez tous. »

O Marie, par votre vie qui, comme celle du Christ, fut tout entière une croix et un martyre, par les douleurs ineffables de votre compassion, obtenez-nous la grâce de faire pénitence de nos péchés, puisque, à défaut de l'innocence perdue, le repentir seul peut nous ouvrir les portes du ciel.

Gravez dans nos esprits et dans nos cœurs cette supplication de Saint Augustin : « Châtiez-nous, ici, ô mon Dieu, par le fer et par le feu s'il le faut, mais faites-nous grâce pour l'éternité. Ainsi-soit-il. »

N.-D. de Roc-Amadour, priez pour nous.

CHAPITRE XVII

Les pèlerins de la pénitence à Roc-Amadour.

Pèlerins judiciaires (Suite). — A défaut de la coutume, la sentence judiciaire qui envoyait un coupable à Roc-Amadour fixait, d'ordinaire, les conditions dans lesquelles ce pèlerinage expiatoire devait s'accomplir. Elle indiquait si le voyage devait se faire par voie de mer ou par voie de terre, à pied, à cheval ou en charriot ; elle désignait la route à suivre et portait interdiction absolue au pèlerin « de s'accommoder du voyage d'aller pour faire négoce ou favoriser son commerce. »

Elle statuait, en outre, si le coupable devait faire le pèlerinage de sa personne ou, s'il pouvait l'accomplir par procureur, s'il lui était permis ou non de le racheter et à quel prix.

Très souvent, en effet, on pouvait se rédimer d'un pèlerinage judiciaire à prix d'argent. Aussi la plupart des villes avaient-elles des listes de rachats officielles.

Pour se rédimer du voyage de Roc-Amadour, les gens d'Audenarde devaient payer 8 livres parisis, ceux d'Alost, d'Ypres et de Gand, 5 livres p. seulement. Le tarif de Liège était fixé à 5 florins d'or, et à 10 florins celui du pays de Limbourg. On payait 12 livres à Furnes et 10 réaux au comté de Looz.

Tel était le tarif des cours subalternes. Celui des cours supérieures était beaucoup plus élevé.

Dans une déclaration de 1509, soumise, en 1592, au Grand Conseil de Malines, nous voyons la taxe du rachat du pèlerinage de « Nostre Dame de Rochemadoure en Guyenne, » fixée à 300 livres.

« Pluz on maulte en justice pluz on paye », disaient autrefois nos pères.

Voilà un axiome qui n'a guère vieilli et qui a chance de rester vrai bien longtemps.

· *

La sentence du juge fixait ordinairement un délai pour l'accomplissement du pèlerinage. Mais, la plupart du temps, à cause des dangers de la route, les pèlerins isolés étaient autorisés à retarder leur voyage jusqu'au départ de quelques caravanes composées, soit de marchands, soit d'autres pèlerins volontaires ou forcés. En attendant, chacun d'eux prenait soin de se munir d'un sauf-conduit accordé par les baillis et échevins de sa communauté, et de lettres de recommandation données par l'évêque du diocèse ou le curé de sa paroisse.

Il devait, de plus, mettre ordre à ses affaires temporelles et se confesser de ses péchés, « *Rebus suis dispositis, facta peccatorum suorum confessionne*, » dit le Rituel Romain.

Or, pour mettre ordre à ses affaires, et surtout pour se procurer l'argent nécessaire à son voyage, le pauvre pèlerin était souvent obligé d'emprunter à gros intérêts et de laisser une partie de ses biens aux mains de ses créanciers. Aussi ces sortes d'emprunts sont-ils une des causes les plus fréquentes du transfert de la propriété au Moyen-Age. Le jour du départ arrivé, le pèlerin se revêtait du costume spécial qui devait, aux yeux de tous, lui servir de signe distinctif et de sauvegarde.

Il coiffait sa tête du galerus, sorte de chapeau à larges bords ; il drapait autour de sa taille les plis d'une longue blouse en drap grossier, appelée esclavine dans le Nord et gipou (jupe) chez nous ; sur ses épaules, il jetait un de ces mantelets qui ont gardé le nom de pèlerine ; il portait en bandouillère une écharpe où pendait son escarcelle ; enfin, il prenait à la main un bourdon, grand bâton ferré entouré de bandelettes de cuir et surmonté d'un pommeau auquel était attachée la gourde ou calebasse.

Ainsi équipé, le pèlerin se rendait à l'église de sa paroisse, entouré de sa famille et de ses amis, assistait à la sainte messe et y communiait pieusement. Il déposait ensuite sur l'autel l'écharpe, l'escarcelle et le bourdon. Le prêtre les bénissait et les lui rendait, après avoir recité sur lui la belle et touchante prière pour « les pèlerins qui s'en vont aux lieux saints. »

Le voyageur se relevait alors, adressait aux siens un dernier adieu et, reconforté par les sacrements et bénédictions de la « saincte Mère Église, » prenait vaillamment le chemin qui devait le conduire à Roc-Amadour.

« Sur les chemins qu'ils parcouraient à pieds par dévotion, par esprit de pénitence, nous dit le Guide de Roc-Amadour, les pèlerins se reconnaissaient à leurs insignes ; ils se saluaient comme des frères ; ils se formaient en pieuses caravanes. Animés d'un égal amour envers Celle qu'ils allaient visiter, ils aimaient à parler de sa puissance, à exalter sa miséricorde, à implorer son secours. Des entretiens édifiants, de saints cantiques répétés dans toutes les langues, la récitation du rosaire, charmaient leur marche et leur rendaient douces les épreuves du voyage. »

La route était longue, pénible et parfois dangereuse. Il fallait au pauvre voyageur des mois entiers pour la parcourir, et les pays inconnus qu'il traversait étaient souvent désolés par la guerre ou par les brigandages, si fréquents à cette époque.

Heureusement, nous l'avons dit, son habit de pèlerin était pour lui une sauvegarde et le faisait également respecter de tous les partis. Il lui assurait, en outre, la protection des postes militaires et l'entrée des hôpitaux, établis le long de toutes les voies romaines par les chevaliers du Temple ou de Saint-Jean-de-Jérusalem.

C'est ainsi qu'il rencontrait, sur le seul territoire du Quercy, les commanderies de Livron, de Cahors, de la Salle, du Bastit, de La Tronquière ; les hôpitaux de Jaffa (aujourd'hui l'hôpital-Saint-Jean), de la Vraie-Croix, de Martel, des Fieux, de Beaulieu-Issendolus, de Rudelle, du Poujoulat, de Sainte Lobola (ou Sainte Neboule, près Béduer), du Vigan, des Alix, de Labastide-Fortanière.

Arrivé à l'extrême bord du plateau calcaire qui domine Roc-Amadour, il voyait s'ouvrir devant lui l'Hôpital-Saint-Jean (Hospitalet), où il pouvait enfin se reposer de ses fatigues et réparer ses forces épuisées.

Mais cette dernière halte était courte. Le pèlerin enthou-siasmé se sentait pris, maintenant, d'une pieuse impatience

de visiter ces illustres sanctuaires qu'il était venu chercher
de si loin et qu'il voyait se dresser en face de lui, accrochés,
comme des nids de colombe, aux parois de l'immense rocher.

Par l'unique rue, barrée, d'espace en espace, de portes
fortifiées, il descendait jusqu'au bas de l'escalier monumental qui conduit à la chapelle miracu'euse. A genoux,
les mains jointes, le cœur ému, la prière aux lèvres, il
gravissait un à un les 216 degrés.

Son ascension terminée, il pénétrait enfin dans le sanctuaire mystérieux, allait se prosterner aux pieds de la
statue, auréolée de mille cierges, et déposait son offrande
sur l'autel consacré par Saint Martial.

Il se confessait ensuite, recevait l'absolution, assistait
dévotement à la sainte messe et y communiait avec ferveur.

En ces siècles de foi vivace et profonde, les plus coupables
eux-mêmes retrouvaient, avec le repentir, ces élans de piété
généreuse qui semblent être aujourd'hui le privilège des
âmes que le mal n'a pu effleurer.

Ces dévotions terminées, le pèlerin pouvait visiter les
sanctuaires qui formaient comme une garde d'honneur
autour de la chapelle Notre-Dame, et vénérer les reliques
insignes qu'on y conservait.

L'une d'elles attirait particulièrement son attention.
C'était le corps de Saint Amadour, retrouvé intact dans le
tombeau où il avait dormi onze cents ans et que la corrup-
tion de la mort n'atteignit jamais......

Il contemplait longuement la petite cloche suspendue à la
voûte de la chapelle, et qui sonne toute seule quand Notre-
Dame accomplit au loin quelque éclatant miracle ; et il
prêtait l'oreille, espérant l'entendre tinter.

Il s'arrêtait avec admiration devant les innombrables ex-voto dont tous les murs étaient couverts, et qui racontaient plus éloquemment qu'aucune parole humaine ne saurait le faire, la puissance et la bonté de Marie.

Il se faisait hisser jusqu'à la Durandal, plantée là haut, en plein mur de la chapelle Saint Michel, et il la touchait dévotement, persuadé qu'au contact de l'épée d'un héros, il gagnerait force et courage.

Il s'extasiait naïvement en face des magnifiques peintures qui ornaient le pourtour du plateau Saint-Michel, où il voyait représentés : Dieu le Père, en habit d'Empereur, portant son Divin Fils sur sa main droite ; l'archange Saint Michel pesant une âme dans la balance de l'indéfectible Justice ; l'apparition de l'ange Gabriel à Marie et la visite de la Vierge à Elisabeth ; le géant Saint Christophe pliant sous le poids d'un petit enfant assis sur son épaule, parce que cet enfant c'était Jésus, le Sauveur et le soutien du monde ; et enfin, les Trois morts, si célèbres au moyen-âge, sortant tout à coup de leur tombe, pour montrer aux *Trois Vifs,* insoucieux et rieurs, la vanité des choses d'ici-bas...

. . .

Sa piété et sa curiosité satisfaites, le pèlerin songeait à reprendre le chemin de son pays.

Mais avant de quitter Roc-Amadour, il lui restait une importante formalité à remplir. Pour prouver à ses juges qu'il avait exécuté leur sentence, « de sa personne, sans fraudes ni choses contraires à l'usage en cette matière, et comme de tout temps ont faict et font encoires les pèlerins qui vont audict Rostmatour (Roc-Amadour), » il devait rapporter un « testimonial » signé par le gardien du sanctuaire.

Quelques uns de ces actes nous ont été conservés. Voici la traduction de l'un d'eux : « Nous, humble prieur de la Bienheureuse Vierge de Roc-Amadour, à tous ceux qui verront les présentes lettres, salut dans le Seigneur et la glorieuse Marie sa Mère. Sachent tous et chacun que le 3ᵉ jour du mois d'octobre, en l'an du Seigneur mil-quatre-cent-quatre-vingt-trois, le pèlerin Everard, Flamand, originaire d'Ypres et appelé Laminwercke, a visité avec dévotion le sanctuaire de la Bienheureuse Marie à Roc-Amadour et humblement versé sur son autel ses prières et ses offrandes. En témoignage de quoi, aux présentes lettres nous avons suspendu notre sceau. Donné l'année du Seigneur M.CCCC.LXXXIII, le IIIᵐᵒ jour d'octobre. »

Une fois en possession de ce document écrit sur parchemin et scellé du sceau de la Bienheureuse Vierge Marie de Roc-Amadour ; *sigillum Beate Marie Virginis de Rocamador*, le pèlerin achetait l'enseigne ou la sportelle du pèlerinage.

L'enseigne de Roc-Amadour était une médaille en plomb ou en étain, de forme ovale, munie de quatre anneaux qui servaient à la fixer aux habits du pèlerin. Sur une de ses faces était gravée l'image de Notre-Dame. La Vierge y était représentée assise sur un trône recouvert d'un coussin, la tête entourée d'un nimbe légèrement échancré du côté gauche et surmontée d'une couronne à trois fleurons. A la main elle tenait un sceptre terminé tantôt par un simple fleuron, tantôt par une fleur de lys. Sur son genou gauche reposait l'Enfant Jésus, les deux mains tendues dans un geste gracieux et la tête parée d'un nimbe ordinairement crucifère.

Sur les bords de la médaille courait un double grènetis entre lequel on lisait cette légende : † *Sigillum Beate Marie de Rocamador*, ou simplement : † *Sancta Maria Rocamador*.

L'enseigne fut plus tard remplacée par la sportelle. C'était une médaille de même matière et de même forme, avec cette seule différence, qu'outre l'image de la Vierge, elle portait, gravée au revers, l'effigie de Saint Amadour.

« La sportelle, nous dit le savant auteur du Guide à Roc-Amadour, était pour le pèlerin plus qu'un objet de piété, plus qu'un souvenir religieux ; c'était un sauf-conduit qui le mettait à l'abri de tous les dangers, une marque distinctive qui le faisait vénérer partout et lui assurait une cordiale hospitalité. Muni de la sportelle, il devenait une personne sacrée, il pouvait, en temps de guerre, traverser impunément les camps ennemis. En 1399, malgré les hostilités qui désolaient le Quercy, le pèlerinage de Roc-Amadour était fréquenté comme à l'ordinaire. Français et Anglais respectaient également, à leur aller et à leur retour, les visiteurs de la sainte Chapelle. Un Anglais, fait prisonnier par la garnison de Cahors, fut mis en liberté aussitôt qu'on l'eût reconnu comme pèlerin de Roc-Amadour.

» Donner l'hospitalité aux pèlerins était une œuvre de miséricorde. Châtelains et manants étaient heureux de participer à leurs mérites en les assistant dans leur sainte entreprise. Aussi tous les foyers étaient-ils ouverts aux voyageurs sacrés qui, d'ailleurs, charmaient les longues veillées par leurs merveilleux récits. »

. .

Muni de sa précieuse médaille, le pèlerin la plaçait bien en évidence sur son chapeau, ou sur le camail qui couvrait ses épaules. Il pouvait dès lors reprendre le chemin de son pays ; il était sûr de trouver partout sur sa route bon accueil, bon gîte, et, s'il était pauvre, d'abondantes aumônes.

Il ne se contentait pas toujours de cela, et, pour peu qu'il fut commerçant, il s'occupait activement, au cours de son voyage de retour, de négoce et d'affaires. Ce n'est en effet, que durant le voyage d'aller, qu'il lui était absolument défendu de se livrer au commerce.

Les flamands, en particulier, n'avaient garde de laisser échapper cette occasion d'exercer les aptitudes spéciales à leur race. Au lieu de rentrer chez eux directement, ils rebroussaient chemin et gagnaient Aurillac, Cahors, Montauban, Toulouse, Foix, Bordeaux, en quête de quelque fructueux trafic. A Bordeaux, ils s'embarquaient et revenaient en Flandre par mer.

S'ils avaient fait le voyage de Roc-Amadour à cheval ou en charriot, ils poussaient encore plus avant et, franchissant les Pyrénées, ils allaient vendre leurs équipages en Espagne et en Portugal, où les chevaux flamands étaient particulièrement estimés. Ils prenaient ensuite la mer à Lisbonne, à Vigo, à la Corogne et, montés sur quelque galiote brabançonne ou hollandaise, ils allaient à Ostende ou à Anvers, l'escarcelle gonflée de douros ou de doublons d'or.

C'est ainsi que le pèlerinage de Roc-Amadour, fût-il involontaire et forcé, eût, pendant de longs siècles, le rare privilège de favoriser également la piété et le commerce, les intérêts de la terre et les intérêts du Ciel.

Prière. — O Marie, les Saints Docteurs sont unanimes à vous reconnaître « *comme une Toute-Puissance à genoux,* » *Omnipotentia supplex.* » L'un de vos plus illustres serviteurs, celui peut-être qui a le mieux parlé de vous, Saint Bernard, nous assure que Dieu, dans sa miséricorde infinie, vous a constituée notre avocate auprès du Fils.

Accomplissez donc votre mission. Avocate, intercédez pour nous, interposez-vous entre l'homme pécheur et la justice divine prête à nous frapper.

Arrachez la foudre des mains du Seigneur irrité, offrez-lui les mérites de vos souffrances et des souffrances infinies de votre fils.

Nos œuvres de pénitence ne sont rien, mais nous les unissons à vos douleurs et à celles de Jésus crucifié.

Elles seront agréées de Dieu et par votre intercession nous serons sauvés. Ainsi soit-il.

N.-D. de Roc-Amadour, priez pour nous.

CHAPITRE XVIII

La légende de Saint Christophe et Marie Mère de Dieu.

Sur la muraille qui longe la porte extérieure de la chapelle miraculeuse, paraissent encore en partie les restes d'une ancienne et grotesque peinture, où l'on croit distinguer les traces d'un chevalier poursuivi par une troupe de spectres. Ce qui a fait dire au poète :

> *Mais quelle est cette fresque*
> *Qu'à ma droite je voi ?*
> *Quelle histoire grotesque*
> *Qui vous remplit d'effroi ?*
>
> *Une danse macabre !.....*
> *Un coursier qui se cabre !.....*
> *Un chevalier qui fuit.....*
> *Puis de pâles squelettes*
> *Sortis de leurs retraites*
> *La foule le poursuit.*

Nous n'entreprendrons pas de donner la description de toutes ces peintures. Mais il en est une que nous ne pouvons passer sous silence. A côté de l'épée de Roland, se dresse

une figure gigantesque dont il ne reste plus que la moitié.
C'est l'image de Saint Christophe portant sur ses épaules
l'Enfant Jésus.

Saint Christophe était très populaire au Moyen-Age.
Sa légende merveilleuse charmait nos aïeux ; elle ne laisse
pas d'être instructive pour nous. La voici :

« Christophe avant son baptême s'appelait *Réprouvé ;*
mais dans la suite il fut appelé Christophe, c'est-à-dire,
Porte-Christ, parce qu'il porta le Christ de quatre manières :
sur ses épaules en le passant à travers le fleuve, dans son
corps par la macération, dans son âme par la dévotion,
dans sa bouche par la prédication.

» Christophe, Chananéen de nation, était d'une taille gigantesque, et d'aspect terrible, il avait douze coudées de
haut. Se trouvant, comme on le lit dans une histoire, auprès
d'un Roi Chananéen, il lui vint à l'esprit de chercher le plus
grand prince qui fût au monde pour se consacrer à son
service. Il se rendit donc chez un roi très puissant, que la
renommée donnait partout pour le plus grand prince du
monde. Dès qu'il le vit, le roi le reçut volontiers et l'invita
à rester dans son palais. Or une fois, un certain jongleur
chantait une chanson dans laquelle il nommait souvent le
diable ; il traçait aussitôt sur son front le signe de la croix.
Ce que voyant, Christophe s'étonna fort et demanda ce
que ce signe voulait dire. Comme il interrogeait le roi à ce
sujet et que ce dernier gardait le silence, Christophe lui
dit : — « si vous ne me le dites, je ne resterai pas dorénavant
avec vous. »

» C'est pourquoi le roi forcé lui dit : — « Chaque fois que
j'entends nommer le diable, je me munis de ce signe crai-

gnant qu'il ne prenne sur moi quelque pouvoir et ne me nuise. » Sur quoi Christophe : — « Vous craignez que le diable ne vous nuise : il est clair qu'il est plus grand et plus puissant que vous, puisque vous avouez que vous le redoutez si fort, et je suis frustré dans mon espérance, moi qui pensais avoir trouvé le plus grand et le plus puissant seigneur du monde. Adieu donc ! car je veux aller chercher le diable, afin de le prendre pour mon seigneur et de devenir son serviteur. »

» Il se sépara du roi et se hâta de chercher le diable. Or, comme il cheminait à travers une solitude, il vit une grande foule de soldats desquels un officier farouche vint à lui et lui demanda où il allait. Christophe répondit : — « Je vais chercher le seigneur diable, afin que je le prenne pour seigneur et maître. » A quoi l'autre : — « Je suis celui que tu cherches. »

» Christophe joyeux s'attacha à lui et le prit pour son seigneur et maître. Comme ils cheminaient tous deux, ils rencontrèrent une croix dressée sur une route. Sitôt que le diable s'aperçut de cette croix il s'enfuit épouvanté, et quittant la route, il emmena Christophe à travers une âpre solitude et le ramena ensuite sur la route, en évitant la croix par un long détour. Christophe étonné demanda pourquoi il avait en tremblant abandonné la grand route et pourquoi, faisant un si grand détour, il avait passé par ce désert. Comme le diable refusait toute explication, Christophe lui dit : — « Si tu ne me parles je m'éloigne de toi à l'instant. » C'est pourquoi le diable poussé à bout lui dit : — « Un homme, Jésus-Christ, a été attaché à cette croix ; quand je vois le signe de cette croix, j'ai grand' peur et je fuis tout tremblant. » Sur quoi Christophe : —

« Il est donc plus grand que toi, ce Christ, dont tu redoutes tant le signe ; j'ai donc travaillé en vain et je n'ai pas encore trouvé le plus grand prince du monde : adieu donc ! Car je veux te quitter et chercher le Christ. » Or, comme il cherchait quelqu'un qui lui fît connaître le Christ, il vint enfin vers un ermite qui lui prêcha le Christ et l'instruisit diligemment dans la foi. Mais l'ermite dit à Christophe :

— Ce roi que tu désires servir demande de toi ce service qu'il te faudra fréquemment jeûner.

— Qu'il demande un autre service, car je ne peux aucunement faire cela.

— Il te faudra lui faire beaucoup d'oraisons.

— Je ne sais pas ce que c'est que cela ; je ne puis donc encore remplir cet office.

— Ne connais-tu pas ce fleuve où la plupart de ceux qui le passent courent de grands dangers et périssent ?

— Je le connais.

— Comme tu es d'une grande taille et robuste, si tu te fixais près de ce fleuve, et si tu passais tout le monde, cela serait fort agréable au Roi Christ que tu désires servir et j'espère qu'il se manifestera à toi, lui-même.

— Oui, je peux remplir cette office et je m'abandonne à lui pour ce service.

» Il vint donc vers le dit fleuve et se fabriqua une demeure lui-même et, portant une perche en guise de bâton, dont il se soutenait dans l'eau, il passait tout le monde sans relâche.

» Bien des jours s'étant donc écoulés, comme il était à se reposer dans sa cabane, il entendit la voix d'un enfant qui l'appelait et disait :— « Christophe, viens dehors et passe moi. » Réveillé, il sortit dehors mais il ne trouva personne ; et revenant dans la cabane, il entendit de nouveau une voix qui l'appelait; il courut encore dehors mais il ne trouva personne. Une troisième fois il fut appelé par la même voix ; il sortit et aperçut un enfant au bord du fleuve qui pria instamment Christophe de le passer. Celui-ci prenant l'enfant sur ses épaules et se munissant de son bâton entra dans le fleuve pour le traverser, et, voilà que l'eau du fleuve s'enflait peu à peu et l'enfant pesait comme le plomb le plus lourd. Plus il avançait, plus l'eau s'élevait, plus l'enfant écrasait les épaules de Christophe d'un poids intolérable, au point qu'il se trouvait dans un sérieux embarras et craignait de courir les plus grands dangers. Mais quand il fut sorti, il déposa l'enfant sur le bord et lui dit: — « Tu m'as mis, mon enfant, dans un grand danger et tu m'as tellement pesé que si j'avais eu le monde entier sur mes épaules. »

» L'enfant lui répondit : — « Ne t'étonne pas, Christophe, car tu as eu sur toi non seulement le monde entier mais celui qui a créé le monde, car je suis le Christ, ton Roi, et, afin que tu aies une preuve de la vérité de ce que je te dis, lorsque tu auras passé le fleuve, plante ton bâton dans la terre près de ta maison, tu verras demain qu'il aura fleuri. » Et aussitôt l'Enfant Jésus s'évanouit à ses yeux.

» A son retour, Christophe planta le bâton en terre et le lendemain il trouva comme un palmier couvert de feuilles et chargé de dattes. [1] »

Voilà la légende de Saint Christophe. Est-il étonnant

[1] Bollandistes.

qu'elle ait été tracée sur le mur en face du sanctuaire de Notre-Dame ? Nullement, parce que cette légende était très populaire au moyen-âge. Tout pèlerin qui se mettait en marche pour Roc-Amadour était un *Christophe* por-tant le Christ sur ses épaules par les fatigues du chemin, sur son corps par la pénitence, dans son cœur par son amour. Et qui ne voit le rapprochement très intime qui existe entre la légende de Christophe et la maternité de Marie. Marie n'est-elle pas la *Christophore* par excellence ? Elle a porté le Christ neuf mois dans son sein virginal, elle l'a porté enfant dans ses bras en le nourrissant de son lait ; elle l'a porté dans son cœur par un amour qu'aucune créature ne saurait ni égaler, ni comprendre.

Marie était prédestinée à la maternité divine. Le décret qui, dans la sagesse de Dieu, ordonnait l'incarnation du Verbe pour le salut du genre humain, choisissait la fille de Saint Joachim et de Sainte Anne pour en faire dans le temps la Mère de ce fils qui « *a été fait à Dieu de la race de David selon la chair.* »

Les grâces exceptionnelles, les privilèges extraordinaires dont Marie a été comblée sont la conséquence de cette destinée merveilleuse ; Marie a été honorée comme Mère de Dieu dès que la Divinité de son fils a été reconnue. Ainsi le culte de la Mère de Dieu s'est répandu au fur et à mesure que N.-S. Jésus-Christ a été connu et adoré comme Dieu.

Or, la Gaule ayant été évangélisée dès le premier siècle et aux temps apostoliques, ainsi que le démontre M. Bourrières dans son savant ouvrage, notre chère Patrie n'a pas tardé à saluer Marie comme Mère de Dieu.

Par conséquent, le culte de la Vierge qui *devait enfanter,* existant dans les Gaules, mêlé sans doute à diverses superstitions païennes, plus de 100 ans avant l'avènement de cette Vierge, notre pays était tout préparé par ces superstitions mêmes au culte de la Vierge Mère que les druides annonçaient comme devant enfanter le Rédempteur.

Or, le culte de la Vierge qui doit enfanter appelait le culte de la Vierge qui *a enfanté*, comme le principe appelle la conséquence, comme la cause amène l'effet. C'est pourquoi Roc-Amadour a été, dès le principe, consacré au culte de la Vierge Mère, et Zachée eut pu graver au bas de sa statue cette inscription « *Virgini Partœ.* »

Mais cette idée est assez exprimée par le fait que la Vierge de Zachée tient son fils dans ses bras.,

Telle est d'ailleurs la tradition des siècles passés. De tout temps N.-D. de Roc-Amadour a été honorée sous le titre de *Mère de Dieu*. Il est dans la logique des choses que le plus ancien des pèlerinages ait été consacré à la maternité divine. Il convenait que Marie fut d'abord reconnue comme *Mère de Dieu* ; et puis, les merveilleuses prérogatives qui découlent de ce titre essentiel vont se manifestant successivement à travers les siècles jusqu'à nos jours, où son immaculée conception a été définie par le pape Pie IX et confirmée par les apparitions de N.-D. de Lourdes.

N.-D. de Roc-Amadour, nous vous saluons Mère de Dieu.

Prière. — O ma Souveraine et ma Reine, Mère de mon Seigneur, servante de votre Fils, Mère du Créateur, je vous prie, je vous conjure, je vous supplie : donnez-moi l'esprit de votre Fils, mon Rédempteur, afin que je pense de vous de vraies et dignes choses, afin que je dise de vous de vraies et grandes choses, afin que j'aime en vous et par vous tout ce qui est bon, tout ce qui est vrai.

Vous seule en effet avez été choisie de Dieu, appelée de Dieu, unie à Dieu, visitée par l'ange, saluée par l'ange, proclamée bienheureuse par l'ange, troublée à sa parole, stupéfaite de sa salutation, étonnée de son annonciation.

L'ange vous prédit que le Fils de Dieu naîtra de vous. Comment cela se fera-t-il ? Vous demandez la cause, vous cherchez l'origine. Eh bien, écoutez cet oracle inouï, apprenez ce secret impénétrable, voyez cet évènement inconnu : l'Esprit saint descendra en vous et la vertu du Très-Haut vous couvrira de son ombre.

La Trinité opèrera en vous d'une manière invisible le mystère de l'Incarnation ; mais, seule la personne du Fils de Dieu devant naître de vous, prendra de vous son corps ; ainsi celui qui sera conçu en vous, qui germera en vous, qui naîtra de vous, sera appelé Fils de Dieu. Il sera le Dieu des vertus, le Roi des siècles, le Créateur de toutes choses.

Voici donc que vous êtes bénie entre toutes les femmes, Vierge et Mère, Maîtresse au milieu de vos servantes, Reine parmi vos sœurs. Voici donc que toutes les nations vous proclament bienheureuse, toutes les puissances célestes vous saluent bienheureuse, tous les prophètes annoncent votre bonheur et tous les peuples le célèbrent à l'envi.

Oui, vous êtes Bienheureuse de votre foi, de votre amour ; puissiez-vous l'être encore par les louanges de tous vos fidéles enfants. Ainsi soit-il.

N.-D. de Roc-Amadour, Mère de Dieu, priez pour nous !

CHAPITRE XIX

Constitution du gouvernement spirituel et civil de Roc-Amadour au moyen-âge.

On ne sait pas bien quels furent les premiers possesseurs de Roc-Amadour ; les faits et les monuments qui pourraient éclairer cette question ne remontent guère qu'au douzième siècle. Les moines de Marcilhac, fondés sur un cartulaire qui renfermait une donation faite par un évêque dont le nom n'était indiqué que par de simples initiales D. E.., réclamaient des religieux de Tulle, qui se trouvaient en possession, la restitution d'une église qu'ils prétendaient leur appartenir. Ratier, abbé de Marcilhac, de la famille des barons de Luzech, porta plainte à l'évêque de Cahors, en 1170, puis, en 1179, à Henri, évêque d'Albi et légat du Saint-Siège, qui renvoya l'affaire à Géraud Hector, évêque de Cahors. Celui-ci refusa de rendre la sentence et remit les débats entre les mains de Sully, archevêque de Bourges et métropolitain de ces provinces, lequel se déclara incompétent. L'évêque de Cahors se décida alors à citer les parties. L'abbé de Marcilhac, dit-on, se présenta devant le prélat ; mais l'abbé de Tulle ne comparut point. Il ne resta plus à l'abbé de Marcilhac d'autre ressource que d'appeler à son secours les protecteurs laïcs de son monastère, savoir, les barons de Gramat, de Thémines et de Béduer, pour défendre ses droits ; mais l'évêque de Cahors s'opposa aux voies de fait, et l'on en revint à des décisions arbitrales.

Il n'est pas besoin de rapporter le reste de cette histoire, dont la fausseté est manifeste. Elle est rejetée également par tous les critiques. Qu'au milieu des débats, l'abbé de Marcilhac se soit levé pour aller chercher dans les archives de son monastère une copie du factum qui prouvait ses droits sur Roc-Amadour ; que, pendant ce temps, les seigneurs Limousins qui s'intéressaient pour l'abbé de Tulle, se soient emparés de son sceau, et l'aient apposé à un acte de cession qu'il n'avait ni dressé ni consenti, ce sont là de ces suppositions qui nuisent plus à une cause qu'elles ne peuvent lui servir ; ce sont les imputations calomnieuses des condamnés qui n'ont aucun titre à présenter. La vérité est que Marcilhac n'avait point de titre en règle, et qu'il ne manquait rien aux titres de l'abbé de Tulle.

L'abbé de ce monastère présentait l'acte authentique d'une donation faite par Frotaire I, évêque de Cahors, en l'année 968. Elle était conçue en ces termes : « que tous les hommes présents et futurs sachent que le seigneur Frotaire, par la grâce de Dieu, évêque de Cahors, a donné à Dieu, à Saint-Martin, aux moines de Tulle et à leur bienheureux abbé, l'église de Roc-Amadour. Cette donation a été faite au mois d'août, l'an 968 après l'Incarnation du Seigneur, indiction XIe, la XVe année du règne du Roi Lothaire. » Cette donation, il est vrai, soit par oubli, soit par mauvaise volonté, fut mise de côté par Déodat, [1] évêque de Cahors, qui

---

(1) Déodat est désigné dans l'ordo sous le nom de Dieudonné, et Saint Didier, sous le nom de Saint Géry.

disposa de cet oratoire comme s'il n'était pas déjà sorti des mains de ses prédécesseurs. De là, les contestations élevées entre les deux abbayes. Pour les apaiser, Géraud d'abord, et ensuite Guillaume, évêque de Cahors, confirmèrent la cession faite à l'abbaye de Tulle, ainsi qu'il appert d'un acte daté de 1113, à la suite duquel on lit ces mots : « L'église de la bienheureuse Marie de Roc-Amadour est du domaine du seigneur vicomte Adémare, et il l'a donnée avec une autre de ses terres, au bienheureux Martin de Tulle. »

Ajoutez à ces titres, déjà si clairs, que trois papes, savoir : Pascal II, Adrien IV et Alexandre III, comptent l'Église de Roc-Amadour parmi celles qui relèvent du domaine de l'abbaye de Tulle.

Voici la bulle du pape Alexandre à Géraud, abbé, et aux frères de Tulle: « Le quatrième des kalendes d'avril, Alexandre évêque, serviteur des serviteurs de Dieu, à ses fils bien-aimés, Géraud, abbé, et aux frères de Tulle, salut et bénédiction apostolique.

» Obligé par le devoir de notre charge, de veiller avec soin au repos des églises, si l'on nous demande quelquefois ce qui peut contribuer à leur défense et à leur tranquillité, nous voulons, comme nous le devons, prêter une oreille favorable au désir des pétitionnaires. C'est pourquoi, fils bien-aimés dans le Seigneur, acquiesçant à vos justes sollicitations, et voulant pourvoir pour l'avenir à votre paix, nous confirmons par l'autorité apostolique tout ce que votre église possède justement aujourd'hui, et tout ce qu'avec la grâce du Seigneur elle pourra acquérir, soit pour vous, soit pour vos successeurs, par des voies légitimes. De plus, nous avons cru devoir confirmer par l'autorité apostolique, à vous et à votre monastère, la possession des églises que vous tenez canoniquement de la concession des évêques de Limoges et de Cahors. »

Suit la nomenclature de 18 églises dont la possession est confirmée à l'abbaye de Tulle par le pape Alexandre III, en tête de laquelle est inscrit Roc-Amadour.

Cependant, les religieux de Marcilhac refusant encore de céder, le pape Célestin III fut appelé à décider sur cette controverse, et, d'après ses ordres, Géraud, abbé de Marcilhac, à la tête de son chapitre, renonça en 1193 à tous ses droits sur l'Église de Roc-Amadour, la résignant sans aucune réserve entre les mains de l'évêque de Tulle.

Il nous reste deux lettres de l'abbé Géraud, pour attester son entier et absolu désistement. Il suffira d'en rapporter une.

» L'an 1193, sous le règne de Philippe, et l'épiscopat de S. évêque.

» A Bernard, par la divine grâce, abbé de Tulle, et à tout le couvent, Géraud, par la même grâce, abbé de Marcilhac, et à tout le couvent de la même église, salut et paix. Que tous les hommes présents et futurs sachent que, sur la controverse agitée entre nous et l'évêque de Tulle, relativement à l'église de Roc-Amadour, nous avons, par la permission et l'ordre de notre seigneur le pape Célestin, dans notre chapitre, entre les mains de B. prieur de Roc-Amadour, en présence de Texelle de Saint-Exupère, et de Hugues de Chaufforn, moines de Tulle, avec le consentement commun de nos frères, fait une composition à l'amiable, par laquelle nous avons renoncé entièrement à la plainte déjà énoncée, et remis entre les mains de B. prieur, tous les droits que nous aurions pu avoir ; et de peur que, par l'instigation de quelques agents ambitieux, on pût élever encore sur ce point quelque question, ou affaiblir de quelque autre manière l'authenticité de ce fait, nous avons livré à l'abbé et au couvent de Tulle un acte portant l'empreinte du sceau de notre inscription. Tous ces arrangements ont été pris, comme nous l'avons déjà fait entendre ci-dessus, dans la chapelle de Marcilhac, en présence de tous les moines qui y demeuraient à cette époque, et qui ont expressément consenti à cet accord de paix. »

Là, sont rapportés les noms des mandataires des deux couvents, et, parmi ces noms, on remarque, pour Marcilhac, la signature de Armand Barasc et de G. Da Rena, chevaliers et défenseurs des droits de cette abbaye.

Enfin, pour éviter de nouvelles difficultés, le pape Innocent III termina cette affaire, en ordonnant en 1212, que Roc-Amadour fut remis à l'abbé Bernard, ainsi que nous l'apprend un vieux manuscrit d'Itere, bibliothécaire de l'église Saint-Martial, de Limoges.

L'église de Roc-Amadour, quoique cédée par l'évêque de Cahors à l'abbé du Tulle, avait toujours conservé la charge de payer aux premiers possesseurs une espèce d'impôt, comme reconnaissance de l'autorité primitive de ses anciens maîtres. Nous apprenons cette circonstance d'une bulle de Célestin III, tirée d'un ancien manuscrit de l'Église de Cahors, datée de l'année 1197 et adressée à l'évêque Géraud.

Outre ce tribut féodal dont l'église de Roc-Amadour était grevée par l'usage et par la décision du Souverain Pontife, elle devait encore, en cas de vacance, payer, comme les autres bénéfices, à la cour de Rome, certaines redevances, ainsi que le prouve une bulle donnée à Villeneuve, au diocèse d'Avignon, par Clément VI, en l'année 1342 ; et même, hors de cette circonstance, s'acquitter de certaines contributions annuelles envers le Saint-Siège, comme il résulte d'une lettre d'Albert de Gerandula, député du pape pour recueillir les revenus de la chambre apostolique en Bourgogne, en Provence, et dans tout le royaume de France.

Une bulle de Nicolas IV nous apprend qu'elle était la somme à laquelle était imposé le monastère de Roc-Amadour. Il payait pour l'oratoire de Notre-Dame un marc d'argent, et une pièce d'or pour l'église Saint-Sauveur et Saint Michel.

Le Concordat ayant amené une nouvelle discipline et de nouveaux usages dans l'Église de France par la suppression des biens du clergé et une circonscription différente des diocèses, l'église de N.-D. de Roc-Amadour est rentrée entre les mains du donateur primitif. L'évêque de Cahors en est redevenu le seul et unique supérieur.

Le pouvoir temporel se partageait entre l'Abbé de Tulle et les consuls de Roc-Amadour ; mais de telle sorte que l'Abbé était presque tout puissant. Il suffit pour s'en convaincre de lire une pièce très curieuse, tirée des Archives du pèlerinage, et que l'on peut appeler la Charte Constitutionnelle de la cité de Roc-Amadour. Elle fut octroyée par Philippe IV, dit le Bel, Roi des Français, en l'année 1303, pour apaiser les différends qui s'étaient élevés entre l'Abbé et les Consuls. M. Caillau nous donne la teneur de cet acte royal, daté du mois de janvier 1303. Nous regrettons de ne pouvoir le reproduire ici.

Cet antique témoignage nous montre que l'abbé ou l'évêque de Tulle avait sur Roc-Amadour, non seulement la plénitude de l'autorité spirituelle, mais encore une grande partie de l'autorité temporelle.

On s'étonnera peut-être qu'un roi de France ait octroyé une charte si importante à une ville aussi petite que le parait Roc-Amadour ; mais il faut remarquer ici que cette ville était alors une des plus célèbres et des plus considérables du Quercy. On peut s'en convaincre d'après un compte manuscrit des subsides imposés par le Trésorier du Roi pour l'année 1343, sur le nombre des feux et l'étendue de la population.

On y voit que Roc-Amadour, imposé à deux cents livres, le dispute à Souillac, qui n'est taxé qu'à la même somme, approche de Fons, alors chef-lieu de baillie, et payant deux cent quatre-vingts livres.

Les consuls avaient un sceau particulier ; il est apposé à une quittance ainsi conçue : « als cossols de Rocamador sur lor gages à xxv novembre ccclix,xxx francs. » Ce sceau est en cire verte ; il porte trois rocs d'échiquier posés deux et un ; au chef chargé de trois fleurs de lis. D'après l'examen du sceau de Roc-Amadour, tel qu'il existait avant la Révolution de 1789, il résulte que le sceau de 1369 doit être ainsi blasonné : — De gueules-rouges, à trois rocs d'échiquier d'argent blanc, posés deux et un, au chef cousu d'azur (bleu), chargé de trois fleurs de lis d'or. La légende, en partie effacée, et qui ne laisse plus voir qu'un *a* d'un côté et de l'autre *reti*, fait supposer avec raison qu'elle portait : *Sigillum secreti coss. Rupis-Amatoris* ou *communitatis villæ Rupis-Amatoris*, Sceau du secret des Consuls ou de la ville de Roc-Amadour.

Roc-Amadour était la dixième des dix-huit villes basses

qui envoyaient un député aux états particuliers de la province du Quercy.

Prière. — « O ma Souveraine, douce Reine de Roc-Amadour, nous vous supplions par la grâce même que vous avez reçue, de vouloir bien nous protéger ; car le Dieu Tout Puissant et miséricordieux, en vous exaltant au-dessus de toutes les créatures, en vous conférant tous les biens dont il disposait, a voulu que par votre intercession la plénitude de grâce que vous avez mérité découle sur nous, afin que la bienheureuse récompense que vous possédez déjà nous soit un jour miséricordieusement octroyée.

« O N.-D. de Roc-Amadour, mettez donc tous vos efforts à réaliser ce but, pour lequel notre Dieu s'est fait homme en vous et par vous et est venu habiter parmi les hommes. »

Donnez-nous l'esprit de charité comme gage assuré de notre salut éternel, cette charité fleur de la foi et de l'espérance sans laquelle toutes nos autres vertus ne sont rien, cette charité patiente et miséricordieuse, humble et désintéressée... cette charité enfin sortie du cœur de Jésus-Christ, votre fils, éternelle comme lui. Répandez cet esprit d'amour à tous les degrés de la hiérarchie sacerdotale et dans le cœur de tous les fidèles, afin que pasteurs et troupeaux « *soient un comme le Fils et le Père sont un.* » Ainsi soit-il.

N.-D. de Roc-Amadour, priez pour nous.

CHAPITRE XX

Les ruines du pèlerinage de Roc-Amadour.

A la fin de la période glorieuse du pèlerinage de N.-D. de Roc-Amadour, il est bon de jeter un regard sur l'ensemble des évènements que nous avons racontés. Son origine se confond avec les origines mêmes de l'Église de France ; et la douce figure de Zachée, descendant du sycomore pour recevoir Jésus dans sa maison, se retirant après un long apostolat dans le rocher dont il est l'amateur, attirant à lui les peuples barbares, pour leur infuser la connaissance et l'amour de Jésus et de Marie, sculptant dans un tronc d'arbre l'image de la Vierge dont il avait contemplé les traits, et s'endormant enfin dans la paix du Seigneur dans cette vallée d'Alzou qu'il a tant aimée, domine et éclaire toute son histoire.

A travers les siècles nous saluons les pèlerins illustres de Roc-Amadour : les Rolland, les Plantagenet, les Saint Louis, les Montfort, les Engelbert, les Saint Bernard, les Saint Dominique, les Fénelon et tant d'autres plus célèbres par leur foi et leur sainteté que par leur science et leur génie.

Rappellerons-nous les miracles que nous avons rapportés : Morts ressucités, naufragés sauvés, victoires remportées,

14

malades guéris, enfants obtenus ou conservés, accidents prévenus, impies chatiés, cloche miraculeuse sonnant d'elle même, Jeanne d'Arc donnée à la France : Voilà autant de fleurons à la couronne de N.-D. de Roc-Amadour.

Cette couronne, nous aurions voulu la faire plus belle encore ; nous ne pouvons nous défendre d'une profonde douleur à la pensée que tout ce que nous avons raconté n'est rien, ou presque rien, à côté de tant d'évèments qui ont été ensevelis dans l'oubli, ou plutôt dans les cendres des archives, brulées par les Huguenots.

Nous voici arrivés à l'époque la plus douloureuse de notre histoire.

> *« Ici-bas, rien ne dure ! O Céleste Oratoire,*
> *Dis-nous, qu'as-tu donc fait de ton antique gloire,*
> *De tes riches trésors ..... (1) »*

Ainsi s'exprime le poète en face des ruines de Roc-Amadour.

Roc-Amadour a été pillé par les hérétiques à plusieurs époques de l'histoire. M. Bourrières nous apprend que les Visigoths s'en emparèrent au V° siècle, et que les moines cachèrent le corps de Saint Amadour pour le préserver d'une profanation certaine.

Au commencement du XIII° siècle, les Anglais sous la conduite d'Henri III ravagèrent Roc-Amadour, ainsi que le raconte Odo de Gissey avec la naïveté de son style que nous nous plaisons de citer.

« Les guerres d'entre nos rois très chrétiens, et les

---

(1) M. l'Abbé Layral, ancien curé du Bourg.

Anglais en ce royaume de France guerroyant ; ruinèrent
en quelque façon Roc-Amadour ; mais plus que tous
Henri III, roi d'Angleterre, ingrat des grâces que son
père Henri II y avoit reçues, en dépit de son père qui
affectionnoit cette église, son avarice le poussant, pilla
cet oratoire, et enleva les plaques qui couvroient le corps
de Saint Amadour et emporta ce qui était de la Trésorerie ;
mais Dieu qui ne laisse rien impuni, châtia le sacrilège
de cet impie Prince par une mort malheureuse. De quoi
lise qui voudra Roger de Houedan, Historien Anglais en
la 2ᵉ partie de ses annales. »

Le 3 septembre 1562, les Huguenots, à la tête desquels
étaient le colonel Duras et le fameux capitaine Bessonias,
natif de Sousceyrac, prirent Roc-Amadour. Ils mirent
tout à feu et à sang, les croix furent brisées, les images
brûlées, les autels renversés, les cloches fondues, les ex-voto,
les chasubles et tous les divers ornements qui pouvaient
avoir quelque valeur, furent dérobés et emportés. Parmi
les ex-voto enlevés on cite 14 lampes en argent qui
brûlaient constamment devant la statue miraculeuse de
Notre-Dame. L'on estimait enfin à 15000 livres environ
les désastres d'un tel pillage.

Nous devons ajouter que la statue de N.-D. de Roc-
Amadour échappa à l'incendie général et fut miraculeusement conservée. Il n'en fut pas ainsi du corps de Saint
Amadour. Il reposait à l'entrée de l'oratoire de la Sainte
Vierge, dans la grotte même où il avait coulé des jours si
calmes et si paisibles. Le rocher protégeait son tombeau,
mais pas suffisamment, puisque des mains impies, les mêmes
qui avaient lancé le fer et le feu dans cette pieuse enceinte,

s'en emparèrent : il était intact, sa barbe touffue et blanche ombrageait son menton.

Ces forcenés le traînent dans la boue et souillent ses cheveux blancs ; ils s'acharnent à le frapper, à le mutiler ; ils le percent de coups, ils lui crachent au visage, ils le foulent sous leurs pieds, rivalisant ainsi de fureur et de haine.

Le plus féroce d'eux tous est encore Bessonias ; il ordonne à ses compagnons d'allumer un grand feu et de jeter au milieu des flammes le corps du saint... Ses ordres furent exécutés, mais, ô merveille, ô miracle ! la flamme s'arrondit en voûte autour de la précieuse relique et ne l'atteint nullement.

Dévoré de rage, Bessonias s'arme d'un lourd marteau et frappe à coups redoublés sur les membres du corps de Saint Amadour, en disant : « Puisque tu ne veux pas brûler, je te briserai. » A l'atteinte des coups, le sang coule vermeil comme d'un corps fraîchement entamé, ce qui augmente la fureur et la rage de ce forcené qui frappe et frappe encore, jusqu'à ce qu'il ne reste plus que des ossements et des débris de ce corps si digne de respect et de vénération.

Après avoir rançonné la ville d'une bonne somme d'or, les Huguenots quittèrent Roc-Amadour, allant continuer leurs meurtres et leurs pillages dans le reste du Quercy et de la Guyenne.

Ainsi, nous savons que cette horde barbare incendia ou démolit plusieurs églises et monastères, notamment le prieuré du Bourg qui fut totalement rasé et eut sa chapelle à demi renversée ; le monastère de l'Hôpital-Beaulieu, vrai chef-d'œuvre d'architecture gothique, s'effondra également sous le coup de ces vandales.

Que reste-t-il maintenant de notre pèlerinage, hier encore dans toute sa gloire, aujourd'hui dans le plus affreux dénûment ? Hier, c'étaient de brillants édifices se dressant majestueusement avec leurs flèches élancées, aujourd'hui ce ne sont plus que des pans de murs noircis par la fumée et la flamme et prêts à crouler ; hier on voyait des autels richement parés, où venaient s'agenouiller et prier des prêtres en grand nombre, des rois, des princes, des pèlerins de tout rang et de toute condition, aujourd'hui il ne reste plus qu'un triste amas de débris amoncelés qui vous brisent le cœur. Tout est désert ; un silence de mort plane sur ces lieux d'où s'épandaient naguère tant de douces harmonies ; pas une prière, pas un chant, pas un soupir d'amour, rien qui fasse entrevoir la moindre lueur d'espérance, rien que des cendres acccumulées, des blocs épars, des ruines sans nombre ; rien enfin que le lugubre écho redisant à qui veut l'entendre : — incendie, meurtre, pillage... voilà notre œuvre.

O Roc-Amadour, qu'as-tu fait de ta gloire et que sont devenus tes jours calmes et sereins ?.. En voilà pour deux siècles, et ce qui aura pu échapper à la haine et à la fureur des dignes fils de Luther et de Calvin, la révolution de 93 achèvera de le détruire.

Ici le poëte évoque la grande figure de Jérémie, pleurant sur les ruines de Jérusalem :

« O cité dans le sang et la poudre endormie !
Que ta ruine est vaste, immense ! O Jérémie !

Qui seul sais égaler les plaintes aux malheurs,
Que n'ai-je tes accents, prophète des douleurs.
A qui, noble cité, te dirai-je semblable ?
Pleure comme Rachel et sois inconsolable......

. . . .

Pleure, Roc-Amadour, nouvelle Sion, pleure.... (1)

Prière. — N.-D. de Roc-Amadour, priez pour nous.

N.-D. des Sept Douleurs, priez pour nous.

Reine des Martyrs, priez pour nous.

« O Marie, Mère de Douleurs, en face de ces ruines lamentables notre esprit se reporte instinctivement vers cette Jérusalem déïcide, dont les murs ont croulé sous les coups de la malédiction divine. « Jérusalem, Jérusalem, qui tues les prophètes, que de fois j'ai voulu rassembler tes enfants, comme la poule rassemble ses petits sous ses ailes et tu ne l'a pas voulu ! Voici que votre maison sera déserte et il ne restera de toi pierre sur pierre. »

Pourquoi Roc-Amadour a-t-il été traité de la sorte ? Est-ce que vos fils, o Marie, ne vous ont pas assez aimée, assez honorée, assez priée dans ce sanctuaire ? Avons-nous par nos prévarications sans fin encouru les justes vengeances de Dieu ? Hélas ! nous ne savons. Mais ce que nous savons bien, c'est que votre Fils ne cesse d'être à travers les siècles, comme sur la Croix, le signe de contradiction, *Signum cui contradicetur*, et votre Cœur de Mère ne cesse de saigner.

(1) M. l'Abbé Layral.

O la plus dolente des créatures, Reine des Martyrs, nous sommes les enfants de votre douleur. Vous nous avez enfantés au Calvaire et votre compassion est notre plus sûre espérance : les enfants qui ont le plus coûté à une Mère ne sont-ils pas les plus aimés ?

Si votre affliction est grande comme la mer, ô fille de Sion, faites-nous la grâce de plonger nos âmes dans cet océan pour les laver de leurs souillures.

Par ce glaive de douleur prédit par le saint vieillard Siméon, accordez-nous la grâce de vénérer la divine passion et votre compassion maternelle en cette vallée de larmes, afin que se réalise pour nous la grande, la consolante parole de Saint Paul : « *Si compatimur ut et conglorificemur*, si nous souffrons avec Jésus et avec vous nous mériterons de participer à votre commune gloire. » Ainsi soit-il.

N.-D. des Sept Douleurs, priez pour nous.

N.-D. de Roc-Amadour, priez pour nous.

CHAPITRE XXI

Restauration du pèlerinage de Roc-Amadour
par M. Caillau.

Nous n'avons aucune donnée relative à l'histoire de notre cher pèlerinage durant le XVII et le XVIII° siècle, jusqu'à la Révolution de 1789.

Odo de Gissey écrivait en 1666. Après lui aucun écrivain n'a levé le voile qui recouvre l'histoire de Roc-Amadour durant cette longue période.

Nous avons tout lieu de croire que, depuis le pillage de ses richesses et la destruction de ses églises par les protestants, jusqu'à la Révolution, le pèlerinage de Roc-Amadour subissait une éclipse presque totale. Les pèlerinages n'étaient plus dans les mœurs, au XVII et XVIII° siècle. Le Jansénisme, en desséchant les cœurs, avait fini par éteindre la foi ; et ce que les Pascal et les Nicole avaient si bien commencé, les Jean-Jacques Rousseau, les Diderot et les d'Alembert vinrent le compléter ; de sorte qu'il n'est peut-être pas de siècle plus lamentable, au point de vue de la foi et des mœurs, que ce XVIII° siècle qui porte au front, comme un stigmate, le nom de Voltaire.

Enfin la Révolution, en renversant ce que la fureur des

Huguenots avait laissé debout, compléta la ruine de Roc-Amadour. Le concordat ayant rétabli le culte, Roc-Amadour devint une simple cure de campagne ; il n'y avait ni mission-naires, ni solennités pour attirer les foules. Sans doute, la dé-votion envers Notre-Dame n'était pas effacée dans les cœurs, le peuple chrétien ne cessait de la prier et beaucoup de pèle-rins isolés visitaient son sanctuaire dévasté et imploraient sa protection maternelle pour des temps si malheureux. Aussi la Sainte-Vierge n'a-t-elle pas voulu abandonner notre cher Quercy ; elle a donc suscité un homme à la haute intelli-gence, au cœur ardent, pour relever son sanctúaire, pour raviver la foi éteinte et ramener à Roc-Amadour les peuples qui se pressaient dans son enceinte pendant tout le Moyen-Age.

M. l'abbé Caillau fut cet homme providentiel.

Nous empruntons sa notice à M. l'abbé Leguénnec qui en a tracé *dans son histoire de N.-D. de Roc-Amadour* un portrait fidèle comme apôtre et comme docteur.

« M. Caillau, à peine promu au sacerdoce, entra dans la compagnie des Missionnaires de France. Pendant plusieurs années, il fit, sous les auspices de MM. Rausan et de Forbin-Janson, avec de prodigieux succès, des missions dans plu-sieurs villes de France. Le diocèse de Cahors ne fut point étranger à son zèle : en 1822 il prenait part à la mission de Cahors ; en 1824 il dirigeait lui-même celle de Figeac. En 1825 il fut chargé du service de l'Église patronale de Sainte Geneviève à Paris, et là, comme ailleurs, on ne tarda pas à apprécier ses éminentes qualités ; là aussi, comme ailleurs, ses efforts furent couronnés d'heureux succès.

» Les moments de loisir que lui laissaient les travaux du

ministère, il les consacrait à l'étude et à la composition de pieux ouvrages. Ses études de prédilection étaient celles de l'Écriture Sainte et des Pères.

» Tant de fatigues ruinèrent sa santé et il se voyait menacé d'un repos qui répugnait à un cœur aussi zélé que le sien. Ce fut alors qu'il entendit parler de N.-D. de Roc-Amadour et des faveurs qu'on y obtenait : il y vint en pèlerinage pour demander à Dieu sa guérison, par l'intercession de Marie..... Écoutons-le lui-même ; ses paroles ont je ne sais quoi qui va au cœur ; c'est qu'elles viennent d'un cœur qui aime Marie et qui éprouve le besoin de la faire aimer.

— « O Marie, avec quelle joie je montai les degrés mystérieux qui conduisent à cet auguste sanctuaire ! Avec quelle ferveur je célébrai les divins mystères sur votre autel ! Avec quel amour et quel respect je baisai les pieds sacrés de votre image ! Avec quelle impatience j'attendis le moment de revenir à votre chapelle ! Vous m'avez exaucé, ô ma bonne Mère, vous m'avez rendu la force de proclamer vos louanges et de travailler encore au salut de vos enfants ; mais en fortifiant la faiblesse de mon corps quel bien vous avez fait à mon âme ! Heureux moments que j'ai passés à vos pieds !.. Comme alors le monde n'était plus rien pour moi ! Quel recueillement, quel silence de l'âme, quels doux transports ! C'était comme un feu sacré qui dévorait mon cœur ! »

» Oui, ses vœux furent exaucés ; il recouvra la santé, et put reprendre ses travaux avec une nouvelle ardeur. Il avait fait vœu, s'il guérissait, de donner pendant quatre ans, une retraite chaque année à Roc-Amadour. Ces retraites produisirent les fruits les plus consolants, ce qui détermina M. Caillau à les continuer ; il les continua jusqu'à sa mort, et en mourant il eut la consolante certitude qu'elles ne mourraient pas avec lui. Admirons comme la Providence ménage les évènements pour l'exécution de ses desseins. Monseigneur Bardou venait d'être nommé Évêque de Cahors ; une de ses premières pensées en prenant possession de son siège, fut d'établir des missionnaires diocésains et de leur donner pour résidence Roc-Amadour. Ces zélés missionnaires aidèrent puissamment M. Caillau dans sa belle œuvre des retraites. Le digne Prélat venait lui-même, tous les ans, présider à ces saints exercices ; confondu parmi ses prêtres, dont il encourageait admirablement le zèle, on le voyait assis, pendant toute la durée de la neuvaine, au saint tribunal de la Pénitence, accueillant avec une bonté paternelle les plus pauvres, les plus humbles de son troupeau, et distribuant, le dernier jour, à des milliers de fidèles, la divine Eucharistie.... Touchant spectacle ! ! Un spectacle plus touchant encore était de le voir monter, à genoux, les degrés qui conduisent à la chapelle miraculeuse. Qui pourrait dire les bénédictions que cet acte d'humble dévotion attirait sur le Pasteur et sur le troupeau !

» Oui, les retraites de Roc-Amadour ont survécu à M. Caillau ; et nous raconterons dans le chapitre suivant le développement, l'extension et l'éclat qu'elles ont reçu de la piété des Évêques de Cahors, du zèle des missionnaires et de la ferveur du peuple plus attaché que jamais à N.-D. de Roc-Amadour.

» Ces retraites, M. Caillau les appelait ses vacances. D'autres travaux l'occupaient pendant le reste de l'année. La révolution de 1830 lui ayant fermé cette carrière il se mit à faire dans de modestes chapelles un cours d'instructions familières. Son pieux auditoire ne se lassait point d'entendre sa parole claire, solide, onctueuse.... Plus tard il put paraître sur un plus grand théâtre et donner un peu plus d'éclat à ses prédications. Les paroisses Saint Sulpice, Saint Étienne-du-Mont, N.-D. de Bonne-Nouvelle, Saint Denis-du-Saint-Sacrement, Saint Thomas-d'Aquin, Saint Germain-l'Auxerrois, etc..., le virent successivement remplir des stations qui devenaient comme de vraies missions par les fruits abondants qu'elles produisaient.

» En 1840, il quitta Paris pour aller prendre la direction de la maison d'Orléans ; ce nouveau poste le rapprochait de plus en plus de la vie de missionnaire, et, par conséquent, le remettait de plus en plus dans son élément. Outre les grandes stations de l'Avent, du Carême, du Mois de Marie, qu'il prêchait tous les ans, soit à Orléans, soit en d'autres lieux du diocèse, il donnait aussi de fréquentes retraites, tantôt aux personnes du monde, tantôt aux communautés religieuses, d'autrefois aux grands et petits seminaires. Montfaucon du Lot, fut du nombre de ceux qui eurent le bonheur de l'entendre. Les années, loin de refroidir son zèle, ne faisaient, semble-t-il, que lui donner une ardeur toujours croissante. Il n'en était pas de même de sa santé ; de jour en jour elle dépérissait, et cependant ce vaillant soldat de Jésus-Christ combattait toujours ; on peut dire vraiment de lui qu'il est mort les armes à la main. La dernière retraite qu'il donna à Roc-Amadour, présente des circonstances trop touchantes pour que nous ne les rapportions pas. — « Nous l'avons vu venir toujours à Roc-Amadour avec une véritable jubilation, nous écrit un des missionnaires ; tel était son bonheur de se trouver à ces exercices annuels, que quelques mois seulement avant sa mort, il voulut y être porté..... Sur le désir qu'il manifesta fortement de prêcher, il fallut le hisser, comme un squelette, sur la chaire : et là il tirait encore de sa poitrine mourante des réflexions sur la mort, la fragilité des biens de ce monde, la solidité des biens éternels... réflexions qui faisaient couler les larmes. » Quelques mois plus tard il rendait à Dieu sa belle âme.

» Nous avons vu l'Apôtre, voyons maintenant le Docteur.

Esprit pénétrant, jugement sûr, style facile et clair, simple mais toujours noble, voilà les qualités qui distinguaient M. Caillau, comme homme de lettres.

» Ses principaux ouvrages peuvent être classés en deux catégories : les uns ont pour objet les Saints Pères ; les autres le culte de la Sainte-Vierge.

» Il publia : 1º une collection choisie des SS. Pères. — 32 volumes avaient paru, lorsque les évènements de 1830 vinrent interrompre ce travail, qui fut repris en 1832 et abandonné en 1840, sur l'annonce de la publication d'une collection complète des Pères, par M. Migne ;

» 2º Une introduction à la lecture des SS. Pères qui suppose beaucoup d'instruction, de lectures et de recherches ; on est étonné de trouver tant d'érudition dans un ecclésiastique jeune encore et livré à un ministère laborieux. Il paraît que M. Caillau a beaucoup médité les Pères, et s'est rendu leurs ouvrages familiers par une étude assidue. C'est sans doute à cette étude qu'il doit ses succès comme missionnaire ;

» 3º Rhétorique des SS. Pères retraçant le temps où ils ont vécu, leur histoire, leurs ouvrages, les principales éditions qui en ont été faites, leur genre de prédication, et les préceptes qu'ils en ont donnés.

» M. Caillau avait formé le projet de réunir en un même
ouvrage les divers écrits des Pères et des Docteurs sur la
Sainte-Vierge, mais il n'eut ni le temps ni la force d'exécuter
un plan si vaste. Sa piété lui suggéra la pensée d'écrire les
histoires des trois célèbres pèlerinages, de Roc-Amadour,
de Lorette, du Puy en Vélai.

» Son histoire de N.-D. de Roc-Amadour est divisée en
deux parties : la première, historique et critique, fait connaître les divers évènements qui se rattachent à ce pèlerinage ;
la deuxième, morale et religieuse, renferme douze instructions dans lesquelles le pieux auteur tire de la nature et des
diverses circonstances de ce sanctuaire, des réflexions d'une
mysticité douce et lucide, bien propres à porter les âmes au
service de Marie.

» M. Caillau dans cet ouvrage rejetant la tradition exposée
par Odo de Gissey, n'admettait pas que Saint Amadour soit
le Zachée de l'Évangile, et il ne fait remonter l'origine de
notre pèlerinage qu'au IIIe siècle, époque à laquelle il place
l'évangélisation des Gaules. Mais il est certain que vers la
fin de ses jours M. Caillau avait abandonné cette opinion.
La lecture des ouvrages de M. Faillon, ses propres recherches dans les bibliothèques de la capitale, la lecture plus
approfondie des liturgies de Limoges, l'avaient convaincu
que la tradition qui place au Ier siècle la prédication évangélique dans les Gaules était la seule admissible.

» Dans son traité des offices, Saint Ambroise dit : — « Quel
sujet d'édification, quand on peut dire d'un prêtre, qu'il n'a
vécu que pour l'Église de Jésus-Christ, d'un Pasteur, que la
mort l'a enlevé au milieu de ses travaux apostoliques, d'un
docteur, qu'il a consacré, jusqu'à son dernier soupir, ses

études, ses veilles et sa plume au service de la vérité. »

N'est-ce pas là M. Caillau trait pour trait ? Le saint archevêque de Milan continue : « Que peut on ajouter à l'éloge d'un ministre du Seigneur, quand la vérité lui rend ce témoignage que, bien loin de s'être enrichi aux services de l'Église, il est mort pauvre, et qu'il a été appauvri par la charité. »

Or, la vérité rendra encore ce dernier témoignage à M. Caillau ; elle dira, ou plutôt elle a déjà dit : que peu de temps avant sa mort, il avait vendu avec un admirable désintéressement sa maison de Roc-Amadour à Monseigneur l'Évêque de Cahors, et que les fonds provenant de cette vente, avaient été immédiatement destinés, par lui, à une autre œuvre dont il avait également à cœur le succès.

La vie de M. Caillau fut donc une vie d'Apôtre et de Docteur ; sa mort fut celle d'un saint. Et maintenant, ce dévoué serviteur de Marie, du haut du ciel, protège, sans nul doute, un sanctuaire qui lui fut si cher et pour lequel il obtiendra de Dieu de nouvelles faveurs par l'intercession de Marie, Reine des Apôtres et des Docteurs.

Prière. — Très Auguste Vierge Marie, vos fonctions de Mère de Dieu ont établi entre vous et le prêtre de la nouvelle alliance des rapprochements que les saints Docteurs ont bien soin de faire ressortir. Ce même Jésus que le prêtre produit et immole sur l'autel, vous l'avez conçu dans votre sein immaculé, et vous l'avez offert sur l'arbre de la croix pour le salut du monde.

Le sacrifice de la messe reproduit dans sa vivante réalité le double mystère de l'Incarnation et de la Rédemption.

O Marie, notre douce Mère, puisque le prêtre vous est uni

par des liens si intimes, daignez lui conférer les vertus qui lui sont nécessaires pour l'accomplissement de ses hautes fonctions. Ses relations avec votre divin Fils sont la raison même de l'éminente sainteté dont il doit être revêtu. Pontife, il le représente : Médiateur, il l'est avec lui ; Victime, il le touche, il l'immole, il s'en nourrit. Foi vive, religion profonde, sincère humilité, parfaite pureté : donnez-lui toutes les vertus que votre fils Jésus désire trouver dans ses ministres.

En ces temps malheureux, l'enfer est déchaîné contre lui, parce qu'il personnifie l'Église, épouse de votre Fils. En défendant le prêtre, vous sauverez l'Église que Jésus-Christ s'est donnée au prix de son sang.

Reine du clergé, vous êtes le rempart de l'Église [1] et votre poitrine est comme une tour inébranlable !

Vous avez vaincu les hérésies des siècles passés ; laisserez-vous les erreurs, les impiétés, les haines du XIXe siècle envahir le vingtième ?

O Notre douce Mère, notre sort est entre vos mains. Eh bien ! décidez de notre salut ou de notre perte éternelle. Si vous nous abandonnez, c'en est fait de nous.... Mais non ! Votre cœur bondit à cette pensée. Est-ce qu'une Mère peut rejeter le fruit de son sein ?

Et vous, la meilleure des mères, pourriez-vous nous délaisser ? Non, jamais ; une telle pensée serait une injure à votre bonté ; nous avons confiance en vous, nous ne serons point confondus pour l'éternité ! Ainsi soit-il.

N.-D. de Roc-Amadour, priez pour nous.

————————

[1] Ego murus et ubera mea sicut turris.   *Cant.*

CHAPITRE XXII

Restauration du pèlerinage de Roc-Amadour.

MONSEIGNEUR GRIMARDIAS A ROC-AMADOUR

Le nom de Monseigneur Grimardias est indissolublement lié à celui de Roc-Amadour : ce Prélat occupe une belle place dans l'histoire de notre pèlerinage. Tout ce qui existe à Roc-Amadour n'est pas son œuvre ; mais il n'est rien, bâtiments ou institutions pieuses, qu'il n'ait restauré ou développé. Il a embelli les monuments qu'il n'avait pas construits, il a donné un nouvel essor aux institutions religieuses qu'il n'avait pas fondées. Son but, qu'il avait souvent expliqué, était de rendre au pèlerinage de Roc-Amadour son ancienne splendeur et d'en faire un centre religieux où convergeraient les œuvres principales et d'où la piété se répandrait dans tout le diocèse. Si ce but n'a pas été complètement atteint, il est incontestable, du moins, que de grands résultats ont été obtenus.

Lorsque Monseigneur Grimardias arriva dans le diocèse, Roc-Amadour était, en partie, restauré. Après M. Caillau, des prêtres zélés dont les noms méritent de passer à la postérité, recevaient les pèlerins, leur faisaient entendre la parole de Dieu, leur prêtaient le secours du saint Ministère.

Sous Monseigneur Bardou, les fidèles avaient déjà retrouvé le chemin du vénérable sanctuaire.

Mais ce n'était qu'un commencement. Roc-Amadour, malgré tous ces efforts, n'était plus que l'ombre de lui-même. Il restait encore bien des ruines à relever ; les chapelles étaient délabrées, les sanctuaires ruinés. Sans doute, la richesse des autels ne constitue pas le culte, mais elle le rehausse. Pour Dieu, on ne saurait trop faire : la beauté extérieure des monuments religieux élève les âmes et la solennité des cérémonies édifie la piété.

On reconnaît la foi aux sacrifices qu'elle s'impose et la Sainte Écriture loue les hommes dévorés du zèle de la maison de Dieu : *zelus domûs tuœ comedit me.*

Monseigneur Grimardias reconnaissait que la piété un peu faible des chrétiens de nos jours aime à retrouver partout le confortable : un pèlerinage pauvre attire peu les fidèles. Aussi bien, il a dépensé une activité infatigable et des ressources qui paraissaient inépuisables, à faire de Roc-Amadour ce que nous le voyons aujourd'hui.

A Roc-Amadour, on n'avait pas besoin de multiplier les constructions nouvelles. La sévérité des vieux murs convient à merveille au site pittoresque et aux souvenirs qu'ils évoquent. Les débris des anciens édifices avaient résisté à l'incendie et au temps. Il était difficile de tout rétablir. Les hôpitaux qui, au moyen-âge, recevaient les pèlerins malades, les cellules qui abritaient les moines, les caveaux où étaient ensevelis les chevaliers chrétiens qui avaient demandé la sépulture à Roc-Amadour étaient, sans doute, des monuments très précieux, mais leur restauration semblait inutile. Monseigneur Grimardias s'est attaché à démêler le plan primitif des édifices sacrés et il a consacré tous ses efforts à leur rendre leurs anciennes formes.

Le palais des évêques de Tulle, dont nous avons donné ailleurs la description, s'éleva peu à peu sur ses antiques fondations, semblable à une forteresse féodale, prête à recevoir ses défenseurs. Les escaliers, usés par les genoux des pèlerins, furent rétablis ; les grandes places dégagées, les sanctuaires restaurés, la chapelle miraculeuse et l'église Saint-Sauveur magnifiquement décorée : autels, vitraux, ornements, lampadaires, tout changea de face. Par les soins de Monseigneur Grimardias, la sainte chapelle reçut cet autel de bronze, merveille de richesse, de travail et de goût, qu'on put admirer à Paris pendant l'exposition de 1889 avant de la voir à Roc-Amadour.

Mais les pèlerins ne sauraient rester toujours dans les églises et au pied des autels. Pour que le délassement et la curiosité échappent à la dissipation, il est nécessaire de fournir au-dehors un aliment à la piété. Aussi Monseigneur Grimardias a-t-il eu l'heureuse initiative de construire, le long du sentier qui conduit au château, ce chemin de croix que les connaisseurs admirent.

Monseigneur Grimardias était le premier et le plus fidèle pèlerin de Roc-Amadour. Pendant les tournées pastorales, il venait souvent s'y reposer de ses fatigues. Il assistait aux exercices du mois de Marie, et, au mois de septembre, il y demeurait pendant les huit jours de la retraite. Il était heureux de distribuer la communion aux fidèles ; il présidait aux principaux offices. D'un regard il voyait si les pèlerins étaient nombreux, et sa joie était grande lorsque les missionnaires lui parlaient des foules qui encombraient les églises et assiégeaient les confessionaux.

Il s'était établi une sorte de lien mystérieux entre l'évêque et les fidèles. Lorsque le trône du prélat était vide, on sentait que quelque chose manquait à la solennité. Les pèlerins étrangers, ceux surtout qui venaient souvent à Roc-Amadour, regardaient assez facilement Monseigneur Grimardias comme leur évêque, et l'évêque regardait tous les pèlerins comme ses enfants, comme des membres de sa famille diocésaine.

Pendant de longues années on avait pu le voir traverser la place d'un pas précipité, et gravir allègrement le chemin de la montagne, distribuant ses bénédictions aux foules agenouillées, donnant aux enfants son anneau à baiser, souriant aux mères, et leur adressant un mot gracieux. Lorsque la vieillesse eut diminué ses forces, il s'appuyait sur sa canne et montait péniblement, mais son visage n'avait rien perdu de sa bonne grâce et de son affabilité. Monseigneur Grimardias était aimable partout ; il l'était surtout à Roc-Amadour, et on peut dire que là plus qu'ailleurs il était entré en communication avec son peuple, s'était montré à lui plus intimement et avait acquis cette popularité, cette sympathie qui étonnait les étrangers et surprenait les évêques voisins qui venaient le visiter.

Monseigneur Grimardias avait établi des usages qu'on trouverait difficilement ailleurs : nous voulons parler de la procession aux flambeaux, de l'illumination de la montagne, de la bénédiction donnée du haut des remparts ;

touchants spectacles qui saisissent les foules et que nous
nous proposons de décrire dans notre chapitre sur la retraite
de Roc-Amadour.

Les travaux extérieurs n'avaient pas fait oublier à
Monseigneur Grimardias les œuvres pieuses. Sous son
impulsion et avec ses encouragements, elles se sont multipliées à Roc-Amadour : confrérie des pèlerins, réunion
du tiers-ordre, pèlerinage des patrons et des ouvriers,
association de prière pour les prêtres défunts et bien
d'autres œuvres qu'il avait placées sous la protection de
Marie. Il était l'âme de ces fêtes, de ces réunions, qui
l'attiraient si souvent à Roc-Amadour, mais jamais trop
souvent pour son cœur d'apôtre.

Ce qu'il affectionnait le plus, c'est peut-être l'œuvre des
missionnaires. Il trouvait là une famille de jeunes prêtres
qu'il avait choisis, qu'il connaissait, qu'il estimait. Il pouvait
au milieu d'eux se reposer à l'aise, sans contrainte, sans
souci de la représentation. Ceux qui ne l'ont pas vu au
milieu de ses missionnaires, causant en toute liberté, leur
parlant de leurs travaux, faisant des projets pour Roc-Amadour, racontant de vieux souvenirs et des anecdotes tantôt
instructives, tantôt amusantes, avec tout le charme qu'on lui
connaissait, se permettant des plaisanteries toujours sans malice, parfois charmantes, ne reculant même pas devant les
petites confidences, ne peuvent se rendre compte de la fascina-
tion qu'il exerçait autour de lui. Il savait être familier sans
rien perdre de sa dignité. Il laissait voir le besoin de
plaire et de se faire aimer. On a pu parler de faiblesse ; on
n'a jamais contesté son désir d'être agréable, ni sa peine
lorsqu'il avait dû contrarier quelqu'un.

Monseigneur Grimardias avait reccommandé son diocèse à N.-D. de Roc-Amadour. Aussi la protection de la Sainte Vierge se fit-elle sentir de mille manières. Son épiscopat fut heureux : il le reconnaissait lui-même. Il n'eut pas les grands chagrins qui viennent des oppositions irréductibles et des obstacles insurmontables, ou même des tracasseries administratives. Mais surtout son épiscopat fut fécond. On est étonné de toutes les œuvres qui ont été accomplies pendant les trente dernières années. Il n'en est pas une où l'on ne retrouve sa main. Qu'il n'ait pas tout fait, c'est incontestable. Le meilleur administrateur n'est pas celui qui fait beaucoup lui-même, c'est celui qui fait beaucoup faire aux autres. Il avait donné le mouvement, il avait encouragé ; et même des œuvres qu'il n'avait pas faites, la gloire lui revient.

D'autres évêques qui ont eu un rôle plus brillant dans le monde et un épiscopat aussi long, ne laissent pas après eux tant et de si belles œuvres. Nous bornant à l'histoire de Roc-Amadour, il ne nous appartient pas de les énumérer.

La protection de la Sainte Vierge s'est surtout fait sentir lorsque sont venues les mauvaises années. L'évêque avait vieilli, les difficultés naissaient de toute part. Cependant le diocèse n'a pas trop souffert : les œuvres demeurent debout, toujours vivantes. Sans doute, il reste beaucoup de bien à faire, mais le bien est possible. Ailleurs, devant les oppositions systématiques et la haine, le zèle est obligé de reculer et il demeure impuissant. Ici, grâce à Dieu, les volontés ne sont pas réfractaires, et le clergé, animé de l'esprit de Jésus-Christ, ne demande qu'à seconder le zèle épiscopal pour le bien commun.

Monseigneur Grimardias voulait mourir les armes à la

main. Il a obtenu cette dernière faveur. Il n'a pas été atteint de ces infirmités qu'il redoutait. La maladie le surprit au cours de sa dernière tournée pastorale, et il vint à Roc-Amadour pour se reposer, ou plutôt pour mourir. — Comment ne pas voir une faveur spéciale de N -D. de Roc-Amadour dans le bonheur qui fut donné à notre père en Dieu de rendre le dernier soupir dans son cher Roc-Amadour, auprès des sanctuaires restaurés ou embellis de de ses mains, entouré des soins de ses missionnaires bien-aimés, tandis que les pèlerins attirés par le mois de Marie redoublaient leurs supplications pour leur Pasteur mourant. Bienheureux ceux qui meurent dans le Seigneur, dit la Sainte Écriture. Mais bienheureux aussi celui qui meurt sous l'œil de Marie et à l'ombre de ses autels.

Prière. — N.-D. de Roc-Amadour, humblement pros-ternés à vos pieds, nous vous supplions de vouloir bien recevoir dans la gloire du ciel l'âme de notre Père en Dieu, Monseigneur Grimardias, pieusement endormi dans le Seigneur, à Roc-Amadour même, sous votre regard maternel.

Hélas, les hommes sont vite oubliés ! Et cependant qu'elle reconnaissance ne devons-nous pas à celui qui nous a voulu et fait tant de bien. C'est la prière de fils reconnaissants que nous déposons à vos pieds pour un Père bien-aimé. Votre cœur maternel la comprendra et vous daignerez l'exaucer. Daignez lui rendre au centuple tout le bien qu'il a fait à notre cher diocèse avec un dévouement infatigable durant son long ministère.

Mais, ô Marie, c'est votre sanctuaire de Roc-Amadour qui a été l'objet principal de ses sollicitudes ; c'est là qu'il a vécu les plus douces heures de sa vie, parce que « là étaient son trésor et son cœur. » Il a procuré votre gloire de tout son pouvoir. A votre tour, ô douce Mère, daignez le glorifier dans le ciel, et nous obtenir la grâce, qu'après avoir imité ses vertus ici-bas, nous méritions de partager avec lui le bonheur sans fin que vous réservez à vos fidèles serviteurs. Ainsi soit-il.

N.-D. de Roc-Amadour, priez pour nous.

CHAPITRE XXIII

Roc-Amadour au temps présent.

I. — Dans le chapitre précédent nous avons vu l'intelligence, le zèle et le dévouement déployés par Monseigneur Grimardias pour la restauration de notre cher pèlerinage. Certes, les efforts du saint évêque, venant à la suite des travaux très importants de M. Caillau et de M. Cheval, ont été couronnés de succès.

Aujourd'hui Roc-Amadour n'offre guère de traces des ruines du passé. La chapelle funèbre de l'Hospitalet vient d'être restaurée par les soins de M. Monteil, supérieur. En face de la chapelle on remarque les ruines de l'ancien hôpital détruit par les Huguenots. Suivez la voie qui mène à la ville, vous passez d'abord sous un arc qui surmontait la porte de la première enceinte de Roc-Amadour. Il est de forme gothique. Les herbes poussent sur ses murs ruinés. Le même chemin raboteux par où ont passé les générations de tant de siècles descend toujours en pente rapide vers la cité de Marie ; mais une route serpente dans le flanc de la montagne et vous conduit, si vous le voulez, au bas des escaliers de Notre-Dame, avec toutes les commodités de la vie moderne.

Les mêmes rochers grisâtres, témoins de tant de prières,

de vœux, de larmes et de miracles, dressent toujours vers le ciel leur cime altière, couronnée par le rempart du château comme par une crête gigantesque.

Mais un ensemble de maisons modernes sans style, décorées d'enseignes insignifiantes, précède la deuxième enceinte de la ville. Cette enceinte est de forme gothique, comme celle de l'Hospitalet, et les mêmes parasites grimpent sur ses murs démantelés. Nous voici au centre de Roc-Amadour. C'est avec un serrement de cœur que nous le voyons envahi par le modernisme. Hôtels, cafés, magasins et bazars, tout cela a germé sur les ruines de l'ancien Roc-Amadour du XIVᵉ siècle.

Nous voici enfin à la troisième enceinte. Cette porte est gothique comme les deux premières, mais elle est surmontée d'une tour carrée, dégradée par le temps et qui servait sans doute à loger une garnison.

Nous remarquons çà et là trois ou quatre maisons de forme antique, notamment le collège des frères, un beau monument du XIV ou XVᵉ siècle. Du côté du midi, deux portes défendent Roc-Amadour ; ravagées par le temps, mais toujours inébranlables, elles semblent porter vaillamment le poids des siècles passés sous les herbes sauvages qui recouvrent leurs murs à demi-ruinés.

L'escalier, que nous avons décrit ailleurs, à été complètement restauré par les soins de M. Laporte, supérieur. Il contourne une haute construction qui n'a d'antique que le nom : hôtel des Templiers. D'autres constructions toutes modernes s'échelonnent le long des degrés, jusqu'au palais des évêques de Tulle reconstruit dans la forme antique sous la direction de Messieurs Cheval et Massabie. Les édifices sacrés, que nous avons décrits ailleurs, sont totalement sortis de leurs ruines et ont repris leur forme primitive, sauf quelques pans de mur non encore réparés, tel que la Tourelle démantelée qui surmontait la chapelle Sainte-Anne ; ses colonnettes brisées sont là comme un dernier vestige des dévastations sacrilèges.

Un escalier taillé dans le roc établissait seul autrefois toutes les communications entre les églises et la citadelle. Le sentier abrupt de la montagne était presque impraticable. Le peuple ne pouvait arriver aux sanctuaires que par le grand escalier. Il a bien fallu, malgré une certaine opposition, faciliter les communications selon les besoins de l'époque. Aussi la montagne a-t-elle changé de face, grâce à l'initiative de MM. Caillau et Cheval d'abord, puis de Monseigneur Grimardias et de M. Laporte, à qui revient la gloire d'avoir terminé l'œuvre de leurs devanciers.

Des lacets capricieux construits avec art, ombragés par de grands arbres et des arbustes de toutes sortes, transforment cette nature sauvage en un jardin délicieux et serpentent à travers les rochers, portant à chaque détour une station du chemin de la croix.

C'a été, en effet, une heureuse idée d'utiliser les lacets de la montagne pour l'érection d'un chemin de croix ; et l'honneur en revient à Monseigneur Grimardias et à M. Laporte. Chaque station est formée par un édicule de forme gothique orné de deux colonnettes surmontées de chapiteaux habilement sculptés. La scène est d'ordinaire bien saisie. Les personnages sont en relief. Leurs attitudes sont très expressives. On pourrait cependant relever quelques fautes. Pourquoi, par exemple, nous montrer la

Mère de Jésus tombant évanouie dans les bras d'une sainte femme ? C'est absolument contraire à la parole de l'Évangile : *Stabat*....

Nous ne pouvons passer devant la grotte de l'Agonie sans saluer le Sauveur dans son angoisse cruelle. Au fond les apôtres dorment d'un profond sommeil. Au premier plan le Sauveur à genoux verse sa sueur de sang, tandis qu'un ange lui offre le calice que l'Agneau de Dieu voudrait détourner de ses lèvres : *Pater, si possibile est.*

La grotte de l'agonie, avec ses excavations profondes, avec sa voûte rocheuse que la main de l'homme n'a point touchée, avec son cours d'eau qui serpente dans son milieu sur un lit de mousses et de roseaux, avec les vignes qui encadrent son ouverture, forme un de ces chefs-d'œuvre de la nature que l'art humain ne saurait égaler.

On quitte à regret ce lieu salutaire qui rappelle si bien Gethsémani. Nous saluons les dernières stations du chemin de la croix et nous entrons dans la grotte du Tombeau.

Beaucoup plus vaste que celle de l'agonie, elle mesure 20 m. de profondeur, depuis l'entrée jusqu'à la grille du tombeau, et 13 m. de large.

La grotte du Tombeau n'est point, comme celle de l'Agonie, l'œuvre de la nature. Elle a été creusée par M. Cheval, qui en a extrait la pierre nécessaire à ses constructions. Le rocher forme un plafond naturel qui va s'abaissant dans le fond ; il est soutenu par deux rangées de colonnes de 6 m. de hauteur environ. On descend dans le tombeau par trois degrés. Le fond en est formé par un hémicycle roman composé d'une arcature à jour de 10 arceaux reposant alternativement sur des colonnettes aux chapiteaux finement ciselés sur des pilastres. Cet hémicycle est surmonté d'une crête crénelée qui lui donne un aspect original : il se termine, sur ses deux côtes, par un pilastre à colonnes surmonté d'une urne funéraire. Les personnages qui ensevelissent le Sauveur et le corps du Sauveur lui-même sont de grandeur naturelle. Cette scène est très vivante ; le corps de Notre Sauveur est réellement beau, même dans la mort. C'est bien de lui qu'il est écrit : « il est le plus beau des enfants des hommes. »

Dominant le chemin du calvaire que nous venons de suivre, la croix de Jérusalem s'élève à l'angle nord du rocher, sur un piédestal gigantesque. Elle fut apportée à Roc-Amadour en grande pompe par le pèlerinage national de 1887. Les habitants de Roc-Amadour la reçurent à l'Hospitalet et la transportèrent pieds-nus, à travers les rues de la ville ; ils gravirent le grand escalier, puis les lacets du Calvaire, et l'érigèrent sur le rocher d'où elle protège le sanctuaire et la ville. Pourquoi ces hommages de tout un peuple à cette croix de bois ?..— Oh ! d'abord, parce que, selon une parole célèbre, « c'est une croix de bois qui a sauvé le monde ! [1] »

Ensuite, parce que cette croix a été rapportée de Jérusalem par le pèlerinage national, après avoir reposé dans le Saint Sépulcre, au lieu même où Jésus est mort sur la vraie croix, pour le salut des hommes.

Pour compléter notre description, il nous reste à dire un mot du château habité par le supérieur et les chapelains de Notre-Dame. Nous en avons parlé ailleurs, il nous suffit donc d'ajouter qu'en ces derniers temps il a été

(1) Montlosier.

considérablement agrandi par M. Laporte, ancien supérieur et aujourd'hui vicaire général.

Mais tout ce que nous venons de dire n'est rien à côté de la réalité.

Roc-Amadour est indescriptible ; il est *ineffable*, selon l'étymologie du mot. Nulle description ne saurait en donner une idée, si on ne l'a vu.

Comme nous exprimions notre impuissance à un ami :

— Voici ma description, nous dit-il : « Imaginez-vous une longue file de maisons, bordant, à droite et gauche, une rue étroite, sur le penchant d'une colline, au-dessus d'une gorge profonde. D'immenses rochers surplombent et menacent les maisons assises à leur pied. Sur ces rocs, des églises collées au flanc de la montagne comme des nids d'aigles ; au-dessus de ces églises, encore le rocher surplombant et menaçant, et au sommet de ces rocs gigantesques, le château avec son rempart crénelé et son beffroi dont la flèche se perd dans les nuages et brave la foudre. »

— Mais cela ne se voit qu'au pays des fées ?... me direz-vous.

Eh bien ! Voilà Roc-Amadour.

Roc-Amadour tel qu'il a été dans le passé, tel qu'il est dans le présent.

II. — Étudions maintenant Roc-Amadour au point de vue de l'organisation spirituelle.

Ainsi que nous l'avons vu, Roc-Amadour, au moyen-âge, était administré par une Communauté ayant à sa tête un Prieur : les querelles entre l'Abbé de Marcilhac et celui de Tulle sont restées célèbres.

Après le pillage des Huguenots, notre pèlerinage a subi une éclipse qui a duré près de deux siècles, jusqu'à ce que Notre-Dame suscita un prêtre selon son cœur, M. Caillau.

Après l'avoir guéri miraculeusement, elle lui inspira l'idée de relever son sanctuaire de ses ruines lamentables.

M. Caillau organisa le service spirituel du pèlerinage ; il groupa autour de lui plusieurs prêtres animés de son esprit et également dévoués à N.-D. de Roc-Amadour.

Au chapitre que nous avons consacré à M. l'Abbé Caillau, nous avons donné tous les détails relatifs à cette organisation.

Inutile d'y revenir ici. Monseigneur Bardou organisa définitivement le pèlerinage, en établissant à Roc-Amadour des missionnaires diocésains qui, sous la conduite d'un Supérieur, devaient diriger le pèlerinage et donner des missions dans le diocèse de Cahors et même à l'étranger.

M. l'Abbé Jouffreau fut le premier supérieur du pèlerinage nommé par Monseigneur Bardou. Après avoir solidement établi l'œuvre naissante, M. Jouffreau fut nommé chanoine titulaire de la Cathédrale et M. l'Abbé Galan le remplaça à Roc-Amadour.

M. Galan, à la sortie du Grand Séminaire, fut nommé professeur à Montfaucon. Il s'y attacha le cœur de ses élèves par les soins intelligents et consciencieux qu'il donnait à tous. Il y mérita la confiance de M. Deruppé qui en fit son Conseil. Il devint le directeur spirituel du plus grand nombre des élèves, auxquels il inspira une piété sincère.

Au sortir de Montfaucon, M. Galan fut nommé curé

à Payrinhac, et puis à Prayssac. Il fut le modèle du bon
curé et laissa dans la paroisse d'impérissables souvenirs.

De Prayssac, Monseigneur Bardou le nomma Supérieur
et curé à Roc-Amadour.

Dans les missions, il se distingua par un dévouement à
toute épreuve, une bonté et une expérience rares dans la
direction des âmes. Sans être orateur, il instruisait, il
attirait, il convertissait. Il avait surtout un talent remarquable pour conduire une mission. Il fut l'ami et le
coopérateur de l'Abbé Bonhomme dans la fondation de la
Communauté de Gramat. Ces travaux excessifs ayant
épuisé sa santé, il devint chanoine de la Cathédrale de
Cahors et aumônier des religieuses de Gramat, nouvelle-
ment établies dans cette ville.

Après M. Galan, MM. Calvet, Périé et Tréneule furent
successivement supérieurs de Roc-Amadour et continuèrent
avec zèle et dévouement l'œuvre de leur prédécesseur.
Enfin vint M. Delmas à qui il convient, pensons-nous,
de consacrer une petite notice. Après avoir fait de brillantes
études à Montfaucon et à Cahors, M. l'Abbé Delmas fut
nommé professeur au petit Séminaire où il passa plusieurs
années. Dans la classe de quatrième il fit preuve d'une
grande sagacité de grammairien. En seconde, il sut inspirer
aux élèves le goût de la littérature et l'amour du travail.
Peut-être a-t-on pu lui reprocher d'avoir un peu trop versé
dans le romantisme alors à la mode.

Il quitta le Petit Séminaire pour continuer ses fonctions
de professeur à Ouillens, auprès du père Lacordaire. Plus
tard, il entra comme précepteur dans la famille Costa de
Bauregard, puis dans la famille Cochin : deux familles

des plus considérables. Dans ces deux maisons il fit remarquer son aptitude à toutes sortes de travaux d'esprit et sa ténacité à acquérir les connaissances qui lui manquaient. Chargé de préparer ses élèves au baccalauréat et à la licence, il apprenait leurs leçons et les leur expliquait comme un vieux maître.

Monseigneur Grimardias le rencontra à Paris chez M. Cochin. Il n'eut pas de peine à distinguer cet esprit vif, pétillant, communicatif. Aussi lui offrit-il de rentrer dans son diocèse pour y remplir les fonctions de Supérieur et Curé de Roc-Amadour.

Dans cette nouvelle fonction, M. Delmas ne tarda pas à réaliser les espérances que Monseigneur avait fondées sur lui. Comme Curé, il s'attacha à son troupeau et s'en fit aimer par son zèle et sa popularité. Notons, en passant, son dévouement pour la Congrégation des Enfants de Marie et celle des tertiaires de Saint François d'Assise.

Il a avoué à un de ses amis, que ces réunions intimes étaient le charme de sa vie et qu'il préparait consciencieusement ces entretiens familiers à l'égal des discours les plus académiques ; ce qui prouve à la fois son respect pour la parole de Dieu et son désir de bien dire. Comme Supérieur, il sut se faire aimer et estimer de ses chapelains. C'est de lui qu'on peut dire qu'il était *primus inter pares*, et le vrai père d'une intéressante famille. Comme directeur du pèlerinage, il sut attirer de nombreux pèlerins par l'aménité de son caractère, ses formes polies, ses connaissances variées, sa conversation si brillante.

En reconnaissance de ses éminents services, Monseigneur Grimardias nommait M. le Supérieur Delmas chanoine

de la Cathédrale de Cahors, le 7 mai 1882, et M. l'Abbé
Sourrieu, déjà chapelain lui succéda, pour quelques jours
seulement à la direction du pèlerinage.

Étranger à notre diocèse, M. Sourrieu n'en connaissait
ni les mœurs, ni les traditions ; aussi, sa nomination ne
fut-elle pas accueillie avec toute la sympathie qu'on aurait
pu désirer. D'ailleurs, la divine Providence avait d'autres
vues sur ce prêtre si distingué et son titre de Supérieur
lui servit comme d'échelon pour monter jusqu'à l'épiscopat.
Le 30 mai 1882, Monseigneur Sourrieu était sacré Évêque
de Châlons-sur-Marne dans l'église Saint-Sauveur, de
Roc-Amadour.

M. l'Abbé Laporte, Curé de Gramat, ancien chapelain de
Notre-Dame, reçut le titre de Supérieur de Roc-Amadour,
en remplacement de Monseigneur Sourrieu.

M. l'Abbé Laporte a admirablement secondé Monseigneur Grimardias, soit dans la restauration du pèlerinage,
soit dans le développement du culte de N.-D. de Roc-
Amadour. Les fêtes si nombreuses et si brillantes dues
à l'initiative de M. Laporte et la multitude des pèlerins qui
accourent chaque année au sanctuaire de Notre-Dame en
sont une preuve manifeste. Monseigneur Grimardias
était la tête qui dirige et M. Laporte le bras qui exécute.

Mais M. Laporte, aujourd'hui vicaire général du diocèse
de Cahors, pas plus que son digne successeur, M. l'Abbé
Monteil, n'est encore entré dans l'histoire. Il ne nous
appartient pas de les apprécier ici et nous devons nous
rappeler la parole de l'Écriture qui nous recommande de
ne louer les hommes qu'après leur mort.

Prière. — Salut, ô douce Mère de Dieu et Vierge

bienheureuse, l'univers et tout ce qu'il renferme, les cieux et leurs vertus vous glorifient. Tout ce que la langue peut exprimer d'éloges, tout ce que la plume peut en écrire, tout ce que l'esprit peut en concevoir, tout ce que le cœur peut en sentir : toutes ces louanges du ciel et de la terre, nous les recueillons en une gerbe éclatante cent fois et mille fois multipliée ; nous vous les offrons dans l'effusion de notre âme, plus éblouissantes que l'or, plus douces que le miel, plus parfumées que l'aromate ; nous les offrons à votre gloire et à votre honneur éternel, ô Vierge Bienheureuse.

Recevez donc nos actions de grâces et nos louanges, si indignes soient elles de vos mérites. Recevez nos vœux et pardonnez-nous nos fautes. Recevez nos prières dans le tabernacle de votre miséricorde et donnez-nous le remède de la réconciliation. [1]

N.-D. de Roc-Amadour, le passé tend la main à l'avenir à travers le présent pour célébrer vos louanges de siècle en siècle, afin que se réalise la parole prophétique tombée de vos lèvres : Voici que toutes les nations me proclameront Bienheureuse.

Permettez-nous donc, ô notre glorieuse reine, de vous apporter notre tribut de louanges et d'amour dans les temps présents, au couchant d'un siècle qui finit, à l'aurore d'un siècle qui commence, car vous êtes la reine des siècles et votre règne n'aura point de fin. Ainsi soit-il.

N.-D. de Roc-Amadour, priez pour nous.

---

[1] Saint Augustin.

CHAPITRE XXIV

Les fêtes de N.-D. de Roc-Amadour.

La seconde moitié du XIXe siècle a été marquée, à Roc-Amadour, par des fêtes mémorables dont le souvenir mérite d'être conservé dans l'histoire du Pèlerinage.

La première de ces solennités fut le couronnement de la Vierge de Zachée. Elle est noire, mais belle : *nigra sum sed formosa, filiæ Jérusalem* ; et le pontife Pie IX daigna donner lui-même la couronne d'or qui devait ceindre son front. Monseigneur Bardou, ayant accompli les plus grosses réparations des édifices sacrés, par les soins de M. Caillau et de M. Cheval, résolut de célébrer en grande pompe le couronnement de N.-D. de Roc-Amadour. Cette solennité eut lieu le 8 septembre 1853. Les annales du pèlerinage nous assurent que 4000 pèlerins prirent part à cette fête. Monseigneur Bardou, évêque de Cahors, avait à ses côtés Monseigneur Berlaut, évêque de Tulle ; Monseigneur Lyonnet, alors évêque de Saint-Flour ; et Monseigneur Lacarrière, ancien évêque de la Guadeloupe. Pour donner plus de pompe à cette grande cérémonie, Monseigneur Bardou avait eu l'heureuse idée d'appeler la musique militaire du 46° de ligne, en garnison à Cahors. Deux ans après, le 8 septembre 1855, ce même régiment prenait une part héroïque à la prise de la tour Malakoff et, pendant ce terrible assaut et durant toute l'expédition de Crimée, plusieurs de ces braves ressentirent les effets de la protection de N.-D. de Roc-Amadour dont ils portaient la sainte image sur leur noble poitrine.

Hélas ! pourquoi un vol sacrilège, commis dans la nuit du 26 au 27 août 1883, a-t-il privé le pèlerinage du précieux joyau offert par Pie IX ? La couronne de Notre-Dame ainsi que celle de son divin fils, étaient d'or massif, ornées de diamants et devaient, par cela même, tenter la cupidité de ces impies qui ne reculent devant aucun crime.

Sous la conduite de Vidal, les voleurs pénétrèrent d'abord dans l'Église Saint-Sauveur. Ils ouvrirent le tabernacle qui était vide et le tronc du denier de Saint Pierre placé au pied du crucifix. Ils pénétrèrent dans la chapelle miraculeuse par la porte de la tribune. Là ils commirent toute sorte de sacrilèges et de ravages. Forçant la porte du tabernacle, ils enlevèrent le ciboire et la custode du grand ostensoir, répandant sur l'autel les saintes hosties ; puis, choisissant parmi les ex-voto ceux qui avaient le plus de valeur, ils vidèrent deux vitrines remplies de bijoux, de chaînes d'or, etc., etc.. Ils ne craignirent pas de porter la main sur la statue même de N.-D. de Roc-Amadour pour s'emparer de ces précieuses couronnes que Monseigneur Bardou avait si pieusement déposées sur le front de l'Auguste Madone et de l'Enfant Jésus. Le supérieur du pèlerinage et les chapelains de Notre-Dame firent un acte solennel de réparation ; ils versèrent d'abondantes larmes sur les sacrilèges commis et les précieuses reliques perdues. La justice humaine a châtié le coupable, mais hélas ! elle est impuissante à réparer l'outrage fait à Notre-Dame et à lui faire restituer les trésors volés.

En 1863, eut lieu à Roc-Amadour le sacre de Monseigneur Peschoud, au milieu d'un immense concours de peuple. Huit évêques rehaussaient de leur présence cette imposante cérémonie. Monseigneur Mabile, évêque de Versailles, était consécrateur. Plus de deux cents prêtres formaient le cortège des huit évêques. La voix éloquente de Monseigneur Bertaut, évêque de Tulle, se fit entendre, jetant çà et là, à pleines mains, comme un semeur dans son champ, la plus belle semence d'idées, d'encouragements, de reproches, de saintes ironies, de mouvements pieux, d'aspirations de foi, qu'il soit possible d'imaginer. Nous n'avons pas à faire ici la biographie de Monseigneur Peschoud qui a laissé dans le diocèse l'impression d'un zèle qu'aucune fatigue ne rebutait, d'une vaste érudition, d'une haute éloquence, enfin d'une tendre piété envers la Très Sainte-Vierge, dont il donna une preuve éclatante en voulant recevoir le caractère épiscopal dans son sanctuaire de Roc-Amadour.

Le 30 novembre 1882 vit se renouveler une solennité aussi importante que celle de 1863. En la fête de l'Apôtre Saint André, M. l'abbé Guillaume-Marie-Romain Sourrieu, supérieur de Roc-Amadour, fut sacré évêque de Châlons-sur-Marne par Monseigneur Grimardias, évêque de Cahors, assisté de Monseigneur Thibaudier, évêque de Soissons, et de Monseigneur Lamasou, évêque de Limoges. Cinq autres prélats assistaient à la cérémonie ; Monseigneur Besson, l'éloquent évêque de Nîmes, prononça le discours du sacre. Monseigneur Sourrieu, en toute occasion, n'a cessé de manifester son ardente piété envers N.-D. de Roc-Amadour, et il nous est bien permis de dire qu'à son tour N.-D. de Roc-Amadour n'a cessé de protéger son digne enfant. Après avoir reçu dans son sanctuaire l'onction épiscopale, Monseigneur Sourrieu a administré le diocèse de Châlons avec une sagesse à laquelle ses anciens diocésains se plaisent à rendre hommage. Ses hautes qualités le désignaient pour un poste supérieur. Aussi, en 1894, fut-il appelé à l'archevêché de Rouen. Et, de nouveau, le diocèse de Cahors, comme celui de Rouen, a applaudi à l'élévation de Monseigneur Sourrieu à la pourpre cardinalice, en 1897.

Monseigneur Sourrieu garde une profonde reconnaissance envers N.-D. de Roc-Amadour ; et nous sommes sûrs d'interpréter les sentiments de son Éminence en disant : « Voilà ce que peut la protection d'une Mère ! »

Nous ne pouvons passer sous silence les deux solennités qui marquèrent à Roc-Amadour l'année 1887. Nous voulons parler d'abord de l'Érection du chemin de la croix dans la montagne. Nous avons donné ailleurs la description de ce chemin de croix. Il fut érigé, le 22 juin 1887, par Monseigneur Bourret, évêque de Rodez, assisté de Monseigneur Grimardias et de Monseigneur Dénéchau, évêque de Tulle. Comme toutes les fêtes de Roc-Amadour, cette solennité avait attiré une foule de pèlerins qui suivaient pieusement les stations du Calvaire pour gagner les premières indulgences.

La deuxième solennité de l'année 1887 eut lieu le 18 août. Le pèlerinage de la Pénitence rapporte chaque année de Jérusalem une croix de bois comme celle sur laquelle mourut Notre Sauveur. Les pèlerins, arrivés à Jérusalem,

portent sur leurs épaules cette lourde croix à travers les
rues de la ville sainte, en suivant les diverses stations de
la voie douloureuse que le Rédempteur a arrosée de son
sang. Ils la déposent dans l'église du Saint-Sépulcre, sur
le sommet du Calvaire, à l'endroit même où l'Agneau de
Dieu fut élevé sur la vraie croix, victime volontaire pour
la rançon du genre humain. Ainsi sanctifiée par son contact
avec cette terre arrosée du sang de Jésus-Christ, la croix
de Jérusalem est rapportée en France, et concédée à l'un de
nos pèlerinages illustres, où les pèlerins de Jérusalem se font
un pieux devoir de venir la déposer. Une de ces croix a
été ainsi érigée à Fourvières, une autre à N.-D. du Puy,
d'autres à la Salette, à Pontmain, à Issoudun, à Lourdes.

Or, le 18 août 1887, Roc-Amadour recevait sa croix.
Voici en quels termes les annales de Roc-Amadour consacrent la mémoire de cet évènement :

« Trois trains du pèlerinage national de Notre-Dame du
Salut ont amené ici près de 2000 pèlerins sous la direction
du R. P. Bailly, supérieur des pères de l'Assomption. Une
foule immense, accourue des régions voisines et lointaines,
et qu'on évalue à 10 000 âmes, assistait à cette imposante
cérémonie. N. N. S. S. Grimardias, évêque de Cahors,
Lacarrière, Belouino, Cœuret-Varin, Sourrieu, rehaussaient
de leur présence l'éclat de cette fête. Dès sept heures du
matin, la lourde croix fut portée de l'Hospitalet au sanctuaire par des hommes de Roc-Amadour, qui, au nombre
de 122, avaient sollicité l'honneur de la porter pieds nus.
Les maisons du village, dans la grande rue et sur la plate-
forme de l'escalier, étaient pavoisées d'oriflammes et
décorées de verdure ; de distance en distance, le cortège

passait sous de magnifiques arcs de triomphe. Les cris
de : Vive la Croix ! mille fois répétés par la foule alter-
naient avec les chants préparés pour la circonstance. A
10 heures, grand'messe pontificale, allocution de Monseigneur Sourrieu dans l'Église Saint Sauveur, dix fois trop
petite pour la circonstance. A trois heures, portement de
croix à travers la montagne. Jamais, de mémoire d'homme,
Roc-Amadour n'avait vu spectacle pareil. Partout la foule :
tous les contours de la montagne, tous les replis du terrain,
les murs, les arbres eux-mêmes, sont couverts de grappes
humaines. Le discours de Monseigneur Sourrieu au pied
de la Croix est interrompu par de fréquents applaudisse-
ments et les cris de : Vive la Croix ! mille fois répétés.
L'enthousiasme est à son comble ; le soir, à huit heures, la
procession aux flambeaux se déroule dans les lacets de la
montagne ; en même temps, les remparts, la croix de
Jérusalem et la ville de Roc-Amadour s'illuminent. Portés
par des fils invisibles, d'une montagne à l'autre, deux
cordons de trois cents lumières forment comme une sorte
de pont au-dessus de l'abîme. Ce fut un spectacle vraiment
grandiose dont Roc-Amadour ne perdra jamais le souvenir.[1] »

— 6 août 1891. — Roc-Amadour a-t-il jamais vu,
même dans les siècles de foi, un jour plus éclatant que ne
fut le 6 août 1891 ? Le diocèse de Cahors célébra ce jour-là
à Roc-Amadour le jubilé épiscopal de Monseigneur Grimardias, de pieuse mémoire. La décoration du pèlerinage était
superbe. La ville, les églises, la montagne, les remparts,

(1) Annales du pèlerinage.

étaient pavoisés de drapeaux et d'oriflammes aux couleurs
de la Vierge. Quelques oriflammes tissées d'or et de soie
ornent encore la chapelle miraculeuse ; les autres, plus modestes, formaient la parure d'un jour et elles ont disparu où
disparaissent toutes choses, dans l'abîme de l'oubli.

> *Pauvre feuille desséchée,*
> *De la tige détachée,*
> *Ou vas-tu ?*

L'historien de cette solennité [1] a raconté avec précision
tous les détails de la fête : immense concours de peuple,
communions innombrables, dix évêques et plusieurs prélats
à la fête, messe jubilaire grandiose, discours d'une éloquence inspirée « par l'amitié, le respect et la pitié filiale » ;
après le festin spirituel, agapes fraternelles, où le père
de famille réunissait à sa table ses fils aînés, les prêtres
de son diocèse ; le soir, illumination indescriptible et, ce
qui est mieux que tout cela, un enthousiasme vrai, un
élan d'amour sincère vers ce pontife bien-aimé qui a tant
fait pour le diocèse et pour le pèlerinage de Roc-Amadour.

A la distance où nous nous trouvons de ces évènements
nos expressions paraîtront peut-être exagérées (on oublie
si vite), mais tous ceux qui ont vécu les émotions de cette
journée reconnaitront que la réalité est bien au-dessus de
nos paroles.

— 28 mai 1896. — Hélas ! rien ne dure ici bas ; « tout
ce qui finit est court », a dit Bossuet. Cinq ans à peine
s'étaient écoulés depuis le jour du triomphe, et nous

---

[1] A. Vayssié.

avons vu cet évêque si glorieux au jour de son jubilé, porté dans un cercueil à travers cette montagne qui retentissait encore de l'écho lointain des acclamations du 6 août 1891. Ces bannières qui ornèrent son jubilé étaient là suspendues aux voûtes des édifices sacrés et leurs plis retombaient tristement sur son catafalque : *sic transit gloria mundi*. Nous avons vu les restes mortels de cet Évêque tant aimé portés, à travers les escaliers et les rues de Roc-Amadour, jusqu'à l'Hospitalet par les mains de pieux fidèles qui se rappelaient le dévouement de celui qui aimait à être appelé : l'Évêque de Roc-Amadour,

Sur sa tombe, déposons, comme un suprême hommage de reconnaissance et de piété filiale, ce vœu que formulait le soir du jubilé de 1891, Monseigneur Bourret, qui n'a pas tardé à suivre notre père dans la tombe : « voyez ce ciel bleu ; il est bien beau ! Là sont les années qui ne trompent pas et le vrai repos qui suit le travail de ce monde. Que votre couronne soit aussi glorieuse que vos fils et vos confrères vous le souhaitent. Vous aurez eu ici bas tout ce que le monde peut donner. Vous aurez là-haut tout ce que Dieu donne, ce qui ne passe pas. »

— 28 septembre 1896 — La trame de toute notre vie n'est-elle pas faite de douleurs et de joies qui se succèdent ou se mêlent dans une variété sans fin, selon les desseins de la divine Providence, selon la parole de l'Écriture : « *ad vesperum demorabitur fletus et ad matutinum lœtitia.* »

L'Église de Cahors n'eut pas longtemps à pleurer son veuvage et le 25 juin 1896 un nouvel évêque lui était donné. Monseigneur Émile-Christophe Enard, curé de

Commercy, était élu évêque de Cahors. Les journaux n'eurent qu'une voix pour louer les qualités et les vertus de celui qui allait prendre la houlette tombée des mains de Monseigneur Grimardias. Aussi nos yeux se tournaient-ils pleins d'espérance vers la Lorraine d'où nous venait le nouveau pasteur, lorsque se répandit le bruit que Monseigneur Énard, voulant témoigner sa piété filiale envers la Très Sainte Vierge Marie, venait de choisir le sanctuaire de Roc-Amadour pour y recevoir la consécration épiscopale. Le 8 septembre 1896, Roc-Amadour avait repris ses grands airs de fête.

Les journaux de l'époque, et surtout la *Revue religieuse*, ont donné les détails de cette fête qu'il faut avoir *vécu* pour la comprendre.

L'Église Saint-Sauveur était magnifiquement décorée. Un immense baldaquin aux draperies rouges est suspendu à la voûte du sanctuaire ; les autels et les colonnes sont ornés de faisceaux, de drapeaux aux couleurs de la France et de l'Église, auxquels s'entremêlent quelques bannières aux couleurs de la Vierge, dernier reste des splendeurs du jubilé épiscopal de Monseigneur Grimardias. Les armes de Léon XIII surmontent le maître-autel. Mais le plus bel ornement de la fête est, sans contredit, cette foule immense qui surcharge les tribunes, remplit la nef et se presse aux portes, sans pouvoir trouver place dans la basilique.

Le peuple connaît peu les cérémonies liturgiques de l'Ordination épiscopale. M. le Secrétaire général de Monseigneur Pagis, évêque de Verdun, prélat consécrateur, a lu les bulles pontificales dans le texte latin. Cette lettre a été suivie de l'examen, qui consiste à interroger l'évêque élu sur le dogme et la morale. Celui-ci est allé ensuite s'agenouiller au pied de son consécrateur et lui a baisé la main. La messe a été dite à deux autels jusqu'à l'offertoire, et continuée au Maître-Autel. Les deux célébrants ont communié avec la même hostie et le même Calice, pour marquer l'union qui doit régner entre les membres de la hiérarchie sacrée. Nous devons mentionner la prostration pendant laquelle sont récitées les litanies des Saints, l'imposition du livre de Évangiles, l'onction du Saint-Chrême sur la tête et sur les mains de l'Ordinand, enfin, la remise de la Crosse et de l'anneau, l'offrande de deux pains et de deux petits barils de vin, l'un doré, l'autre argenté. Le sacre s'est terminé par l'imposition de la mitre et Monseigneur Énard a donné d'une voix émue sa première bénédiction épiscopale.

Entouré des prélats, il fait ensuite le tour de l'Église et tous les fronts se courbent sous sa main bénissante. On chante le *Te Deum* en actions de grâce, et la cérémonie se termine par l'hymne déjà si populaire : Sonnez, sonnez, cloches miraculeuses.....

— Mai 1897. — Au jour de son sacre, Monseigneur Énard avait annoncé son dessein de célébrer à Roc-Amadour de grandes fêtes, pour demander à Dieu par l'intercession de Marie la canonisation de Jeanne d'Arc. Sous la présidence de N. N. S. S. Énard et Le Nordez, ces fêtes se sont déroulées en grande pompe, au milieu d'un immense concours de fidèles, du 16 au 23 mai.

La *Revue religieuse* les a décrites dans tous leurs détails. Les relations historiques qui existent, ainsi que nous l'avons exposé ailleurs, entre l'avènement de la

Débora française et le pèlerinage de N.-D. de Roc-Amadour justifient pleinement la confiance de Monseigneur l'évêque et du peuple fidèle en la protection de la Vierge de Roc-Amadour pour obtenir la glorification de notre sainte héroïne.

Le chapitre des fêtes de N.-D. de Roc-Amadour n'est pas prêt de se terminer. L'avenir en réserve sans doute de plus brillantes encore ; à mesure que la Vierge de Zachée sera plus connue, plus aimée, elle attirera à ses pieds des foules plus nombreuses et les solennités iront grandissant et se multipliant. Tel est notre vœu le plus cher : heureux si ces humbles pages contribuent à propager le culte, à étendre la gloire, à exalter le nom de N.-D. de Roc-Amadour.

Prière. — « O Vierge Marie, dans le Royaume des Cieux vous êtes placée à la tête des chœurs des Vierges. Vous suivez l'Agneau partout où il va. Les chœurs virginaux, dégagés des séductions du monde et de l'aiguillon brûlant de la chair, sous votre conduite, à travers les lis blancs et les roses épanouies, vont se désaltérer à la fontaine d'eau vive. Vous avez obtenu la première place, la plus haute dignité dans le royaume des Bienheureux ; vous marchez dans les délicieux jardins du paradis, sur des gazons toujours étoilés de la rosée du matin, et votre pied léger foule à peine la tige dorée des fleurs dont ils sont émaillés, tandis que votre main Bienheureuse cueille les violettes immarcescibles, symbole de votre humilité. Avec les chœurs des Anges vous chantez sans fin et, unie aux Archanges, votre voix infatigable ne cesse de faire retentir la voûte céleste de l'éternel hosanna. A vous, les Anges ont dressé un trône à la Cour du Roi Éternel. Parée d'or et de pierreries précieuses, ornée de gloire et de bonheur, vous habitez dans la maison du Roi. Le Roi des Rois lui-même vous aimant pardessus toutes les femmes, comme sa vraie Mère et comme son épouse toute belle, s'unit à vous dans un baiser d'amour. »

« Eh ! faut-il s'étonner si Dieu dans son royaume daigne mettre en vous ses complaisances, lorsque, petit enfant, vous l'avez si souvent sur terre pressé sur votre cœur et couvert de vos baisers.[1] »

N.-D. de Roc-Amadour, les solennités de la terre ne sont qu'une ombre, une image de la fête éternelle. Au sein de votre félicité, travaillez au salut de notre misère ; prenez en pitié les pèlerins du ciel et faites, qu'après vous avoir glorifiée ici-bas, nous méritions d'être admis un jour dans le concert des Anges et des saints pour vous fêter durant l'éternité dans la céleste patrie. Ainsi soit-il.

N.-D. de Roc-Amadour, priez pour nous.

---

[1] Saint Augustin.

CHAPITRE XXV

Nouveaux miracles de N.-D. de Roc-Amadour.

Jadis un féal chevalier mettait son épée au service de sa dame, l'écrivain à qui nous empruntons ce récit a consacré sa plume « *à Madame Marie,* » N.-D. de Roc-Amadour. Nous acceptons, comme un bienfait de l'auguste Vierge, le concours de ce gracieux talent ; nos lecteurs nous sauront gré de les mettre en contact avec une âme qui vibre comme la corde d'une lyre, sous l'impulsion de tout ce qui est grand, noble et beau.

Suzanne Saulière. — C'était en 1890. Suzanne Saulière, du village de Farges, commune de Chasteaux (Corrèze), avait alors 13 ans. Elle se préparait à sa première communion, lorsqu'elle fut atteinte d'une maladie de langueur qui inspira de vives inquiétudes à ses parents : ils avaient déjà perdu une autre fille à cet âge !

Trois médecins de Brive l'examinèrent sans aucun succès: le remèdes employés furent impuissants à conjurer le mal qui empirait toujours.

Le curé de la paroisse, M. de Laroussie, craignant une surprise de la mort, se mit en devoir de lui apporter le saint Viatique, c'est-à-dire, sa première et dernière communion. Presque sans vie, toujours couchée, la pauvre petite reçut son Dieu avec un recueillement ineffable. Tout le village, cierges et chapelets en main, avait été au-devant du bon Pasteur qui se laisse ainsi porter chez les plus chétives brebis du troupeau.

L'humble famille, justement consolée, se laissa aller à la ferme croyance que Suzanne pouvait guérir. Et cependant, les jours succédant aux jours n'apportèrent aucune amélioration. Par suite d'une contraction nerveuse des muscles ou d'une paralysie inexplicable, elle devint aveugle et sourde. Ses bras étaient sans mouvement. Elle resta ainsi pendant sept mois.

Un jour, sans y avoir été sollicitée par personne, elle pressa sa mère de la conduire à Roc-Amadour. « Tu en seras si contente, disait-elle en son naïf parler, que tu donnerais deux cent francs de m'y avoir conduite. »

Mais comment se mettre en route ? Le terrible hiver de 1891 sévissait dans toute sa rigueur ; une neige glacée couvrait la terre, le thermomètre marquait dix-huit degrés ! « C'est plus que de l'imprudence, c'est de la folie ! » s'écriaient les bons voisins, en voyant Marie Saulière entreprendre avec sa fille, qu'elle portait presque dans ses bras, le difficile et périlleux voyage.

Qu'importe ! Ne dit-on pas de l'amour maternel que, lui aussi, rend léger ce qui est pesant, qu'il fait entreprendre de grandes choses, que rien ne lui coûte, qu'il croit tout possible, tout permis et, qu'à cause de cela, il peut tout ?

Vers une heure de l'après-midi, les voyageuses arrivèrent à la gare du Turenne ; le train venait de partir. Ce contre-temps fâcheux ne les ébranla pas dans leur résolution. Elles s'installèrent pendant six heures dans la salle d'attente, recevant de tous les employés des marques nombreuses de sollicitude. M. Tournié, ancien chef de gare à Roc-Amadour, remplissant alors les mêmes fonctions à Turenne, leur indiqua l'hôtel Bergougnoux pour y passer la nuit. « Vous direz que je vous envoie pour qu'on ait bien soin de vous, » ajouta-t-il.

Le soir, à huit heures, elles arrivèrent péniblement à l'endroit indiqué. L'étonnement fut général de voir par un aussi affreux temps deux pèlerines, dont l'une paraissait souffrir une sorte d'agonie ; mais, en vertu du code divin qui dit de s'aimer les uns les autres, on s'empresse autour d'elles, on les assiste. On écoute la pauvre mère qui déclare qu'elle a tout bravé pour venir demander la guérison de sa fille unique.

« En vérité, aurait pu dire encore le Christ comme autrefois de la Chananéenne, je n'ai plus vu autant de foi dans Israël ! » Et Suzanne, oubliant pour un instant ses souffrances, murmure pleine de joie : « Oh ! qu'il me tarde d'être à demain, demain je dois y voir ! »

Sur ces entrefaites, M. l'Abbé XXX., chapelain de Roc-Amadour, arrivait par un autre train. Il est aussitôt aperçu par M. Bergougnoux, qui le prie de venir chez lui exercer sa charité envers deux personnes fort affligées. Après quelques instants, l'excellent prêtre entre dans la maison, parle aux étrangères, remonte leur courage et leur donne rendez-vous pour le lendemain à sa messe qu'il dira à leur intention.

Le jour ne venait pas assez vite. « Quand donc partirons-nous ? disait Suzanne impatiemment. — A la première heure, une voiture vint les prendre.

STATUE DE N.-D. DE ROC-AMADOUR

Une pluie fine, congelée, tombait des nuages gris. L'infirme et son bon ange s'engagèrent dans les lacets du Calvaire. Ce qu'elles souffrirent dans cette voie douloureuse, il serait difficile de le décrire. Oh ! sans doute, cette mère désolée dut jeter en passant un suppliant regard à celle qui, dans la douzième station, se tient debout sous la croix.

Elles arrivent enfin dans la chapelle ; un prêtre est à l'autel, une seule personne, Julie Négrignoux, assiste au sacrifice. A leur aspect, elle se doute de ce qui se passe et conduit chez les religieuses les deux pauvres femmes afin de les interroger et leur faire donner quelques soins. Le chapelain de la veille arrive, s'informe des péripéties du trajet et annonce qu'il va dire sa messe. On le suit.

« O vous, qu'on nomme avec tant de vérité consolatrice des affligés, resterez-vous insensible devant cette foi qui ébranlerait le rocher sur lequel vous êtes assise ? Ne serez-vous point émue de cette douleur et de ces larmes ? Oh ! non, parlez, bonne Mère, dites un mot, faites luire ce sourire qu'elles attendent comme le condamné attend sa grâce ! »

Elles restèrent là longtemps, bien longtemps, jusqu'à ce que, lasses, épuisées, elles songèrent à prendre quelque nourriture au restaurant Saint-Amadour.

Triste mais résignée, Suzanne, toujours aveugle, appuyée sur l'épaule de sa mère, siège habituel de son repos, parlait du retour, lorsque leur ami, le chapelain, vint les voir. « Eh bien, ma petite Suzanne, dit-il, ne voulez-vous pas adresser une dernière prière à Notre-Dame avant votre départ ? »

L'enfant acquiesça à ce désir. Elle essaya de soulever ses paupières, ce fut en vain ; l'horloge du paradis n'avait pas encore sonné l'heure attendue.

Soutenue d'un côté par le charitable abbé, de l'autre par sa mère, elle arriva ainsi sur l'esplanade. Tous les trois durent rester là ; l'escalier, couvert de glace, était devenu inaccessible. Ils s'agenouillèrent sur la première marche en récitant des Ave Maria, coupés par intervalles d'ardentes supplications à la Vierge de Roc-Amadour. Ils ne la voient pas, c'est vrai : un mur épais la cache et, de plus, la nuit sombre et froide est venue. Un lugubre silence plane à l'entour des églises ; tout espoir de guérison paraît perdu ; on dirait que Madame la Vierge a suspendu ses audiences.

Oh ! non, elle a tout écouté, tout entendu, tout compris, car le lendemain matin Suzanne s'écrie tout à coup : « Mère, c'est l'heure de la messe ; il faut se lever. » Et, sans aucun secours, elle se chausse et s'habille, ce que depuis dix mois elle n'avait pu faire seule. Ses yeux ne se sont pas ouverts encore, mais les pleurs de la reconnaissance s'en échappent quand même et, quand il faut remonter le sentier, bien qu'il soit plus glissant que la veille et qu'aucune voiture ne puisse circuler, elle se sent assez de force pour faire le trajet à pied jusqu'à la gare, un trajet de quatre à cinq kilomètres.

A leur arrivée à l'hôtel Bergougnoux, les témoins de l'avant-veille constatent le mieux extraordinaire qui vient de se produire. Les félicitations, les encouragements sont, prodigués à la petite aveugle : « Vous verrez, disait-on, que la vue lui sera rendue ; adieu, au revoir ! »

A trois heures, elle sont en gare, à Turenne. Le père

est là pour les attendre. Suzanne se penche à la portière et tout d'un coup, sans effort, sans douleur, elle ouvre tout grands ses yeux plus limpides que le cristal, en s'écriant : « Voilà mon père !!! »

Le joie des heureux parents est immense ; les employés accourent ; le chef de gare, tout ému, écrit aussitôt l'heureux évènement à M. le Supérieur de Roc-Amadour, et, quand vint le soir, il n'était bruit dans les environs que de cette merveilleuse faveur, de ce dernier sourire de la Vierge aimable tombé du ciel sur la terre.

Le lendemain, Suzanne écrivit à son protecteur, M. l'Abbé XXX., pour lui faire part de son bonheur et le remercier de ses bontés. Elle termina ingénument son récit par ces mots : fait par moi-même. Il y avait si longtemps qu'elle n'avait tenu une plume et fait part à personne de ses pensées qu'elle ne pouvait croire à tant de félicité. Hélas ! les jours heureux furent courts, simple image des joies de ce monde !

Au bout de quelques mois, Suzanne ressentit les étreintes de la terrible maladie qui allait lui livrer un nouvel assaut. C'est ainsi que le Juste est parfois jeté dans un creuset, pour en ressortir, comme l'or, plus pur, plus éclatant.

Atteinte déjà de surdité, comme nous l'avons dit, elle perdit l'usage de la parole et ses jambes, comme paralysées, lui refusèrent tout service. De violentes douleurs dans le bras gauche la forçaient de tenir ce membre soulevé pendant plus de deux heures ; des spasmes la prenaient régulièrement chaque jour, à onze heures, et la laissaient comme morte jusqu'à quatre heures. — Cet état durait depuis un an, lorsque la chère enfant manifesta par des signes qu'elle voulait revenir à Roc-Amadour.

Ses parents comprirent sa demande, et, le 20 mai 1892, ils emportèrent leur précieux fardeau. L'évanouissement habituel auquel la malade était sujette à heure fixe la saisit justement au moment du départ. Son père et sa mère la soutinrent dans leurs bras tant que dura le voyage; ce ne fut qu'à leur arrivée au château que leur fille reprit ses sens.

Le groupe douloureux s'engagea de nouveau dans le chemin de la croix, et, comme la première fois, se tenait toujours debout à la douzième station la Mère de toutes les douleurs.

« Agissons selon notre espérance, a dit quelqu'un, et nos œuvres auront toute leur vertu, la vertu qui ressuscite les morts. »

« Si vous aviez la foi, disait Jésus-Christ, vous diriez à cette montagne : change de place, et elle le ferait aussitôt. »

Leur ami, le chapelain, prévenu, courut à leur rencontre. Suzanne, vêtue de bleu, plus pâle, plus défaillante que jamais, ne put se lever du fauteuil où elle se tenait affaissée ; son corps se refusait à tout mouvement. M. l'Abbé XXX trouva, comme à l'ordinaire, des paroles empreintes de la plus aimable cordialité, qui jetèrent dans ces cœurs désolés un baume bienfaisant. Il promit la messe pour le lendemain, à 6 heures.

L'infirme aurait bien voulu suivre les siens à la table où l'on distribuait le pain des forts, mais l'anéantissement qui la brisait ne pouvait le lui permettre. Munie d'un chapelet, elle semblait en remuer les grains en fixant la

madone de ce clair regard qui lui avait été rendu et qui
semblait dire : « J'ai recours à vous dans mon affliction,
ne dédaignez pas mon humble prière. *Sub tuum præsi-
dium !* »

La matinée s'écoula ainsi. Quand sonnèrent les onze
heures, moment où la syncope la prenait chaque matin,
Suzanne, subitement, se sentit plus forte. Elle garda sa
connaissance, put se lever et marcher en s'appuyant un
peu sur le bras de son père. C'est ainsi que sortit de la
chapelle celle qu'on avait portée en y entrant.

Qu'on juge de la joie de cette vertueuse famille, à genoux
pour rendre grâce. Je crois entendre ce que tout bas elle
pensait, et que je me permets de traduire : « C'est donc
chez vous, ò bonne Mère, que nous devons être réjouis et
consolés. Assez pour aujourd'hui, nous ne méritons pas
davantage ; mais nous reviendrons. Oui, nous reviendrons
implorer votre assistance, vous forcer d'achever votre
œuvre...... »

De nouveau le ciel s'était entr'ouvert pour laisser tomber
un rayon d'espérance.

A partir de ce jour, Suzanne, légèrement soutenue, put
marcher et prendre part à la vie commune. Elle assista,
le 12 juin, à la première communion de sa paroisse, au
grand étonnement de ceux qui depuis plus d'un an l'avaient
vue aux prises avec son terrible ennemi, ce mal étrange
que personne ne pouvait définir. Sans doute, sa langue
était toujours liée, ses oreilles toujours fermées, son bras
gauche toujours paralysé, mais les évanouissements
n'étaient plus revenus et la pauvre petite put jouir de
quelques douceurs. Ses parents surtout, dont les heures

et les minutes avaient été absorbées par des soins inces-
sants, se remirent à leurs travaux en goûtant un calme
et un repos que leur esprit fatigué réclamait encore plus
que leur corps. On se demande même comment la femme
Saulière a pu, sans compromettre sa santé, résister à tant
de veilles et à tant de noirs soucis. Elle attendait, dans un
recueillement soumis, l'heure de Dieu, qui ne tarda pas
à sonner.

Le mois de septembre amène à Roc-Amadour des bandes
interminables de pèlerins. A certains moments la circula-
tion y est difficile. On croit voir revivre ces armées de
croisés qui venaient saluer Notre-Dame avant de s'élancer
à la conquête des lieux saints. Une retraite prêchée du 8
au 15 par un prédicateur en renom, la présence de Monseigneur l'Évêque et d'un grand nombre de prêtres venus
de loin, font de ce coin de terre béni un endroit spécialement marqué pour y organiser une croisade de prières.
Le rosaire a remplacé l'épée. L'assaut est donné à la
chapelle par ces courageux pèlerins qui gravissent à
genoux l'escalier de pierre, afin d'arriver plus sûrement
à la « maison d'or, l'arche d'alliance. »

Suzanne et sa mère ne devaient pas manquer au rendez-
vous de 1892. Accompagnées d'une servante, elles partirent
le 7 septembre et allèrent coucher à Mayronne. Aux premières lueurs du jour, elles montèrent l'étroit sentier qui
mène à la roche Sainte-Marie, laquelle roche garde dans
ses flancs, depuis un temps immémorial, une antique
statue de la Sainte-Vierge. C'est là qu'elles célébrèrent la
fête de la Nativité, mêlées aux habitants de Mayronne et
d'ailleurs, qui y viennent tous en procession. Cette pieuse

halte les prépara singulièrement aux grâces qu'elles allaient demander, et, lorsqu'elles arrivèrent à Roc-Amadour, la première personne entrevue, fut M. l'abbé XXX qui, les reconnaissant aussitôt, remarqua avec bonheur l'heureux changement opéré chez la malade. Elle marchait sans peine, un peu aidée de son entourage. « Je veux vous présenter à Monseigneur, dit l'abbé ; venez avec moi. »

Monseigneur Grimardias écouta avec la bienveillance dont il avait le secret la touchante histoire de la petite fille de Farges. Il la bénit tendrement et conseilla à M. l'abbé XXX de la confesser par tous les moyens qui seraient en son pouvoir, afin qu'elle pût le lendemain recevoir le Dieu qui réjouit la jeunesse.

Conduite dans la sacristie, le missionnaire lui montra un examen de conscience qu'elle suivit attentivement. L'absolution put ainsi lui être donnée. Elle communia et entendit deux messes.

Un combat suprême se livrait entre la maladie et la miséricorde. La Santé des infirmes était là présente, forte comme une armée, disputant à l'antique ennemi cette innocente victime blessée par ses coups. Que se passa-t-il dans ce lac si pur où se mirait cette âme? De quel amour, de quelle foi enveloppa-t-elle sa prière ? Quels accents inconnus sortirent de cette bouche depuis si longtemps muette ? C'est le secret de Dieu et de sa Sainte Mère. Tout ce que nous affirmons, c'est qu'au sortir de la chapelle, la servante qui aidait Suzanne à se dégager de la foule s'aperçoit que le bras déjeté, déformé, s'agite et tremble....., qu'il vient de reprendre sa place et sa forme première.....

Ce moment qui suivit le radieux sourire de l'Étoile du

matin, je ne veux pas le décrire. On devine, on sent qu'un coin du paradis s'était laissé voir. Qui oserait essayer de peindre un pareil tableau ? Il en est de ces joies mystérieuses comme de ces fleurs qui perdent leur parfum en les touchant.

Elles repartent toutes les trois, n'en demandant pas davantage, écoutant dans le lointain une voix qui disait : confiance ! confiance ! sachant bien que celle à qui elles disaient : adieu ! saurait faire sentir sa protection à distance tout aussi efficacement que de près.

Leur attente ne fut pas trompée. Le lendemain, Marie Saulière, apportant comme d'habitude le déjeuner de sa fille, entend celle-ci lui dire distinctement : « Tu ne me donnes pas une fourchette ? »

Au son de cette voix si chère, qu'elle n'avait pas entendue depuis quinze mois, la pauvre femme est frappée de stupeur. Le saisissement, la joie, l'émotion la jettent dans un trouble profond. Elle éclate en sanglots, elle craint une surprise ; elle a mal entendu sans doute ; elle attend une nouvelle question, elle tremble, elle a peur. — « Tu pleures, mère, continua Suzanne, parce que j'ai parlé. Il y a longtemps que je voulais le faire, je ne le pouvais pas. »

A partir de ce moment sa santé s'améliora. Aujourd'hui elle n'est plus sourde, elle parle et marche comme tout le monde ; il ne lui reste plus qu'un peu de faiblesse, résultat d'une croissance extraordinaire et surtout du manque de nourriture dont son corps a été privé pendant son interminable maladie.

Elle attendait le mois de mai pour venir à Roc-Amadour puiser de nouvelles forces et surtout remercier sa bienfaitrice, qui ne l'a pas guérie comme avait fait le Sauveur en rappelant d'un mot Lazare à la vie, mais, comme le dit un auteur, « à la façon d'un divin architecte, assemblant avec patience et restaurant pièce à pièce les matériaux vermoulus de cette santé en ruines. »

Voilà comment N.-D. de Roc-Amadour a fait éclater les merveilles de son nom et de sa puissance.

Prière. — N.-D. de Roc-Amadour, mère admirable, c'est dans vos bras que les mères de la terre veulent déposer le fardeau qui trop souvent les accable : joies, peines et douleurs, elles vous offrent tout ; il n'y a que vous qui puissiez les comprendre. Donnez à celles qui souffrent, le courage de souffrir ; à celles qui pleurent, la force de pleurer ; à celles qui combattent, le glaive qui les fera vaincre ; à celles surtout qui ont ici-bas placé leurs espérances, la grâce d'apprendre qu'il y a un ciel.

Hélas ! il en est tant qui ne prient pas ! Il en est tant qui n'ont jamais fait joindre les mains de leurs enfants pour leur parler du Père qu'on ne nomme qu'à genoux !...

Et cependant est-il quelque part un spectacle plus beau, plus touchant ?

Du haut du paradis, les anges, messagers fidèles, se penchent pour écouter les premiers balbutiements d'amour qui s'élèvent des berceaux ; ils les portent d'un coup d'aile aux pieds de l'Éternel qui les change aussitôt en d'infinies miséricordes. A celles qui négligent ce devoir, le premier de tous, faites pressentir, ô bonne Mère, un peu du bonheur que vous goûtiez à Nazareth avec votre Jésus et Joseph, votre incomparable époux.

La prière en commun, couronne du foyer, terreur des démons, source de biens précieux, a disparu des familles ; faites-là renaître.

Donnez la foi qui s'imprime dans les âmes, qui brave les difficultés, qui affronte les périls et qui triomphe en obtenant les prodiges ; la foi sans laquelle on est si loin de vous parce qu'on est trop loin de Jésus-Christ.

De ces femmes vaillantes des anciens jours, il nous en manque, il nous en faut.

De ces éducatrices qui sèment le bon grain, qui enseignent la vraie science ; de ces mères que l'on trouve toujours debout dans l'austère chemin du sacrifice ; de ces chrétiennes qui sont dans leurs demeures comme la loi vivante de Dieu, donnez-nous en beaucoup.

C'est par elles que la France redeviendra la France, c'est-à-dire, la fille aînée de l'Église, la reine des nations.

N.-D. de Roc-Amadour, modèle des mères, priez pour nous. Ainsi soit-il.

CHAPITRE XXVI

Nouveaux Miracles de N.-D. de Roc-Amadour.

— (Suite) —

Marie Barrot. — Dans notre beau Limousin, aux bois épais, aux limpides rivières, on trouve souvent de ces familles aux mœurs patriarcales, là où l'esprit mauvais n'a pas encore soufflé ses effluves malsains.

Celle qui nous occupe en est un type accompli. Le père, Antoine Barrot, est un de ces chrétiens de vieille roche ; il ne rougit pas d'égrener son chapelet pendant les loisirs que lui donne la culture de son petit domaine et de présider, le soir, à la prière en commun, quand les travaux sont suspendus, quand tout se tait dans le village.

La mère, Jeanne-Marie, est la chrétienne austère qui a donné place à Dieu dans sa maison et dans toutes les actions de sa journée par la stricte observance de sa loi. Une habituée de Roc-Amadour, celle-là ! Toute petite, elle y suivait à pied sa mère qui n'y avait jamais été autrement et qui disait plus tard, quand les moyens de locomotion devinrent si commodes et si rapides, que les pèlerins de nos jours n'avaient pas grand mérite à visiter de saints lieux, ce en quoi elle avait grandement raison.

Le culte à la Vierge est spécialement en honneur sous

ce modeste toit. Chaque année, quand revient le mois des fleurs, un autel est élevé dans un rustique oratoire et le retour des champs est marqué par le chant des cantiques et des hymmes pieux.

Quatre filles ont grandi dans cette atmosphère de foi pénétrante et de piété sincère.

L'aînée, Maria, est établie à Turenne ; Françoise, la seconde, habite le Granger, chez M. Dussol ; Marie et Antoinette n'ont point encore quitté le nid maternel.

On voit que le nom béni de la Vierge du Ciel revient souvent dans les différentes appellations que je viens de citer ; on comprendra, dès lors, les grâces singulières qui ont marqué de leur empreinte la vie calme et régulière de ces braves gens.

Avant de nous occuper de Marie, racontons tout de suite qu'Antoinette, sa jeune sœur, avait été portée à Roc-Amadour dans les bras de sa mère, parce que, la pauvrette, malgré ses deux ans et quelques mois, n'avait point encore marché, que son petit corps chétif semblait voué à de précoces infirmités et que, pour absorber les aliments indispensables à son existence, on était obligé de la coucher dans son berceau.

Les inquiétudes maternelles en face de cet avenir qui s'annonçait si triste, les prières accompagnées de vœux qui furent faites ce jour-là, aux pieds de la Vierge, secours des chrétiens, santé des infirmes, s'expliquent aisément.

Or, il advint que le soir de cette même journée, en arrivant à la gare, Jeanne Barrot, tant pour se délasser que pour éprouver l'efficacité de sa demande, posa par terre son léger fardeau. Une voisine qui l'avait suivie, fit signe à la fillette de venir vers elle. Celle-ci s'échappa aussitôt de la main qui la soutenait et, au grand ébahissement des deux femmes, essaya pour la première fois, sans guide et sans soutien, ses premiers pas dans la vie.

A partir de ce moment, Antoinette s'est élevée normalement. Elle a quinze ans aujourd'hui et n'a plus été malade.

Marie, celle qui va faire l'objet de notre relation, avait vu, au contraire, son enfance s'écouler gaîement. Pleine de santé et de force, elle bravait volontiers toutes les intempéries des saisons, toutes les rafales de la pluie et du vent.

Au mois de septembre ou d'octobre 1892, un. jour qu'elle était occupée dans un champ éloigné, elle . fut soudain surprise par un violent orage.

Courir, les pieds nus, les cheveux au vent, telle qu'un jeune coursier échappé, à travers des chemins défoncés, transformés en torrents, fut pour elle le seul parti à prendre dans cette situation critique.

Cette folle équipée n'aurait peut-être pas eu de suites fâcheuses si, à quelque temps de là, elle ne l'eût renouvelée dans les mêmes circonstances et par la même température orageuse.

Malgré sa fatigue, sur le moment, rien n'y parut ; mais les conséquences latentes de ces imprudences ne tardirent pas à se manifester.

Dans le courant de janvier 1893, elle remarqua sur ses jambes de grandes plaques d'un rouge foncé.

Le docteur Cerou, de Meyssac, appelé en consultation, ne trouva rien de grave à ces indices révélateurs. Il ordonna du repos et quelques toniques, qui tendaient plutôt à remettre en équilibre cette santé légèrement compromise.

17

La jeune fille, qui avait déjà commencé son apprentissage chez une ouvrière en robes, ne jugea pas à propos de l'interrompre.

Cependant, le jour de Pâques de la même année, vers midi, elle éprouva subitement dans l'œil droit des douleurs si vives, si aigües, que des plaintes et des cris s'échappaient à son insu de sa gorge contractée.

La nuit se passa sans une minute de repos. Le médecin vint la voir le lundi et ne se prononça pas. Il fit préparer un collyre, dont quelques gouttes devaient être versées à l'endroit douloureux.

L'appétit et le sommeil avaient fui. Couchée dans une chambre obscure, craignant le moindre air, qui lui donnait comme la sensation d'une lame tranchante se retournant dans l'orbite, l'infortunée appelait, avec des gémissements, un mieux qui ne se produisait pas.

Le mercredi matin, une charitable voisine entra pour la voir. Elle portait une fiole d'eau de Lourdes et offrit de lui en laver les yeux.

« J'accepte avec reconnaissance, répondit sa mère ; mais laissez-moi auparavant l'approcher du feu. Le contact de tout ce qui est froid la fait bondir. » Et tout en demandant pardon dans son for intérieur à la céleste protectrice de son manque de confiance, de ce qu'elle appelait son peu de foi, elle présenta à la flamme l'onde salutaire, qui alla, quelques instants après, mouiller les paupières de celle qui se tordait sous la violence de la douleur, et qui ne put se prêter à cette opération qu'à moitié penchée devant son lit, aucune position ne lui étant supportable.

Marie s'écria que cette eau la brûlait comme un tison

ardent. « Laisse-moi continuer, dit la mère ; c'est peut-être le signe avant-coureur du bien que tu espères. »

O prodige !... Marie sent tout à coup ses cris expirer sur ses lèvres ; plus rien ne les provoque. Elle remonte sur sa couche sans éprouver ces tréssaillements nerveux, ces soubressauts immédiats qui la précipitaient à terre dans sa lutte avec ce mal invisible. Un calme bienfaisant l'envahit tout entière. Ses nerfs se détendirent, son visage reprit sa sérénité habituelle ; il lui sembla qu'elle rêvait d'un jardin délicieux où elle se reposait au bord de fraiches eaux, et peu à peu elle se laissa aller à un irrésistible sommeil qu'on se garda bien de troubler.

Vers dix heures du soir, elle rouvrit les yeux, se demandant avec étonnement ce qui s'était passé. Elle n'osait faire un mouvement, ni prononcer une parole, craignant de s'être éveillée avant son ennemie, la cruelle douleur qui l'étreignait de ses replis depuis de si longues heures. Mais non, tout était passé et bien passé. Elle se demandait même s'il était bien vrai qu'elle eût autant souffert.

Tous les siens, qui l'entouraient, reçurent les premiers accents de sa joie, et l'heureuse famille, à genoux, jeta vers le ciel les transports de sa reconnaissance. Une messe fut célébrée en commémoration de cette faveur, et jamais, depuis, Marie Barrot n'a senti dans ses yeux le plus petit malaise.

Elle se croyait donc désormais à l'abri des craintes et des transes qui avaient commencé d'assombrir les beaux jours de son printemps, lorsqu'elle s'aperçut que Dieu, tout bon qu'il est, se plaît à éprouver ceux qui le servent le plus fidèlement.

Un mois après l'éclatant témoignage d'amitié que lui avait accordé N.-D. de Lourdes, Marie ressentit dans la jambe droite, à la suite de marches plus ou moins longues, une souffrance très vive qui se calmait ou empirait d'après le plus ou moins de repos qu'elle savait se donner.

Son entourage ne songea pas à s'en émouvoir. Les habitants des campagnes sont durs au mal. Ce ne fut que le 12 juin, à l'époque des grandes foires de Brive, que la jeune fille, qui s'y trouvait avec ses parents, eut l'idée d'aller trouver un médecin. Les distractions d'un côté, les affaires de l'autre, firent qu'on oublia totalement cette résolution. « Du reste, ce jour-là, raconte-t-elle, je me tirai d'affaire et ne souffris nullement dans mes courses. »

Il n'en fut pas de même quelques jours après. Vers le 20 juin, la jambe malade ne put rester dans sa position normale, le pied ne pouvait se poser à terre. Il fallut se soigner sérieusement.

Le médecin de la famille, M. Cerou, déjà consulté, déclara que c'était une phlébite. Or, chacun sait qu'une phlébite est une inflammation des veines, qui peut frapper les intérieures tout aussi bien que les superficielles. Dans beaucoup de cas, cette maladie est grave, elle exige surtout un repos rigoureux, absolu.

Marie dut se mettre au lit, faisant consciencieusement, soir et matin, le traitement prescrit et n'en éprouvant aucune amélioration.

Ses parents la transportèrent à Brive. Le docteur Lachaud opina pour un abcès qui se formait, peut-être, et pour lequel il ordonna une pommade spéciale que l'on passerait, en ayant soin de recouvrir la partie douloureuse d'une forte couche de ouate. L'immobilité la plus complète devait être observée.

L'état de la malade resta stationnaire.

Le 1er de chaque mois, le docteur P. de Chaumard, de Tulle, chirurgien distingué, vient se mettre à la disposition des personnes qui désirent le voir à Montmont, petit village situé à la jonction des départements du Lot et de la Corrèze.

Marie lui fut présentée le 1er juillet 1893, et le diagnostic porté sur elle conclut à une phlébite. Le traitement antérieur fut ordonné de nouveau et repris avec un nouvel espoir. « Hélas ! la science humaine, comme dit Montaigne, est ondoyante et diverse, malléable et ployable à tout vent de doctrine. »

Non seulement Marie n'allait pas mieux, mais son mal augmentait visiblement.

Si parfois il lui arrivait de quitter son lit de douleur où ses dix-huit ans se consumaient d'ennui et qu'elle essayât pour un instant de poser son pied par terre, ses souffrances redoublaient, sa jambe devenait noire. Elle s'appuyait alors sur une béquille, s'accrochait aux meubles, et, bon gré, malgré, mettait toute son énergie à tenter quelques pas. — Inutiles précautions, vains efforts qui ne faisaient qu'aggraver la redoutable maladie.

Le vénéré curé de sa paroisse, M. l'Abbé Faugeron, ne manquait pas de se rendre, au moins deux fois la semaine, à Lachèze porter dans ces cœurs affligés le baume céleste de la consolation, le parfum si doux de l'espérance. Avec une compassion attendrie, il cherchait à jeter un peu de gaité dans cet intérieur désolé. « Tu guériras, mon enfant, disait-il ; tu n'en mourras pas pour cette fois. » Et, s'en allant, il laissait une image, un chapelet, qui rappelaient son passage tout en élevant plus haut les pensées et les sentiments.

Sur ces entrefaites, un autre médecin de Meyssac, le docteur Crauffon, fut appelé. Il déclara que ce serait long, très long, et « que la malade ne guérirait pas par enchantement », ce qui équivalait à dire que la convalescence, si elle arrivait jamais, ne s'opèrerait que graduellement.

Cet aveu, si gros d'imprévu, ne déconcerta pas Jeanne Barrot, car on peut bien dire avec d'autres, que si l'espoir était tout d'un coup banni de la terre, on le retrouverait dans le cœur des mères.

On commença une neuvaine à Saint Antoine de Padoue, et le 8 septembre, fête de la Nativité, Marie fut de nouveau portée à Brive au docteur Verlhac, qui annonça qu'un abcès étant à craindre, une opération, dans ce cas, deviendrait nécessaire. Par de bonnes paroles, il releva le moral affecté de la pauvre enfant, l'assurant qu'aucune complication ne s'en suivrait.

Devant une perspective aussi peu rassurante, on ne devait pas s'en tenir là ; s'il était vrai qu'on dut boire ce calice, au moins fallait-il s'assurer si toute la lie se trouverait mêlée au breuvage.

Un dernier assaut fut donc tenté à la science avant de quitter Brive, auprès du docteur Priauleau, qui n'hésita pas à déclarer qu'une opération à bref délai était indispensable. Elle consistait à ouvrir la jambe jusqu'à l'os, afin d'y découvrir l'origine du mal et tâcher d'en arrêter le cours.

« Cette enfant ne sera guérie que dans trois mois, dit-il ;

prévenez mon confrère, le docteur Cerou, des préparatifs à faire et mandez-moi au plutôt, tout de suite..... »

Le triste cortège reprit la route de Meyssac. C'était un samedi.

Quand le docteur Cerou eut été mis au courant de la suprême décision qui venait d'être prise, il s'écria qu'il se passerait bien du temps avant la complète guérison, mais qu'il fallait opérer immédiatement, demain, dit-il.

— Ma fille boitera-t-elle, à supposer que l'opération réussisse ? demanda la mère.

— Oh ! bien sûr, de quatre à cinq ans, peut-être....

On acheta à la pharmacie le matériel nécessaire, tube en caoutchouc, eau phéniquée, etc.., et la petite caravane acheva péniblement ce rude chemin de croix.

Au repas du soir, le pain fut trempé de larmes, et terriblement longue et angoissée la nuit qui le suivit. Malgré ses préoccupations, Jeanne Barrot n'oublia pas qu'on était au dimanche et, se rappelant que le docteur s'était annoncé, elle pensa qu'il n'était ni convenable, ni édifiant d'installer dans sa maison si chrétienne, si respectueuse des droits imprescriptibles de Dieu, les appareils d'une opération chirurgicale qu'on pouvait, en somme, remettre au lundi.

Foi admirable, respect absolu de la loi sainte que tant d'indignes chrétiens se font un jeu de violer, vous recevrez votre récompense ! !

Elle chargea donc sa sœur d'aller dire au médecin « que le travail du dimanche ne vaut jamais rien, et comme elle tenait essentiellement à ce que l'opération réussisse, elle le priait d'attendre ; que, du reste, on l'aviserait. »

« C'est bien, c'est bien, répondit l'homme de l'art, quand elle voudra. »

Prière. — N.-D. de Roc-Amadour, modèle des jeunes filles, vous qui avez vécu silencieuse et cachée loin de tous les regards, nous vous choisissons en ce jour pour patronne et pour reine. Agréez le tribut de nos fraîches années, la fleur de nos premiers printemps. — Le monde insensé et frivole n'a de sourires que pour cet âge qu'il trouve aimable et beau de préférence à tout, mais nous, vos enfants, nous savons qu'il est plein de périls et qu'il nous est bon de veiller à toute heure. Grâce à votre protection maternelle, nous jurons de le passer dans l'innocence et la prière : si vous êtes là, que pourrions-nous craindre ?

Sans doute le danger est grand... Satan, l'ennemi éternel a tendu ses pièges, dressé ses embûches ; il veut notre perte, il nous enlace de ses vanités, il nous séduit par ses mensonges ; nous le savons et nous n'avons pas peur, car nous aimons notre rosaire et nous suivons votre drapeau. Cachez-nous dans ses plis, prenez-nous dans vos bras, portez-nous comme une tendre mère afin que nos pieds touchent à peine le sol fangeux du chemin où nous marchons.

Le vent des tentations souffle avec violence, le torrent des plaisirs voudrait nous entraîner, il fait noir parfois du côté du ciel... ô douce étoile, guidez-nous !

Présomptueuses et craintives, ignorantes et vaines tout à la fois, nous ne savons ce qu'il faut faire pour accomplir la tâche qui doit mériter la récompense, et que chaque jour amène avec lui.

Mère puissante et bonne, éclairez notre horizon, donnez-nous Jésus pour ami et pour frère, et si jamais la souffrance devenait ici-bas notre partage, si, comme la pauvre enfant dont on vient de lire l'histoire, nous étions appelées à une vie de douleur et de renoncement, faites, qu'à son exemple, nous sachions dire le *fiat voluntas*, en attendant le grand jour où, dans les cieux, avec les anges, nous chanterons l'hosanna des élus. Amen.

N. D. de Roc-Amadour, protectrice de la jeunesse. Priez pour noux.

CHAPITRE XXVII

Nouveaux miracles de N.-D. de Roc-Amadour.
— (Suite). —

Marie Barrot. (Suite). — Ce fut dans cette même journée du dimanche tant respectée, toute consacrée aux offices divins, que le père de Marie lui proposa, ex-abrupto, de la conduire à Roc-Amadour. « Oh ! je le veux, répondit-elle. Il y a bien longtemps que j'y pense ; j'attendais de pouvoir marcher. »

Un voyage dans ces conditions n'offrait vraiment que des difficultés presque insurmontables, vu l'état d'immobilité si impérieusement recommandé à la malade, et, de plus, il pouvait créer des complications inattendues.

On n'y pensa guère.

Il fut décidé qu'on irait coucher le lendemain à Turenne, chez l'aînée des sœurs, et qu'on prierait son mari de vouloir bien prêter l'aide de ses bras puissants durant tout le trajet, quand ceux du père viendraient à défaillir.

Ainsi fut dit, ainsi fut fait.

Quand sonna l'heure du départ, une pluie torrentielle tombait par cascades des nuages noirs. Qu'on juge des anxiétés maternelles quand, sur un matelas, au fond d'une voiture, abritée tant bien que mal, on installa la jeune infirme. Fallait-il donc tenter Dieu en renouvelant la première imprudence, cause de tant de malheurs !

« Restons, soupirait la mère..... attendons. »

« Partons » répondait le père, énergique et confiant jusqu'au bout. Et dans sa langue rustique, imagée, dans son patois limousin, si expressif, si riche pour ceux qui le parlent et le comprennent facilement, il s'écria joyeux et plein d'entrain : *Quand pléourio à rilhos, tsal porti quau mêmo !*

Et l'on partit.

Dans l'après-midi du 12 septembre, nos pèlerins firent leur entrée à Roc-Amadour. On était en pleine retraite ; l'affluence éatit énorme. Le ciel s'était rasséréné, les habitants étaient en liesse ; au loin, les cloches tintaient leur doux *Salve*, et, en entendant leurs notes argentines se changer en triples croches, le voyageur attardé redoublait le pas, afin de ne pas manquer les belles cérémonies qui se succèdent pendant ces jours de fête.

Une rangée de pauvres et d'infirmes, échelonnés le long de la voie sacrée, sous les antiques portes, regardaient les nouveaux arrivants en leur tendant la main. Ils sont rares ceux qui refusent des secours matériels à toutes ces humaines misères. Ne sont-ils pas à leur tour des mendiants ? que demandent-ils, en échange de l'or d'ici-bas ? L'aumône de la prière qui est la monnaie de là-haut. Ineffable échange qui sèche bien des larmes !

Avec beaucoup de peines et mille précautions, Marie fut portée dans la chapelle et installée sur des chaises, tout près de l'orgue. Sœur B...., organiste, directrice du chant, eut pour elle des attentions délicates que la pauvre enfant ne sut reconnaître que par ces mots si éloquents dans leur simplicité et qui résumaient bien son état d'âme : « priez pour moi. »

La voilà donc au but de son pèlerinage. Que va-t-elle dire à la Sainte Vierge ? De quelle langue va-t-elle se servir pour arriver plus sûrement à se faire comprendre ? A-t-elle même besoin de parler ? N'est-elle pas devant celle dont l'oreille entend tous les soupirs et dont le cœur devine tous les secrets ?

Tout ce qu'elle pense, tout ce qu'elle voit, tout ce que Marie peut dire est monté dans ses yeux qu'elle lève tremblants jusqu'au trône d'or où est assise la puissante Reine qu'elle est venue implorer et qui porte dans ses bras son cher fils Jésus. Jamais, ce cher fils tant aimé, ce roi incomparable ne lui a rien refusé, et, certes, elle peut demander encore à la céleste médiatrice, la coupe des faveurs ne fut jamais si pleine. Non, Marie n'a pas besoin d'exprimer son désir...... Elle est brisée, anéantie ; son regard suppliant va porter sa prière, un regard suffira pour l'exaucer.

Pendant ce temps, Jeanne Barrot s'en va dans l'église à la recherche d'un confesseur. Elle s'adresse à M. l'Abbé C..., qui se trouvait à son confessionnal, assiégé, comme tous les autres, par de nombreux pénitents accourus pour le « grand pardon. »

— Monsieur l'abbé, voudriez-vous me suivre ? ma fille a besoin de votre ministère.

— Faites-la venir ici ; elle prendra place à côté de ceux qui attendent.

— Elle ne marche pas et peut encore moins se mettre à genoux ; je l'ai conduite ici pour obtenir sa guérison.

A ces mots, le confesseur obligeant s'empressa de sortir.
Il trouva la jeune malade dans la petite sacristie où son
beau-frère venait de l'installer sur un lit de chaises impro-
visé. Plus ému qu'il ne voulait le laisser paraître, le bon
prêtre remarqua les attentions dont ce frêle corps était
l'objet, et il put lire en même temps sur cette physionomie
juvénile tout ce qu'une longue souffrance y avait imprimé.
Il dut recommander le courage, la résignation, et, comme
le divin Maître, il dut ajouter : « ayez confiance, tout
est possible à celui qui croit.... »

« Mon père, priez pour que je guérisse » dit Marie.

« Je vous recommande ma fille ! » sanglota la mère, qui
attendait au-dehors.

Les intentions de la sainte Messe furent promises pour le
lendemain.

Comment se passèrent les dernières heures de cette journée
du 12 septembre, prélude d'un jour qui devait être si beau ?

Ah ! ces soirées de la retraite, qui les racontera ? Qu'elle
est belle la ville d'Amadour sous les rayons du soleil mourant ! Lorsque les ombres montent de la vallée, ces masses
de granit, crevassées par les siècles, grandissent encore et
paraissent toucher les nues, comme faisait jadis, dans un
rêve, l'échelle mystérieuse de Jacob. Accrochées à leurs
flancs, les églises aériennes apparaissent comme des refuges
où viennent s'abriter et se reposer les blessés de la vie, les
voyageurs épuisés par la longue et périlleuse route qui mène
à l'au-delà. A la clarté des étoiles, elles se détachent comme
ces bas-reliefs anciens qu'on va admirer au pays classique
des merveilles.

Une surtout, plus profonde, creusée davantage dans la

pierre, frappe d'étonnement le pèlerin ou le touriste que la
foi ou la curiosité amènent en ces lieux. Ils se demandent
ce que sont ces fresques qui en ornent les murailles, et le
guide répond que c'est l'histoire du saint anachorète qui a
passé là sa vie, loin des hommes, dans la méditation des
choses périssables, pour mieux comprendre les choses éternelles, comme ces oiseaux « qui suspendent leur nid à une
branche pour mieux s'entendre chanter ». Près des cieux,
n'oublie-t-on pas la terre !

Le gracieux clocher, symbole de l'espérance, profile sa
silhouette à côté de la statue de la Vierge qui domine
l'abîme. « Ne craignez rien, je veille, » semble-t-elle dire.

Les abords qui précèdent les sanctuaires sont encombrés
d'une foule pieuse qui monte, descend, va et vient dans un
ordre parfait. Les uns gravissent le Calvaire en psalmodiant
les chants plaintifs de la passion du Sauveur ; d'autres
prennent place dans les églises, comme des soldats de garde
dans un palais, pour refaire, pendant la nuit, leur veillée
d'honneur à la porte du tabernacle. Ici, un groupe gravit à
genoux les escaliers de la pénitence ; là, une autre devise
silencieusement dans de fraternels entretiens.

Tout-à-coup, du sommet de la citadelle, partent des voix
mâles et graves, qui entonnent l'éternel cantique du triomphe : *Magnificat !* C'est le clergé convoqué pour aider aux
travaux de la retraite, qui vient terminer sa journée de
labeur par ces immortels versets que les pèlerins, massés en
bas, reprennent aussitôt. Sublime colloque consistant à faire
passer les enthousiasmes sacrés de la terre par l'intermédiaire des ministres du Ciel ! Le chant de l'*Ave maris
stella* vient ensuite ; et quand l'écho en a porté les dernières

notes à tous les alentours, une voix aimée entre toutes s'élève seule. Que dit-elle ?

« Venez à notre secours, Seigneur.....

« *Adjutorium nostrum in domine Domini.*

« *Qui fecit cœlum et terram* » répondent les prêtres.

Monseigneur, car c'est bien lui qui préside à ce concert, s'avance alors en étendant la main pour bénir son peuple. Tous les fronts sont courbés, toutes les voix se taisent, et quand le souffle, venu des cieux, a passé, elles reprennent plus vibrantes :

> *Chantons, chantons Roc-Amadour,*
> *O Notre-Dame !*
> *Tout y proclame votre amour,*
> *Roc-Amadour !*
>
> *— Reine puissante,*
> *Mère d'amour,*
> *Sois nous compatissante,*
> *O Vierge d'Amadour.*

Oui, Vierge d'Amadour, soyez compatissante à tous, mais réservez votre plus douce caresse à la pauvre petite affligée qui languit dans l'attente d'une insigne faveur qu'elle n'ose espérer, ne s'en croyant pas digne.

Prêtez l'oreille, écoutez ses vœux, penchez-vous, entendez ses plaintes et souvenez-vous que jamais on n'entendit dire que vous ne savez pas exaucer.

Quand les premières lueurs du matin éclairèrent les remparts, la pieuse famille se mit en devoir d'arriver de bonne heure à la chapelle, afin d'éviter l'encombrement qui n'allait pas manquer de se produire pendant toute la durée des messes. Chargé de son pieux fardeau, Antoine Barrot monta les nombreuses marches qui relient la ville aux sept églises. Il s'arrêta, un peu essoufflé, on le conçoit, devant la grille qui garde l'emplacement où, d'après la tradition, le corps d'Amadour fut déposé après sa mort. Cet amateur du rocher devait nécessairement trouver dans ce nid de pierre où il avait caché sa vie, un tombeau glorieux.

Marie demande à se reposer un instant à cette ombre, avant d'entrer. On lui fit observer, avec raison, que de pieuses phalanges envahissaient déjà l'enceinte trop étroite et qu'une minute perdue rendrait son déplacement plus difficile encore. N'était-t-il pas bon, du reste, qu'elle arrivât la première sur les bords de cette nouvelle piscine probatique, dont l'ange, séraphique gardien, allait tout à l'heure agiter les eaux ?

Avec une vigueur nouvelle, son père la reprend dans ses bras. Il franchit le seuil trois fois saint.....

En ce moment, ô bonheur, l'infortunée ressent dans tout son être un calme sauveur, une sensation délicieuse, un frisson qui l'anime. Elle ne cherche pas à s'expliquer ce changement soudain ; son père lui-même ne se doute pas qu'il vient de coudoyer un prodige. Il la dépose doucement sur des chaises, devant la balustrade, afin qu'elle puisse recevoir plus commodément l'ami consolateur qui va venir de l'autel se donner à tous.

Monseigneur Grimardias commence la messe qui s'achève dans le recueillement de la prière.

Avant de se retirer, Marie implore la bénédiction spéciale que le chapelain, désigné à cet effet, donne aux malades, aux infirmes, aux petits enfants.

Quel ne fut pas son étonnement quand elle s'aperçut qu'elle s'était levée et qu'elle se tenait debout seule, sans éprouver ni souffrance, ni fatigue !

Elle s'inclina sous l'eau sainte, se prosterna abîmée de reconnaissance et d'amour, et, sans se rendre parfaitement compte de la grâce inoubliable qu'elle venait d'obtenir, elle sortit, refusant tout secours, marchant droit et ferme comme aux jours de sa radieuse santé.

Surprise, presque défaillante, sa mère la suit, les bras tendus, mesurant de l'œil les chutes qu'elle peut faire. Son humilité dépasse sa foi et comme le centurion de l'Évangile, elle s'écrie toujours : « Je ne suis pas digne ! »

Mais le père est là qui commence à préssentir le don de Dieu. « Laisse-la faire, dit-il, il faut qu'elle marche. »

Le groupe heureux, gardant pour lui son secret, n'osant l'avouer de peur de prendre pour un mirage trompeur ce qui était une réalité divine, remonta en silence les lacets de la montagne au haut de laquelle une voiture les attendait.

En arrivant à la gare, encombrée ce jour-là par des centaines de pèlerins, Marie fut aperçue et reconnue pour la pauvre infirme qui avait excité la pitié générale, alors que, pliant sous le poids de sa faiblesse, elle se laissait porter d'un lieu à un autre comme un petit enfant.

Comme elle était changée ! Gaie et heureuse, répondant à toutes les questions qui se pressent de toutes parts, elle est en un instant entourée. M. le curé de Voutezac (Corrèze), son vicaire, M. l'abbé Lime, originaire de Meyssac, la sœur Saint Joseph, supérieure des filles de la Providence à Voutezac, s'approchèrent vivement, reconnaissant la jeune fille pour avoir voyagé avec elle la veille. « Marchez, lui

19

disait-on ; allez jusqu'à l'hôtel en face. — Revenez. »

Légère comme l'oiseau qui voit tout d'un coup sa cage s'ouvrir, Marie se prêtait de bonne grâce à tout ce qu'on demandait d'elle, trop heureuse d'essayer ses nouvelles forces. Comme gage de sa gratitude, elle venait de passer autour de son cou l'habit de la très Sainte Vierge, le saint scapulaire. Son père et sa mère ne doutaient plus ; mais à leur bonheur se mêlaient des larmes, larmes de joie, larmes de regrets. Quoi ! quitter ainsi la terre promise, l'éden choisi de la reine du Ciel, sans se retourner vers elle pour lui crier : Merci ! Se montrer ingrats comme les neuf lépreux de l'Évangile, qui retournèrent à leurs affaires après avoir été guéris, sans même regarder du côté de leur libérateur ! C'était pour leur âme sensible comme un trait qui les blessait.

« Si nous revenions sur nos pas ! » s'écria Antoine Barrot. M. l'abbé Lime, qui le connaissait, prit sur lui de calmer son trouble.

« Nous allons tout réparer, dit-il ; chantons l'ymne de l'allégresse : « *Magnificat !* » *Magnificat !* reprennent les assistants frémissant d'enthousiasme. Et voilà que celle qui règne au plus haut des constellations, au-dessus des anges et des saints, est chantée, acclamée, priée, et chantée encore ! Elle triomphe dans ce causse désert dont les arêtes grises, qui percent la terre à chaque pas, cachent son domaine aux regards curieux du voyageur qui passe, emporté par la vapeur et qui, de la portière par où il se penche, cherche à découvrir à l'horizon lointain la cloche miraculeuse dont il a entendu parler.

Oh ! bonne Mère, que ne vous montriez-vous, un instant

dans vos clartés radieuses pour éblouir de votre ineffable beauté vos enfants de la terre qui redisaient vos louanges dans la langue que vous-même avez parlée !

Le roulement des roues d'acier sur les rails, le coup de sifflet strident de la locomotive qui entrait en gare, mirent fin à cette scène pleine de grandeur en sa simplicité ; on se rangea dans les wagons, et chacun commenta à sa manière ce grand événement.

Si le bonheur est quelque chose de relatif, fait d'une étoffe brodée de nos mains, l'humble famille dont nous parlons dut le goûter, ce soir-là, dans toute sa plénitude.

Nous ne décrirons pas l'arrivée à Turenne, ni la stupeur de ceux qui, présents au triste embarquement de la veille, présidaient à la descente du train :

« Vous êtes guérie ? lui demandait-on ; qu'elle est bonne la Vierge de Roc-Amadour ! » Et bien des yeux se mouillaient.

Le 14 septembre, jour de foire à Meyssac, nos trois pèlerins firent leur entrée dans la petite maison qu'ils avaient quittée si agités de crainte, et qu'ils revoyaient si complétement joyeux. Antoinette, la jeune sœur, qui en avait eu la garde, avertie depuis la veille de l'heureuse nouvelle, l'avait déjà propagée. De même que la femme de Simario qui clamait à ceux qui voulaient l'entendre : « Venez voir un grand prophète qui connaît toute chose, » elle s'écriait dans un saint transport : « Marie est guérie ! N.-D. de Roc-Amadour peut tout ce qu'elle veut ! »

Quatre jours plus tard, Jeanne Barrot, ne pouvant plus contenir l'ardent désir qui la pressait d'aller remercier sa bienfaitrice, Celle qui lui avait rendu sa fille, revint en toute hâte s'agenouiller devant son autel.

Longtemps, elle regarda les inscriptions d'or creusées dans le marbre ou brodées sur le velours ou la soie ; les tableaux aux sujets naïfs (ce qui n'enlève rien à la piété qu'ils inspirent) et tous les ex-voto précieux apportés là par les privilégiés, se demandant ce qu'elle pourrait ajouter à ces pages d'un nouveau genre, mais éloquentes à leur manière. « Ah ! si j'étais riche, murmurait-elle, j'apporterais ici un trésor. »

Elle ignorait sans doute que ce que Dieu demande avant tout, c'est le trésor d'un cœur reconnaissant qui s'offre à lui pour toujours et que les ex-voto invisibles sont souvent ceux qui ont le plus de prix à ses yeux.

Le 28 mai de l'année suivante, Marie Barrot, accompagnée de sa mère et de ses sœurs, alla officiellement à Roc-Amadour faire constater le bienfait reçu. Une plaque en marbre blanc le redit en lettres d'or ; la béquille en bois, témoin muet de ses souffrances, est fixée au roc, portant entrelacé le tube en caoutchouc acheté pour l'opération.

« Portez-donc ça aux pieds de Notre-Dame ! » avait dit une voisine dans l'abandon d'une familière causerie. « Vous avez raison, lui fut-il répondu, et que la Sainte Vierge le garde si bien, que plus jamais on ne le revoie à.Meyssac. »

Pour rejoindre les siens et chanter avec eux l'hymne d'actions de grâces, Antoine Barrot arriva au célèbre pèlerinage le 29 au matin. Une perte matérielle assez considérable, survenue pendant la nuit dans son petit domaine, n'avait pas apporté d'obstacle à son départ, jugeant dans sa foi de chrétien ardent et convaincu, que les biens de ce monde, si grands qu'ils puissent être, ne vaudront jamais le bien inestimable de la santé du corps, miraculeusement rendue par l'auteur de tout ce qui est.

La pieuse famille prit part au festin des élus, à la table angélique. Marie portait une robe de fête aux couleurs du Ciel, exécutant ainsi le vœu qu'elle avait fait de n'avoir sur elle, pendant une année entière, que du bleu, rien que du bleu. La joie qui l'inondait perçait sur son visage ; on la vit même, à plusieurs reprises, baiser le pavé de la chapelle à l'endroit où elle s'était redressée et où elle avait entendu la voix intime qui lui disait d'emporter « son grabat. »

M. l'abbé Laporte, supérieur des chapelains, depuis vicaire général, fut alors avisé des principaux incidents se rapportant à cette guérison extraordinaire, et c'est en sa présence que tout ce qui vient d'être dit a été consigné.

J'écris donc ces lignes dans la conscience de ma faiblesse et dans la petitesse de mon néant, en affirmant, toutefois, qu'elles sont l'expression de la vérité *la plus vraie*. Mon cœur a suivi son attrait, qui le porte vers ces pures régions d'où nous vient la lumière. J'aime cette roche déserte ; de là on y voit plus clair dans les œuvres de Dieu. L'œil charmé s'y arrête, l'âme y respire plus à l'aise. « L'orient n'a pas plus d'éclat, ni le matin plus de fraîcheur. C'est le ciel lui-même s'inclinant vers la terre, c'est Marie, la reine du céleste empire, qui a fixé un de ses trônes au milieu des mortels. » C'est N.-D. de Roc-Amadour jetant au beau pays de France le renom de son antique gloire.

Son rocher va refleurir.

Si les pèlerinages accomplis aux temps reculés ont procuré et développé la foi chez les peuples du moyen-âge, pourquoi ceux que la piété accomplit aujourd'hui, ne la donneraient-ils point encore aux peuples modernes égarés ou perdus dans les sentiers de l'erreur ?

Prière. — N.-D. de Roc-Amadour, souveraine des anges, mère de l'Agneau divin, les Vierges de la terre, celles qui ont voulu abriter leur vertu sous un voile, et qui ont mis entre elles et le monde corrupteur un mur de séparation, vous implorent à leur tour.

Bien qu'éloignées de tout ce qui perd, elles n'ont pas moins besoin de force et de courage pour persévérer dans leur vocation sublime.

Soutenez-les vaillantes au chevet des mourants, aidez-les à la conquête des âmes qu'elles disputent sans cesse à votre antique ennemi ; protégez celles qui se sont faites mères afin qu'il y ait moins d'orphelins, éclairez celles qui se consacrent à l'éducation chrétienne et qui, de nos jours, ont tant de difficultés dans l'accomplissement de leur haute mission. Les efforts de l'impiété triomphante, les chocs violents de l'enfer contre les écoles où s'apprend l'évangile, prouvent suffisamment que c'est de ce côté que doit se porter la défense.

Il nous faut des instituteurs chrétiens, des sœurs par légions pour apprendre aux enfants qu'il est un Dieu et qu'il faut l'aimer.

Mais le vent de la persécution se lève, l'heure est sombre, celle peut-être d'une nouvelle fuite en Égypte. Les Hérodes ont tenu leurs conseils, ils ont blasphémé le Christ et son Église, et dans leur folie, ils ont décidé de le faire mourir encore.

O Marie, vous êtes forte comme une armée rangée en

bataille, accourez auprès de vos filles menacées, protégez-les dans leurs combats.

Souvenez-vous qu'elles ont tout quitté pour cultiver le champ du Seigneur. Il est juste qu'elles reçoivent la récompense destinée aux vierges sages, dont la lampe a toujours brûlé en attendant l'époux céleste.

Parez des vêtements de la gloire ces corps qui ont dédaigné les parures frivoles et sur ces fronts souvent couronnés d'épines, placez à l'heure dernière la couronne de roses, la belle et brillante couronne des vierges qui suivent l'Agneau partout où il va. Ainsi soit-il.

N.-D. de Roc-Amadour, protectrice des Ordres Religieux, priez pour nous.

CHAPITRE XXVIII

Nouveaux Miracles de N.-D. de Roc-Amadour.
— (Suite). —

Aline Gouspillas. — Parmi les enfants qui, à Ségur (Corrèze), le 10 juin 1894, s'étaient approchés pour la première fois de la sainte table, on distinguait, par sa ferveur d'ange, une petite fille de onze ans, Aline Gouspillas, fille d'un boucher de cette localité. Les traditions chrétiennes sont restées en honneur dans cette vertueuse famille ; la vénérable aïeule ne saurait se passer de la messe chaque matin ; aussi est-il facile de deviner que, par de tels exemples, cette enfant fut de bonne heure formée aux habitudes de la piété. Sa santé, jusque là n'avait jamais inspiré d'inquiétudes ; mais le matin du vendredi 28 juillet, un mal étrange, subit, s'empara de ce frêle corps et le terrassa à la minute. C'était en classe. Les élèves se regardaient étonnées, se demandant pourquoi Aline venait de jeter à terre le pain de sa collation au moment où elle allait le porter à la bouche ? C'est qu'une douleur aiguë venait de la prendre à l'estomac, et, phénomène plus inexplicable, sa main droite y restait pour ainsi dire collée, le battant par intervalles d'un mouvement nerveux et désordonné.

On s'imagine aisément le trouble que cet incident jeta dans l'école. Les fillettes chuchotaient entr'elles : « Elle a mangé des pommes vertes, c'est ce qui lui a fait du mal. » L'institutrice, avertie du fait incriminé, interrogea Aline, qui protesta de son innocence. En voyant cette main qui allait et venait sans cesse, la maîtresse s'écria : « Vous faites bien de faire votre *mea culpa* si vous êtes coupable. » Et, en même temps, elle donna des ordres pour que l'enfant fût reconduite chez elle. Les petites espiègles se récrièrent, refusant de toucher la malade, sous le prétexte que son mal était peut-être contagieux. Enfin deux compagnes de la première communion se dévouent : Marie Mathieu et Eléna Flamin.

Elles sortent, soutenant Aline par les bras, s'asséyant pour prendre haleine sur toutes les pierres du chemin. La grand'mère, heureusement, n'habitait pas très loin, et quand le trio fit son entrée chez elle, donnant des détails plus ou moins rapides et confus sur ce qui venait de se produire, Aline se sentit plus mal et perdit connaissance.

Elle resta ainsi demi-heure comme morte, pendant que son bras s'agitait démesurément. Une voiture, qui passait devant la porte, l'emporta chez ses parents.

Appelé à constater la nature de cette subite indisposition, le médecin de Lubersac, M. Debat, jugea qu'elle était atteinte de « chorée, » maladie plus vulgairement désignée sous le nom de « danse de Saint Guy. »

Les remèdes prescrits furent absorbés sans amener aucune amélioration ; la maladie même devint plus intense, le mouvement de la main plus convulsif, le bras complètement paralysé. Survint la coqueluche, qui mit le comble à ce lamentable état. On fut obligé de lui placer sur la poitrine un coussin destiné à amortir les coups qu'elle se donnait si involontairement. Elle ne pouvait ni déplier, ni allonger les doigts, ni les porter plus haut que le creux de l'estomac.

Sans doute, la science humaine ne désespérait pas de sa guérison ; mais quand arriverait-elle ? C'était ce que toutes les lèvres demandaient au docteur, quand il était là et ce à quoi il pouvait le moins répondre. Seul, celui qui sait le nombre des cheveux de notre tête, aurait pu satisfaire ces légitimes curiosités.

Les sympathies dont on entourait la pauvre enfant ne diminuaient certes pas ; cependant, la force de l'habitude faisait qu'elles se manifestaient avec moins de chaleur. Sa vue, tout en inspirant la pitié, faisait si compassion qu'on se détournait pour ne pas la regarder. Les voisins, en la voyant aller et venir dans la rue ou rester triste et pensive devant sa porte, lui disaient quelquefois avec un léger accent d'impatience que tempérait la commisération : « Je t'en prie, va-t-en, tu m'agaces. » Aline rentrait chez elle, des larmes tout pleins les yeux.

Elle se levait à 10 heures, s'habillait seule, faisait sa prière, et comme elle ne pouvait se livrer à aucun travail, sa jeune imagination trouvait un aliment dans certaines lectures édifiantes qui lui étaient recommandées. On lui prêtait des livres, mais son plus doux passe-temps consistait dans la récitation du rosaire qu'elle disait en entier chaque jour, renversant ainsi le vieil adage qui dit : « Travailler c'est prier. » Pour elle, prier c'était travailler.

Dans une de ses prédications familières, le zélé curé de

Ségur annonça à ses chers enfants qu'il allait organiser un pèlerinage à Roc-Amadour. La nouvelle, comme on le pense, ne tarda pas à se répandre dans les familles. La petite Aline, qui priait tant la Sainte Vierge de la guérir, ne fut pas la dernière à manifester son contentement.

— O mère, quel bonheur ! nous irons, dis ? La Sainte Vierge qui fait tant de miracles pourrait bien en faire un pour moi ; je la prie tant !

— Tu ne le fais pas assez, ma fille, répondait la vertueuse chrétienne, qui comprenait que de telles faveurs ne sont jamais données, mais accordées à qui sait les mériter.

— Ah ! qu'à cela ne tienne, reprenait l'enfant, je vais redoubler mes supplications.

Et la nuit, quant tout dormait, elle réveillait doucement sa sœur Cécile, âgée de six ans, qui reposait près d'elle, afin de l'engager à répondre aux nombreux *Ave* qu'elle égrenait sur son rosaire.

Cécile se prêtait le plus souvent de bonne grâce à ces assauts répétés vers le Ciel ; mais il arrivait aussi parfois qu'elle se rebellait, la pauvrette, ses pauvres petits yeux n'étant pas d'accord avec sa bonne volonté. Elle se permit même d'énoncer pour une fois, qu'en raison des nombreux chapelets qu'elle avait dits, la Sainte Vierge pourrait quand même accorder la guérison tant demandée. Une nuit elle se fâcha tout rouge, ce à quoi sa mère lui fit observer que puisqu'elle n'était pas sage, Aline serait toujours malade.

La leçon fut bonne. Les deux sœurs reprirent, avec une ardeur nouvelle, leur croisade des prières nocturnes.

« O douce Vierge Marie, que devant tant d'innocence

et de piété naïve vos divins sourires durent charmer les
anges et que souvent, après vous, les échos du paradis
murmurèrent : Elle guérira. »

Une honorable personne de Ségur, Mademoiselle Brigite
Roux, ayant fait quelque temps auparavant une visite
aux lieux sanctifiés par Zachée, en avait rapporté une
brochure intitulée : « Guérison extraordinaire de Suzanne
Saulière, du village de Chasteaux (Corrèze). »

— Tiens, dit-elle à Aline, en entrant la voir, puisque tu
veux tant aller à Roc-Amadour, je t'apporte à lire quelque
chose qui va encore augmenter ton désir. C'est l'histoire
d'une fillette comme toi, bien affligée par la maladie et que
N.-D. de Roc-Amadour a guérie.

L'enfant prit les pages, les lut en frémissant et dès lors
n'eut plus qu'un désir : aller à Roc-Amadour, là où Suzanne
avait été exaucée.

Cependant les préparatifs du pèlerinage étaient terminés,
les dispositions prises. Il devait s'embarquer le 17 septembre,
à la station de Saint-Julien.

Aline, ivre de joie, ne pouvait plus contenir son impatience. Elle allait et venait, continuant d'affliger tous ceux
qui contemplaient sa déplorable infirmité.

La veille du départ, elle se tenait debout devant sa
porte lorsque, soudainement, elle sentit sa joue légèrement
frôlée par un battement d'ailes. Elle se retourne et voit
une hirondelle qui voletait de ci, de là, et dont le gai
ramage réjouissait les airs. « J'aurais pu l'attraper si
j'avais voulu, disait-elle. »

L'oiseau du bonheur venait-il l'avertir que ses souffrances allaient avoir un terme ? Elle en eut l'intuition, et

quand, le lendemain, assise dans la voiture qui l'emportait à la gare, la céleste messagère renouvela sur sa joue le baiser de la veille, ce ne fut plus seulement l'espoir qui remplit son cœur, mais bien la conviction pleine et entière qu'elle reviendrait guérie.

Enfin le train s'ébranle, les chants d'allégresse retentissent et se mêlent au grincement de la machine qui gémit plus fort. M. le Curé, monté dans le wagon de sa petite paroissienne qu'accompagnent sa mère et sa tante, l'interroge avec bonté et promet pour le lendemain le concours de ses prières.

A Brive, une surprise agréable attendait les pèlerins de Ségur. M. le Curé de Masseret, conduisant lui aussi une trentaine de ses paroissiens à Roc-Amadour, vint à leur rencontre. Il fut convenu que, puisque la Sainte Vierge les réunissait si fort à propos, ils ne formeraient là-bas qu'une seule famille et qu'ils marcheraient sous la même bannière.

Quand, vers deux heures, ils mirent le pied sur la terre bénie, elle était terriblement réchauffée par de chauds rayons de soleil qui tombaient d'aplomb. La route blanche et poudreuse qui se déroulait devant eux paraissait longue et fatiguante ; les omnibus étaient là, nombreux, commodes, tentants ; les conducteurs assourdissaient les voyageurs de leurs cris pittoresques, les affriolant par l'incroyable bon marché des places qu'ils offraient, et cependant une voix se fait entendre : « Non, mes amis, non, nous ne venons pas pas ici en touristes, mais bien pour obtenir des grâces, des faveurs pour vous, pour vos familles, pour la paroisse, pour notre chère petite malade. Si vous m'en croyez, nous allons tous nous rendre à pied en souffrant patiemment, en esprit de pénitence, cette température de feu. »

Celui qui parlait ainsi était le fervent curé de Ségur. Aussitôt le troupeau se rangea derrière le pasteur, acceptant d'emblée son sacrifice, sourd à tous les appels des voituriers dont l'un cria en passant :

— Monsieur le curé, si tous disaient comme vous, vous ne feriez pas notre fortune.

— Ce n'est pas notre but en venant ici, répondit l'énergique prêtre ; au retour nous aviserons.

Les chants reprennent plus joyeux, les *Ave* plus retentissants, les pieds endoloris retrouvent force et vigueur.

— Monsieur le curé, on va nous prendre pour des mendiants qui n'ont pas deux sous, dit doucement une bonne paroissienne qui a vraiment peur de scandaliser les gens du pays par le spectacle de cette apparente pauvreté.

— Mais oui, répond toujours le bon curé, nous sommes des mendiants, vous dites vrai. Nous venons tendre la main à celle qui détient tous les trésors.

L'état de faiblesse d'Aline ne lui avait pas permis de suivre à pied le pèlerinage, aussi, put-elle se rendre tout de suite auprès du trône de sa souveraine, qui lui avait pour ainsi dire donné ce rendez-vous.

Quand elle pénétra dans cette oasis de lumière où la grande Reine a bien voulu fixer sa demeure, la fillette demeura interdite des belles choses qui frappaient son regard. Cet autel ruisselant d'or, ces étincelantes lumières, ces bannières où la qualité des étoffes le dispute aux fines broderies, ces lampes d'argent qui brûlent tremblantes, cette

cloche miraculeuse suspendue à la voûte, ces bijoux, ces brace-
lets, ces couronnes, l'émurent si fort qu'elle se retourna ravie :

« Oh ! mère, que c'est beau ! je n'ai jamais rien . vu
de pareil ! »

Puis soudain elle se mit à prier ardemment. Parfois ses
lèvres s'entr'ouvraient et on l'entendait dire distinctement :
« Bonne Vierge, si vous me guérissez, je communierai,
toute ma vie, tous les premiers dimanches du mois et à
toutes vos fêtes. »

Ce vœu, subitement sorti de ce jeune cœur, effraya à bon
droit sa mère. Une promesse aussi formelle, aussi solennelle,
qui empruntait aux circonstances dans lesquelles elle se
produisait une gravité peu ordinaire, ne pouvait ainsi lier
pour toujours une enfant inexpérimentée. Il fut convenu
qu'Aline ne prenait cet engagement que pour dix années,
et que ce laps de temps écoulé, on serait toujours à même
de le lui faire renouveler.

La nuit vient surprendre dans son interminable prière
ce groupe fervent, qui ne s'était aucunement préoccupé de
chercher un abri. La fillette ne s'en inquiéta pas. « Si nous
ne trouvons pas de lit, dit-elle à sa mère, nous coucherons
dans l'église », savourant d'avance les délices d'un tête-à-tête
avec le tabernacle. Elle ignorait, dans sa candeur, que
l'hospitalité, cette sœur aînée de la charité, ne s'accorde
dans le lieu saint qu'aux jours pressés de la retraite, alors
que les hôtelleries et maisons particulières ont des murs
trop étroits pour contenir et loger les foules qui débordent
de toutes parts.

Ce soir-là, Aline ne sentit aucun soulagement à son douloureux état. Sa main continuait, dans son mouvement

désordonné, de marteler sans cesse sa poitrine, ce qui donnait à ceux qui la regardaient comme une espèce de vertige.

À genoux, dans sa chambre, elle renouvela ses supplications, si bien qu'une sœur, qui passait dans les corridors, put entendre les paroles ingénues que sa foi enfantine savait si bien trouver, et qui lui valurent de la part de la bonne religieuse ces deux mots si doux à ceux qui souffrent : « Oui, vous guérirez. »

Le lendemain, à l'aurore, la petite colonie de Ségur se trouva rangée autour de son curé pour commencer à genoux, armée du chapelet, l'assaut de la sainte montagne Une fatigue extrême est ordinairement le résultat de cette salutaire pénitence. M. Dallet fut obligé d'attendre le retour de ses forces avant de s'avancer au pied de l'autel. Enfin à 7 heures 1/2 les paroles sublimes du roi-prophète retentissent :

« Je m'approcherai de l'autel de Dieu, du Dieu qui réjouit ma jeunesse.

« Puisque vous êtes ma force, ô mon Dieu, pourquoi suis-je dans la tristesse ?

« Espérez en Dieu : je lui rendrai des actions de grâces.

« Notre secours est dans le nom du Seigneur. »

Ce jour-là, mardi, 18 septembre 1891, l'église célébrait la fête de Saint Joseph de Cupertino, qui fut délivré dans sa jeunesse, par le secours de la Très Sainte-Vierge, d'une longue maladie supportée avec patience, disent les auteurs de sa vie. En reconnaissance d'un tel bienfait, il s'appliqua de plus en plus aux œuvres du salut et aima sa Mère du Ciel d'un amour plus fort, plus filial en cherchant à répandre autour de lui cet amour qui l'embrasait.

Aline, certainement, ignorait ces détails, mais elle n'en avait nul besoin pour augmenter sa confiance. Elle attendait, anxieuse, frémissante, comme l'esclave qui guette le signe du maître qui va faire tomber ses chaînes.

Elle se lève pour aller prendre sa part du festin céleste qui est offert, et, soudain, elle sent à l'épaule droite une violente douleur suivie d'un indicible tressaillement. Ses doigts se détendent, elle peut joindre les mains en regagnant sa chaise ; son bras perd sa raideur, le sang y circule à flots, le mouvement brutal qui l'agitait sans cesse diminue par degré, l'équilibre du corps s'opère.

...Celle qui ne voit que Dieu au-dessus d'Elle et que tous les siècles proclament heureuse, celle qui est discernée entre tous les saints comme le soleil entre tous les astres, la première de la nature humaine qui prononça le nom de salut, « la très puissante Vierge Marie, d'un geste venait de remettre tout en place dans ce petit corps : Aline était guérie...

Pour ne jeter aucun trouble parmi les fidèles, l'enfant, pendant quelques instants, garda le silence, mais, n'y pouvant plus tenir, elle regarda sa mère et lui dit bien bas : « Je suis guérie. »

La mère se retourne et, prête à en mourir, elle lui ordonne en tremblant de faire le signe de la croix. Cette main, si longtemps liée, se meut sans effort. Sans aucune gêne, ni la moindre souffrance, Aline la porte à son front et, pour la première fois depuis deux mois, elle peut tracer sur elle le signe sacré de notre rédemption.

Personne dans la chapelle ne s'aperçut de ce fait extraordinaire, de cette miraculeuse opération, qui venait de s'accomplir. Aline, noyée dans l'extase d'un calme délicieux, pouvait être comparée à un voyageur poursuivi dans sa course par un monstre furieux et qui, tout d'un coup, trouve un asile sauveur ; non seulement elle ne souffrait plus, mais le souvenir de ses jours de douleur était même effacé. Par un reste d'habitude, son bras conservait encore un léger tic qui allait s'affaiblissant de minute en minute.

Elle se prépara à entendre la seconde messe qu'allait dire M. le curé de Masseret. La ferveur était si grande que nul ne songea à sortir. Le chapelet médité succéda au chant des cantiques. M. Dallet offrit la première dizaine pour l'Église, la seconde pour la France, la troisième pour son cher diocèse de Tulle, tout particulièrement pour le rétablissement de la santé de son évêque ; la quatrième pour les deux paroisses sœurs, qu'une attention délicate de la Providence avait si heureusement fait rencontrer, et enfin à la cinquième, d'une voix que l'émotion rendait plus persuasive, il recommanda à N.-D. de Roc-Amadour sa petite paroissienne si affligée, si malheureuse.

A cette prière si suppliante répondirent des sanglots mal contenus, des larmes que la reconnaissance faisait répandre à une mère. Qui peut empêcher le cœur d'éclater quand il est trop plein ?

« Ah ! se dit le bon prêtre, c'est sans doute Aline qui pleure et se désespère parce qu'elle n'est point exaucée. » Et en même temps il cherche à la découvrir parmi les visages qui lui sont connus, comme pour lui faire signe d'espérer contre toute espérance !

Il est triste, mais non abattu. Ses invocations se terminent pour faire place à M. l'abbé Challong, chapelain de la Vierge, qui va prophétiser sans le savoir. *Fecit potentiam in brachio suo*, dit-il, « Le Seigneur a montré sa puissance et a accompli des merveilles par le bras de sa divine Mère. » Qu'aurait-il ajouté de plus s'il avait connu le prodige, et qu'elle n'a pas dû être sa joie, plus tard, en apprenant que lui, le premier, avait entonné ce verset triomphant du *Magnificat* pour narrer dans un beau langage les gloires de sa Souveraine !

Après le salut, on organise le chemin de la croix dans la montagne ; nos dévoués pèlerins ne se lassaient pas. Que vient-on faire, en effet, sous ces roches désertes, sinon continuer la prière que le grand Amateur avait inaugurée ? Ne dit-on pas que le plus illustre et le plus vénéré des sanctuaires espagnols, « *Nuestra Senora del Pilar* », d'après une tradition digne de la foi la plus absolue, ne reste jamais sans une âme qui y prie, depuis l'aube jusqu'à la chute du jour ?

N.-D. de Roc-Amadour est âgée des mêmes siècles que sa sœur, la Vierge de Saragosse, et, comme elle, elle a entendu les mêmes soupirs, les mêmes gémissements, les mêmes supplications douloureuses. N'est-elle pas le refuge assuré de tout ce qui souffre et de tout ce qui pleure ? N'entend-on pas de tous côtés ces mots que laisse échapper l'inconsolable désespoir : « Secours, consolation, cause de la joie, priez pour nous ! secourez-nous ! »

Oh ! oui, Roc-Amadour comme Saragosse a sa garde d'honneur, et, ici comme là-bas, l'effigie miraculeuse reçoit les mêmes suppliantes prières et la même vénération.

Aline, sa tante et sa mère arrivèrent jusqu'à la grotte du

Saint-Sépulcre sans dévoiler le secret qui les avait comme transfigurées. Tout entières à leur dévotion, elles n'entr'ouvraient les lèvres que pour remercier et bénir.

Enfin, tout était terminé. M. le curé de Ségur, s'adressant aux pèlerins de Masseret, leur dit dans un chaud langage qu'à l'avenir les deux paroisses ne feront qu'une seule famille, qu'un lien venait de les unir et que de cette journée ineffable tous garderaient le souvenir le plus doux. Il disait vrai. A ce moment, s'avance vers lui la pieuse enfant, la main ouverte et tendue, le bras tranquille et flexible, montrant, dans un jeu d'articulation inconnu depuis bien des jours, l'incomparable faveur qu'elle vient d'obtenir.

La foule curieuse et frémissante entoure M. Dallet, qui a de la peine à contenir son trouble d'écrasante félicité. Les rocs et les monts retentissent d'exclamations joyeuses, de transports délirants. Le vallon ténébreux s'est transformé en jardin de lumière, qu'éclairent des rayons d'or venus du ciel. C'est à qui prendra cette main touchée par celle de la Vierge puissante, à qui l'embrassera comme pour y respirer le parfum divin qui vient d'y passer. C'est plus que du bonheur qu'on lit sur les fronts, c'est une victoire dont chacun revendique sa part, car au retour on sera fier de dire : « C'était un beau pèlerinage et j'en étais ! »

Prière. — N.-D. de Roc-Amadour, céleste aurore, jetez un regard particulier de tendresse et d'amour sur les petits enfants qui sont venus ce soir vous former une couronne.

En souvenir de vos jeunes ans, de votre séjour au temple, de votre obéissance, de votre candeur et de toutes les vertus gracieuses qui ornaient votre jeune front comme des étoiles, ne les oubliez pas dans ce jour.

Le vent des mauvaises doctrines souffle de toutes parts, ils sont bien exposés. Jamais, en aucun temps, le péril pour eux ne fut plus extrême. La prière est abandonnée, l'image du Christ, leur modèle, a disparu des écoles, on se croirait revenu au temps barbares où tout était Dieu, excepté Dieu lui-même.

Ah ! de grâce, mère chérie, mettez dans l'âme de ces chers petits une étincelle du feu sacré qui animait la vôtre.

Ouvrez leur esprit aux lumières de la foi, fermez leurs oreilles aux discours impies, faites-leur aimer ce qui est grand, ce qui est beau, ce qui est pur ; qu'à votre exemple leurs premiers pas se dirigent vers la maison du Seigneur pour y apprendre la science qui fait les vrais chrétiens.

Et puisque votre maternelle protection s'étend à tous, sauvez ceux qu'une atroce barbarie transforme en martyrs presque dans leurs berceaux, sans oublier ceux dont on fait des idoles par suite d'une éducation mal comprise et coupable.

C'est un grand art que celui de former la jeunesse, il ne s'acquiert qu'aux pieds du Crucifix, devant celui qui a dit : « Sans moi vous ne pourrez rien faire, laissez venir à moi les petits enfants. »

O vous qui avez toutes les délicatesses du cœur, toutes les sollicitudes de la mère la plus tendre, attirez-les tous à vous, ralliez les tièdes, les hésitants, les trembleurs, que travaille de si bonne heure le respect humain ; arrachez-les à Satan coûte que coûte ; marquez-les du signe de l'ange, afin qu'ils soient un jour l'honneur et la gloire de la France, les soldats de Dieu et de l'Église. Ainsi soit-il.

N.-D. de Roc-Amadour, protectrice des petits enfants et des adolescents, priez pour nous.

CHAPITRE XXIX

Nouveaux Miracles de N.-D. de Roc-Amadour.
— (Suite.) —

Les évènements miraculeux que nous allons raconter sont extraits des annales de N.-D. de Roc-Amadour. Nous les donnons dans l'ordre chronologique.

Le 31 août 1836, Germaine Lacaze, âgée d'environ dix-huit ans, fut portée à Roc-Amadour, pour implorer sa guérison au pied de la Mère des miséricordes. Cette jeune fille, d'un tempérament extrêmement faible, avait perdu l'usage de ses jambes depuis 4 ou 5 ans. Elle sollicitait depuis plus d'un an de ses parents la grâce d'être transportée à Roc-Amadour, ayant la ferme confiance d'obtenir sa guérison par la protection de la Très Sainte Vierge.

En effet, pour elle s'est réalisée la parole de N.-S. Jésus-Christ : « *Fides tua te salvam fecit.* » A peine a-t-elle prié quelques instants aux pieds de Marie, qu'elle recouvre subitement l'usage de ses jambes. Plusieurs personnes, venues avec elle en pèlerinage ont attesté la maladie et la guérison. Et tous les habitants de la paroisse de Saint-Cernin, qui ont connu la malade, qui ont admiré sa guérison subite, peuvent rendre le même témoignage.

— Le 8 septembre 1840, eut lieu à la maison du Refuge, à Cahors, une de ces guérisons où le miracle paraît éclatant. « Une fille, qui avait par sa pénitence expié les péchés de sa jeunesse, se trouvait depuis 25 mois tellement paralysée de toute la partie inférieure de son corps « qu'elle n'y *aurait pas senti l'action de l'eau bouillante.* » A cette infirmité qui l'empêchait de changer les jambes de place dans son lit où elle était réduite à se tenir immobile, se joignirent deux larges plaies qui coulaient continuellement. A l'approche du 8 septembre, sa supérieure, Madame Fournié, lui propose de s'adresser, par une neuvaine de prières, à N.-D. de Roc-Amadour, lui promettant que toute la communauté prierait pour elle. La fille accepte volontiers, et fait sa neuvaine avec une sainte ferveur. Le jeudi, 4ᵐᵉ jour avant la Nativité de la Sainte Vierge, la malade dit à sa supérieure que, « *le huit, elle sera morte ou guérie.* » La prédiction s'accomplit. Le 8, au matin, pendant que le Saint Sacrifice se célébrait et que des communions allaient se faire pour la malade, elle se sent tout à coup guérie. Elle descend de son lit, s'habille et bientôt elle est dans les corridors et va à la Chapelle. Ses plaies ont disparu au moment de sa guérison, ne laissant qu'une rougeur à la peau pour montrer qu'elles ont existé. Son médecin, Monsieur Bonhomme, déclare que cette guérison est *surhumaine.* Monsieur Baudrez, Supérieur du Grand Séminaire et Monsieur le professeur de dogme visitent la miraculée qu'ils avaient vue très souvent dans son lit.

Le professeur de dogme envoie à Monseigneur Bardou qui présidait en ce moment la retraite à Roc-Amadour une relation dans laquelle il considère cette guérison comme tout à fait miraculeuse. [1] »

Le 12 septembre 1842, M. l'Abbé Mousset, chanoine honoraire, curé de Notre-Dame, à Cahors, atteste que sa paroissienne, Marie Fourières, âgée de 9 ans à peine, a été guérie, en 1841, d'une paralysie de la moitié inférieure de son corps depuis la ceinture. « Le neuvième jour, après son pèlerinage, elle appela au moment du réveil toute sa famille en s'écriant : je suis guérie, et pour le leur prouver, elle s'habilla seule, descendit de son lit et marcha au grand étonnement de ses parents qui, depuis plus de 4 ans, étaient obligés de la coucher et de la lever comme un enfant au berceau. Elle vint déposer dans la chapelle miraculeuse ses béquilles, avec lesquelles elle pouvait à peine se traîner, en reconnaissance de son heureuse guérison.

Voici un miracle qui prouve une fois de plus l'amour de Marie pour les petits enfants

Joseph Alazard de Cahors, paroisse de la Cathédrale, était estropié de naissance. A l'âge de 7 ans, il ne pouvait changer de place qu'en se traînant sur les mains. Sa mère, veuve Alazard, et sa sœur Caroline le portèrent à Roc-Amadour, en 1842, et l'enfant éprouva une certaine amélioration qui lui permit de marcher avec de petites béquilles.

Or, dans l'octave de la Nativité, en 1843, on ramena le cher enfant à Notre-Dame et, cette fois, Marie mit le comble aux vœux de la pieuse famille. L'enfant fut si bien guéri qu'il ne restait plus rien de son infirmité native. C'est

---

[1] Annales de N.-D. de Roc-Amadour.

ce que sa mère et sa sœur attestent naïvement en ces termes : « Quelle fut alors notre surprise et notre joie, lorsque nous le vîmes courir à toutes jambes, comme les enfants de son âge, poursuivant les poules de l'aubergiste où nous avions déposé notre voiture. »

« C'est comme un monument de la puissance de Marie sur les infirmités humaines que les parents de cet enfant. ont déposé dans la chapelle de la Sainte Vierge les béquilles dont il se servait dans les derniers temps de son infirmité et, qu'ils ont signé la constatation du miracle déposée aux archives du pèlerinage.[1] »

Mai 1844. — M. l'Abbé Fraysse, vicaire de Beaulieu, dépose à Roc-Amadour l'attestation d'une guérison très extraordinaire, obtenue par l'intercession de Marie, en faveur d'un jeune enfant de la ville de Beaulieu. Nous laissons la parole à M. l'Abbé Fraysse lui-même.

— » Anne Faurie, domiciliée de la ville de Beaulieu (Corrèze), avait un enfant âgé de trois ans qui ne pouvait absolument pas se tenir droit sur ses jambes. Cette pieuse femme, inquiète de ce que son fils unique ne pouvait marcher, consulta, mais inutilement, tous les médecins de l'endroit. Enfin, elle présenta son enfant à M. Chamard de Tulle. Celui-ci, après avoir examiné les jambes du pauvre petit : « Ma bonne femme, dit-il, votre enfant n'a rien de cassé, il n'y a par conséquent pas d'opération à faire : je ne puis vous le guérir. C'est un défaut de naissance, ou bien le résultat de quelque attaque. »

» L'habile docteur ne se trompait pas. L'enfant avait eu

(1) Annales.

des attaques qui l'avaient mis dans ce pitoyable état, car, avant cet accident, il marchait depuis environ un mois. — « Comment, reprit donc la mère désolée, il n'y a donc pas de remède à son mal ? — Non, reprit le docteur, votre enfant sera estropié. »

» De retour à Beaulieu, cette bonne mère vint me trouver pour me prier de lui acquitter une messe en l'honneur de N.-D. de Roc-Amadour, afin de lui demander la guérison de son enfant. Je lui conseillai de faire une neuvaine : elle me le promit et tint parole. Comptant peu, sans doute, sur l'efficacité de ses prières, elle recourut à une pieuse fille, nommée Antoinette Maison-Neuve, qui avait une tendre dévotion pour la Sainte Vierge. Elles commencèrent ensemble la neuvaine : tous les jours, à la même heure, elles allaient se prosterner au pied d'une statue de la Sainte Vierge. Elles ne prièrent pas en vain celle que l'Église nomme la consolatrice des affligés. Le neuvième jour, Anne prit son enfant et se rendit à l'église pour entendre la Sainte messe à l'heure que je lui avais fixée. Le saint sacrifice terminé, elle reprit entre ses bras son enfant qui ne pouvait pas encore marcher. Mais à peine est-elle sortie du lieu saint, qu'arrivée sur la route, l'enfant s'écrie : maman, descends-moi je veux marcher. A ces mots, la mère met son fils à terre, et l'enfant se mit à marcher sans aucune difficulté, au grand étonnement des personnes qui furent témoins de cette guérison si subite et si extraordinaire. L'heureuse mère, ne se possédant pas de joie, courut vite, avec son cher miraculé, à la maison, pour annoncer à son mari l'étrange évènement qui venait de s'accomplir. Ensuite, elle courut auprès de la pieuse demoiselle, qui avait fait la neuvaine avec elle, pour lui témoigner sa reconnaissance et la faire participer à son bonheur. [1] »

Le 10 septembre 1847, Madame Marie Estrade, née Castanet, de Cuzance, dépose à Roc-Amadour la déclaration que, le 10 septembre 1846, elle vint implorer la guérison de ses yeux dont elle souffrait depuis six mois, à tel point qu'elle n'y voyait pas assez pour s'occuper de ses affaires. Elle vint à Roc-Amadour dans l'octave de la nativité 1846. — « Je montai, dit-elle, à genoux les escaliers, suppliant notre bonne Mère d'avoir compassion de moi. Je ne fus pas plutôt arrivée à la chapelle miraculeuse que je me sentis complètement guérie. Depuis un an que cette grâce m'a été accordée je n'ai pas eu la moindre souffrance. Puisse le témoignage que je donne aujourd'hui augmenter la dévotion envers N.-D. de Roc-Amadour, à qui je dois une éternelle reconnaissance. »

Voici l'un de plus beaux miracles que nous trouvons dans les annales de N.-D. de Roc-Amadour. Nous nous faisons un devoir de rapporter textuellement la relation qui a été consignée aux archives du pèlerinage, sous la signature de M. Pons, missionnaire, et de plusieurs autres témoins.

L'an 1848, le 16 mai, à 11 heures du matin, il s'est présenté à la chapelle miraculeuse de Roc-Amadour, une jeune fille originaire de la Bretagne, habitant depuis quelque temps à Cahors, avec sa mère. Cette jeune fille, appelée Maria Philippe, perclue de tous ses membres, aveugle et muette depuis plusieurs mois, manifestait depuis sa maladie, le désir d'aller prier dans la Chapelle de Marie, à Roc-Amadour.

(1) Lettre de M. l'Abbé Fraysse à M. Jouffreau, Supérieur de Roc-Amadour.

Sur ses demandes réitérées, sa mère consent à hasarder ce voyage. On dépose cette jeune fille dans une voiture et, après beaucoup de fatigues, elle arrive avec sa mère, au bas de l'escalier qui conduit à la chapelle ; elle est déposée sur une chaise, transportée par deux hommes dans l'oratoire de Marie ; là, interrogée par M. Pons, missionnaire diocésain, si elle désire recevoir la communion, elle fait signe que oui (car elle ne peut parler). Après quelques prières que tous les assistants ont adressées à Marie pour obtenir la guérison de cette infirme si digne de compassion, la sainte Communion lui est donnée : à peine l'a-t-elle reçue dans son cœur embrasé d'amour pour le Dieu de toute sainteté, que ses yeux s'ouvrent à la lumière et restent longtemps fixés sur l'image Auguste de Marie.

Le missionnaire qui l'assiste voyant le premier effet de la grâce, l'engage à prononcer le nom vénéré de Marie, ma mère, et au même moment, la jeune fille sent sa langue se délier et d'une voix distincte elle s'écrie : Marie, ma mère ! Marie, ma mère ! Son bras qu'elle ne pouvait remuer s'agite et reprend ses mouvements ordinaires, sa jambe, depuis longtemps pliée sur elle-même, s'allonge.

Tous les assistants, qui étaient au nombre d'une trentaine, frappés d'une pareille guérison, s'écrient d'une voix unanime : au miracle ! au miracle ! Tout le monde tombe à genoux et verse des larmes de joie et de reconnaissance.

Le prêtre qui assiste à la cérémonie entonne un *Te Deum* en action de grâce, le peuple sonne les cloches à toute volée, tout le monde court et veut voir celle que Marie vient de guérir d'une manière si extraordinaire et si miraculeuse.

Septembre 1888. — Melle Marguerite Laquérie, domestique chez Madame Élizabeth de Parieu, était atteinte depuis six mois d'une maladie d'estomac qui faisait des progrès désolants. Le médecin déclara qu'il reconnaissait dans l'état général de la malade, notamment dans la nature de ses vomissements souvent accompagnés de sang, les symptômes d'un abcès.

Une pieuse amie de Marguerite voulut l'entraîner à Roc-Amadour. Le démon chercha sans doute à empêcher la réalisation de ce pieux dessein, car, au moment surtout du départ, Marguerite éprouvait une grande répugnance à faire ce pèlerinage, quoique elle eut au fond la pensée que, si elle allait à Roc-Amadour, la Sainte-Vierge, qui l'y avait guérie miraculeusement, il y a vingt ans, l'y guérirait une seconde fois.

Enfin, Marguerite, pressée par la gravité du mal, surmonta ses appréhensions, et le 7 septembre 1888 elle arrivait à Roc-Amadour. Après avoir prié quelques heures dans le sanctuaire, où elle se sentait d'abord anéantie par la fatigue, elle éprouva un fourmillement dans tout son corps : Marguerite était guérie, radicalement guérie. Elle n'éprouvait plus ses souffrances habituelles, elle sentait un appétit qu'elle ne connaissait plus depuis longtemps. Elle mangea comme tout le monde. La nuit, il est vrai, la Sainte-Vierge voulant sans doute éprouver sa foi permit qu'elle souffrit encore un peu, mais Marguerite ne douta pas que notre Mère du Ciel n'eut fait complètement son œuvre et bientôt elle s'endormit d'un profond sommeil.

C'était le 7 septembre, veille de la nativité de Marie. Depuis, Marguerite est absolument guérie, guérie sans convalescence et sans la moindre rechute. Gloire et actions de grâces à N.-D. de Roc-Amadour ! !

20 Janvier 1887. — Marie-Geneviève Augé, une enfant de trente mois, était atteinte de laryngite suffocante. Quatre médecins, appelés auprès d'elle, ont été trois fois sur le point de lui faire l'opération de la trachéotomie. Désespérée, sa mère la voue à N.-D. de Roc-Amadour et promet un pèlerinage et un ex-voto. Immédiatement, l'asphyxie commence à diminuer ; la respiration se rétablit peu à peu, bientôt l'enfant s'endort d'un sommeil paisible et la guérison s'est maintenue complète.

Nous venons de raconter les principaux miracles consignés dans les annales de N.-D. de Roc-Amadour, depuis la restauration de notre cher pèlerinage. Un grand nombre d'autres grâces extraordinaires y sont mentionnées. Mais nous avons glané les guérisons qui nous ont paru marquées d'un caractère miraculeux plus visible, celles où le surnaturel apparaît avec plus d'éclat. N'est-ce pas assez pour édifier les pieux serviteurs de Marie et leur faire aimer et bénir le nom de N.-D. de Roc-Amadour ?

Prière. — N.-D. de Roc-Amadour, priez pour nous.

« Je vous salue Marie, Mère de Dieu, vous qui dans votre sein virginal, avez renfermé l'*Immense* et l'*Incompréhensible ;* vous par qui la Sainte Trinité est glorifiée et adorée, vous par qui la croix précieuse du Sauveur est exaltée par toute la terre ; vous par qui le Ciel triomphe, les anges se réjouissent, les démons sont mis en fuite, le tentateur est vaincu, la créature coupable est élevée jusqu'au ciel, la connaissance de la vérité est établie sur les ruines de l'idolâtrie ; vous par qui les fidèles obtiennent le baptème et sont oints de l'huile de joie ; par qui toutes les églises du monde ont été fondées et les nations amenées à la pénitence ; vous enfin par qui le Fils unique de Dieu, qui est la lumière du monde, a éclairé ceux qui étaient assis dans les ombres de la mort...... Est-il un homme qui puisse vous louer dignement, ô Incomparable Marie [1] ! » Nous confessons humblement notre impuissance. Mais vous, ô bonne Mère, daignez agréer nos hommages, si indignes qu'ils soient de Votre Majesté, daignez nous accorder la grâce de connaître plus parfaitement celui qui est la voie, la vérité et la vie, Votre Fils, la lumière du monde. Ainsi soit-il.

N–D. de Roc-Amadour, priez pour nous.

----

(1) Saint Cyrille d'Alexandrie. p. 72. T. II.

CHAPITRE XXX

La retraite de N.-D. de Roc-Amadour.

Il est difficile de rendre l'impression qu'on éprouve à Roc-Amadour lorsque, seul, dans le silence et la paix, loin du murmure des foules, on a le bonheur de le visiter.

Même au cœur de l'hiver il se rencontre parfois des jours pleins de soleil. Telle était la journée du 16 février 1896. Le soleil matinal jetait à profusion l'or de ses rayons sur la vallée d'Alzou, un nuage bleu couvrait le vallon et son azur se mariait à l'éclatante lumière de l'astre du jour, dans une harmonie indéfinissable.

Les cimes des rochers géants que domine le rempart du château, avec sa flèche élancée, les toitures, les tourelles, les murs grisâtres des édifices sacrés étincellent de mille feux, et là bas, sous la brume azurée, apparaît Roc-Amadour qui semble se presser aux pieds de Notre-Dame, comme pour lui faire un rempart de sa poitrine.

On dirait que la Reine de céans jette à pleines mains la chaleur, la lumière et l'amour sur cette nature morte qui tressaille déjà au souffle vivifiant de la résurrection printanière.

O vallée d'Alzou, vallée ténébreuse, refuge des Druides

qui y sacrifiaient à Sulivia, à la Vierge qui devait enfanter, d'où te vient cette transformation ?

Ah ! les fidèles serviteurs de N.-D. de Roc-Amadour le savent. C'est Zachée, c'est Véronique, ce sont les Apôtres des Gaules, qui arrivent sur un frêle esquif et t'apportent la lumière qui te fait resplendir à travers les siècles et qui t'inonde aujourd'hui.

Et cependant Roc-Amadour est dans la solitude, les routes, les sentiers qui conduisent à la chapelle miraculeuse sont déserts. Çà et là, l'on voit un laboureur qui pousse sa charrue, un berger qui mène ses brebis, un charretier qui frappe son âne avec colère, quelques rares pèlerins que la solitude de ces rochers attire comme autrefois Zachée.

Suivons leurs pas, entrons dans la chapelle. Quel religieux silence ! Là, sont des ex-voto de tant de cœurs qui se sont voués à Marie. Leur langage muet redit à Notre-Dame leur foi et leur amour. Là, dans le tabernacle doré, repose le fils de Marie. Autour de lui tout est paix et silence.

> « *Tout se tait au désert, toutes voix sont éteintes,*
> *Un silence profond sur ces ruines saintes,*
> *Pas une brise au ciel, pas un bruit alentour,*
> *Et la Reine des nuits de sa douce lumière*
>   *Avec amour éclaire*
>   *Roc-Amadour.* »

Mais ce ne sont plus des ruines. Sous l'impulsion de Monseigneur Grimardias, Roc-Amadour a repris l'éclat des siècles passés, et les voûtes aujourd'hui muettes de ses églises, retentiront demain, comme elles retentissaient hier, des chants et des prières en l'honneur de Marie.

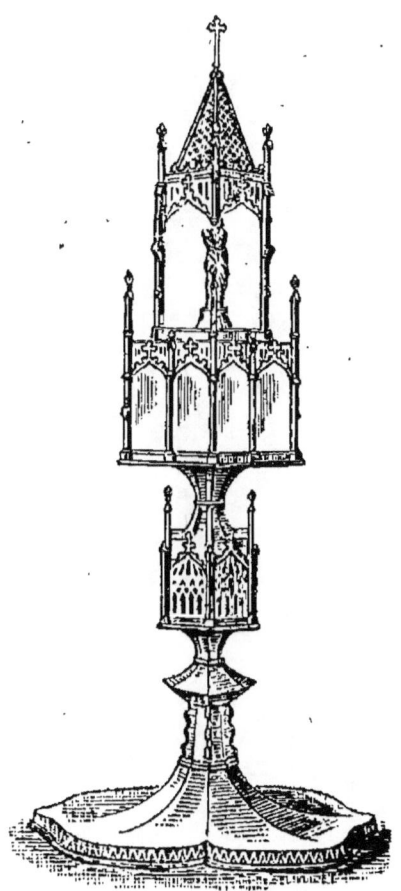

PETIT RELIQUAIRE

Voici le mois de Mai avec ses beaux jours, ses parfums et ses fleurs. La nature ressuscitée revêt sa parure.de jeunesse. La vallée d'Alzou se couvre de gazon, les rochers grisâtres s'encadrent de verdure. Les chants pieux réveillent

« les échos de la vallée heureuse »

et mêlent leurs notes suaves au gazouillement des oiseaux sur les grands arbres de la montagne. Ainsi Roc-Amadour reprend ses airs de fête, son mouvement et sa vie : la saison des pèlerinages est rouverte. Durant tout l'été les pieux serviteurs de Marie vont se succédant aux pieds de ses autels, tantôt par grandes affluences, tantôt par petits groupes. La gare de Roc-Amadour enregistre en moyenne 30.000 visiteurs par an. D'ordinaire, les grandes foules se réservent pour la retraite qui s'ouvre, aux premières vêpres de la fête de la Nativité de la Sainte-Vierge, par une procession solennelle que les chapelains de Notre-Dame font chaque année à l'Hospitalet, conformément à une tradition d'après laquelle, au moyen-âge, les moines gardiens du pèlerinage allaient en grande pompe recevoir les pèlerins à la chapelle de l'Hôtellerie.

Quelles sont les origines de la retraite de Roc-Amadour ?.. Oh ! elles ne se perdent pas « dans la nuit des temps ». La fondation de la retraite de Roc-Amadour est de date moderne, presque contemporaine ; mais cette retraite a fait en soixante ans tant de bien aux âmes, elle a attiré auprès de la Mère de Dieu tant de pieux pèlerins, qu'elle se place, sans contredit, parmi ces institutions durables qui caractérisent la vie d'un peuple. Le Quercy, le Limousin, le Rouergue, accourent à Roc-Amadour durant ces jours bénis, attirés par l'éclat des cérémonies, par l'éloquence des prédicateurs, par le zèle des confesseurs qui se dévouent jour et nuit à la dure tâche de la purification des âmes.

Or, voici son origine. Ainsi que nous l'avons vu plus haut, le P. Caillau est le premier restaurateur du pèlerinage de Roc-Amadour. Or, il fit vœu, s'il recouvrait la santé perdue dans les travaux du saint ministère, de donner pendant quatre ans une retraite annuelle à Roc-Amadour. Ce fut en 1835 qu'il inaugura la première retraite avec le concours de M. Bonhomme, missionnaire diocésain, fondateur de la congrégation de N.-D. du Calvaire, à Gramat. Cette retraite produisit les fruits les plus consolants, ce qui encouragea puissamment M. Caillau à poursuivre son œuvre. Il la continua, en effet, jusqu'à sa mort et, en mourant, il avait la consolante certitude qu'elle ne mourrait pas avec lui.

Cependant le P. Caillau ne pouvait prévoir les développements que prendrait son institution. Grâce au zèle des successeurs du vaillant apôtre, grâce à la sollicitude des évêques de Cahors, la retraite de N.-D. de Roc-Amadour est aujourd'hui à son apogée.

Voyons maintenant en quoi elle consiste. C'est une grande mission prêchée d'ordinaire par un orateur étranger au diocèse. Monseigneur l'Évêque de Cahors se fait un devoir de présider, autant que les circonstances le permettent, les divers exercices ; il prend lui-même souvent la parole et ses exhortations paternelles sont toujours écoutées avec respect. Les exercices de la retraite sont multiples et variés, de manière à tenir constamment en haleine les pèlerins qui les suivent. De 5 heures du matin à midi, le

Saint Sacrifice de la Messe est sans cesse offert sur les 16 autels du pèlerinage, et Notre Seigneur ne cesse de s'immoler pour la rédemption des hommes, et tout particulièrement pour le salut des âmes qui assiègent les confessionnaux ou se pressent à la table eucharistique.

La chapelle miraculeuse est particulièrement belle durant la retraite. L'autel de bronze, les ex-voto, les lampadaires, les bannières et les oriflammes qui retombent des voûtes ou tapissent les murs, comme autant de trophées rehaussant le trône de Notre-Dame, élèvent l'esprit et le cœur de la foule vers le Ciel. Au moment de la communion, tandis que de pieux cantiques interprètent les sentiments de tous, on se croirait en effet dans le vestibule du Paradis. Alors l'amour des enfants de Marie s'exhale dans ces hymnes sans cesse dites et redites encore sans jamais se lasser, car « l'amour n'a qu'une parole, il la redit sans cesse et ne se répète jamais. »

La matinée se termine par une grand'messe, souvent messe pontificale, dans la basilique. Cette cérémonie est rehaussée par un grand sermon et un chant magistral. A deux heures, les vêpres suivies du sermon ouvrent les exercices du soir ; puis vient le chemin de croix dans la montagne ; enfin, vers les six heures du soir, le salut dans la chapelle miraculeuse vient clore les exercices de ces précieuses journées. Rien de plus touchant que cette cérémonie du soir. Les ombres de la nuit tombent des rochers ; elles descendent peu à peu et envahissent les sanctuaires. Les lumières projettent leur éclat sur les émaux et les pierreries. Comme les bas reliefs, qui redisent avec un art infini les grands événements de l'histoire, ressortent bien sous ces feux accumulés. C'est l'heure de la prière : les pèlerins se pressent aux pieds de N.-D. de Roc-Amadour. Le clergé en habit de chœur entoure l'autel de Marie. Les artistes, qui prêtent au pèlerinage le concours de leur talent, interprètent à ravir le sentiment de la prière. Devant Jésus exposé sur l'autel, les notes graves, lentes, suppliantes, des litanies de la Sainte-Vierge montent de tous les cœurs et s'exhalent sur les lèvres, tandis que l'orgue les accompagne de son doux gémissement.... C'est la prière dans son intensité qui remue toutes les âmes jusqu'au fond des entrailles.

Et la Reine, là-haut sur son trône, semble sourire à ses enfants du XIXᵉ siècle, comme elle a béni les générations des âges passés.

Reste maintenant à étudier les effets surnaturels de cette série de fêtes qui remplissent l'octave de la Nativité de la Sainte-Vierge. La conversion des pécheurs et la sanctification des âmes, tel est en effet le but de la retraite. Dans quelle mesure est-il atteint ?.. La réponse à cette question n'est pas facile. Les hommes ne voient que l'extérieur des choses, tandis que Dieu lit au fond des cœurs. Cependant, s'il nous est permis d'en juger par nos observations personnelles et mieux encore par l'expérience de nos confrères, nous pouvons assurer que les résultats atteints chaque année sont pleins de consolation.

Il existait dans les temps anciens des villes de refuge. Si le condamné pouvait entrer dans l'enceinte sacrée il était sauvé. Parfois le temple était le lieu de refuge et l'on voyait le criminel embrasser l'autel en implorant miséricorde. Au point de vue spirituel, tel a été de tout temps et tel est encore Roc-Amadour. Durant la retraite, les pécheurs viennent nombreux se jeter aux pieds de Celle que nous invoquons sous le titre de refuge des pécheurs. Peut-on douter que, dans les bras de cette Mère, ils ne reçoivent le pardon de leurs fautes et ne recouvrent l'innocence perdue.

Parmi ces âmes coupables, on peut distinguer les pusillanimes, à qui le courage manque pour accuser les péchés à leur confesseur ordinaire. A Roc-Amadour, outre les grâces exceptionnelles du pèlerinage qui les disposent à la bonne réception du Sacrement de Pénitence, elles se confessent à des prêtres inconnus et l'aveu devient plus facile. Il est vrai, que le prêtre qui voudrait appliquer à son pénitent les vingt-quatre articles de Nicole sur la confession ne doit pas aller à Roc-Amadour. Mais, grâce à Dieu, le Jansénisme, qui a fait peut-être plus de mal à l'Église de France que le protestantisme, a vécu. Il est vrai aussi que certains égarés peuvent abuser de cette facilité pour se livrer à de plus grands désordres. Ceci prouve tout simplement que la perversité humaine peut abuser des meilleures choses. Mais quelques abus regrettables ne doivent pas nous empêcher de bénir la bonté divine qui met la voie du salut à la portée de tous, et il ne nous appartient pas d'imposer des limites à la miséricorde de Dieu.

On peut distinguer encore une autre catégorie d'âmes qui, poussées par le respect humain ou par d'autres sentiments inavouables, sont tombées dans le sacrilège. Pour celles-ci, surtout, un confesseur extraordinaire est indispensable. Il est des plaies intérieures qui ne se guérissent que dans une mission ou dans un pèlerinage, sous l'action d'une grâce extraordinaire qui remue l'âme, comme la parole du Sauveur secoua Lazare dans le tombeau : « *Lazare, veni foras.* » La conversion d'un pécheur est un miracle aussi merveilleux que la résurrection d'un mort, et nôus avons la consolation de croire que ce miracle se multiplie à Roc-Amadour, surtout durant la retraite.

Cependant il n'y a pas que les pécheurs qui viennent honorer Marie en son sanctuaire. Bien plus nombreuses sont les âmes saintes qui accourent de la France entière aux pieds de N.-D. de Roc-Amadour. Un grand nombre ont reçu le Sacrement de Pénitence avant leur départ pour le pèlerinage, et on les voit, pieuses et recueillies, heureuses d'une joie céleste, recevoir dans la Sainte Communion le Fils de la Vierge Marie, objet de tout leur amour, et puis, on les entend célébrer les gloires de Marie dans des Cantiques sans fin dont l'écho sans doute retentit au Ciel. Elles viennent ici, ces saintes âmes, éclairer leur foi, affermir leur espérance, raviver leur charité, agrandir leur sainteté, multiplier leurs mérites, puiser, en un mot, aux sources mêmes de la grâce les dons surnaturels que les mains inépuisables de Marie distribuent à ses fidèles enfants.

Rappelons enfin, que la Sainte-Vierge a daigné plusieurs fois bénir ces jours de prière et de salut, en accordant ces miracles extérieurs et signalés que nous avons mentionnés plus haut. Ne devons-nous pas regretter qu'ils ne soient pas plus nombreux ?... Ah ! si l'on priait ici comme à Lourdes, sans doute nous verrions les mêmes miracles qui illustrent le grand pèlerinage du XIXᵉ siècle se multiplier également à Roc-Amadour, car c'est la foi sur les ailes de la prière qui fait violence au Ciel.

Mais n'empiétons pas sur le dernier chapitre de cet ouvrage où nous allons mettre en parallèle Lourdes et Roc-Amadour.

Prière. — N.-D. de Roc-Amadour, priez pour nous.

Très Auguste Mère de Dieu, pour mieux toucher votre cœur maternel, permettez-nous d'emprunter les paroles et les sentiments d'un saint qui a reproduit d'une manière si admirable la douceur et la bonté du cœur de Jésus, votre Fils. Sa supplique, nous la faisons notre et nous vous conjurons, par l'amour de Saint François de Sales, envers vous et envers votre Jésus, de vouloir bien l'exaucer en notre faveur.

« Ma très Sainte-Vierge, ma douce Mère, préservez mon corps et mon âme de tous maux et dangers, et de grâce, faites-moi participant de vos biens et de vos vertus, et principalement de votre sainte humilité, excellente pureté et fervente charité. Ne me dites pas, gracieuse Vierge, que vous ne pouvez, car votre bien-aimé Fils vous a donné toute puissance tant au ciel comme en la terre. Ne me dites pas que vous ne devez, car vous êtes la commune Mère de tous les pauvres humains, et singulièrement la mienne. Si vous ne pouviez, je vous excuserais, disant : il est vrai qu'elle est ma mère et me chérit comme son fils ; mais la pauvrette manque d'avoir et de pouvoir. Si vous n'étiez pas ma mère, avec raison je patienterais disant : elle est bien assez riche pour m'assister, mais hélas ! n'étant pas mère elle ne m'aime pas. Puis donc, très douce Vierge, que vous êtes ma mère et que vous êtes puissante, comment vous excuserai-je si vous ne me soulagez et ne me prêtez votre secours et assistance ! Voyez, ma Mère, que vous êtes contrainte à toutes mes demandes. »

Oui, ô N.-D. de Roc-Amadour, vous êtes contrainte à toutes les demandes des pieux pèlerins qui, au prix de mille fatigues, viennent vous implorer dans votre sanctuaire bien-aimé. C'est donc avec une confiance sans limites que nous vous redisons :

N.-D. de Roc-Amadour, priez pour nous. Ainsi soit-il.

CHAPITRE XXXI

Lourdes et Roc-Amadour.

Arrivés à la fin de notre œuvre, jetons un regard sur le chemin parcouru. En tête se place la douce et grande figure de Zachée qui domine l'histoire de N.-D. de Roc-Amadour. Les origines de notre pèlerinage se confondent avec l'évangélisation des Gaules aux temps apostoliques. Léon XIII a daigné exprimer son adhésion à notre glorieuse tradition, en disant à Monseigneur Énard : « Votre pèlerinage de Roc-Amadour je le crois d'origine apostolique. »

Dans une vision lointaine nous avons revu le petit ermitage de Saint Amadour et l'humble sanctuaire qui abrita d'abord la statue miraculeuse. L'autel de pierre brute consacré par Saint Martial subsiste toujours. La Vallée Ténébreuse, centre redouté des cérémonies druidiques, nous l'avons vue s'éclairant peu à peu de la lumière du soleil et, mieux encore, de la lumière du Christ. Nous avons vu les peuplades à demi sauvages des premiers siècles lavées dans les eaux du baptème, se groupant autour du vénéré sanctuaire, au son de la cloche que l'on croit contemporaine de Zachée, sur les flancs de la montagne, sous le regard de la Mère de Dieu. Puis, à travers les siècles, la scène s'agrandit. Les édifices sacrés s'élèvent peu à peu.

Le sanctuaire primitif fait place à la chapelle miraculeuse. Saint-Michel se dresse contre le rocher. Saint-Jean, Saint-Blaise, Sainte-Anne et Saint-Joachim se rangent en couronne autour de Notre-Dame et le Christ Roi domine tout l'ensemble par la basilique dédiée au Sauveur. Voilà comment la foi de nos pères donnait à la matière inerte une âme, une pensée, un sentiment ; voilà comment la pierre devenait éloquente sous l'impulsion de leur génie.

Dans ces sanctuaires élevés avec art, restaurés avec amour, les générations humaines, depuis les temps les plus reculés jusqu'au XVI° siècle, sans distinction de rang ou de fortune, sont venues implorer avec foi la protection maternelle de Marie et déposer à ses pieds l'hommage de leur reconnaissance pour les bienfaits reçus.

Enfin nous avons rappelé les miracles dont la mémoire a échappé au malheur des temps. Hélas, ce que nous avons raconté est peu de chose à côté des événements ensevelis dans les cendres des monuments ou dans la poussière des bibliothèques, d'où ils sortiront peut-être un jour.

Après l'éclipse du XVIII° siècle et de la première moitié du XIX°, sous l'impulsion d'un apôtre que le zèle de la maison de Dieu dévore, Roc-Amadour a repris la vie des siècles de foi. Nous avons suivi pas à pas sa restauration sous Monseigneur Bardou et sous Monseigneur Grimardias.

Or, cinq ans à peine s'étaient écoulés depuis le couronnement de N.-D. de Roc-Amadour par Monseigneur Bardou, au milieu d'un concours de peuple comme le Moyen-Age en vit rarement, lorsque, en 1858, un bruit étrange courut d'un bout de la France à l'autre : la Sainte Vierge apparaissait à une humble bergère de Lourdes.

Les événements qui se sont déroulés à Lourdes, du 11 février au 25 mars 1858, sont présents à tous les esprits.

Le 11 février, Bernadette, sa sœur Marie et Jeanne Abadie, étaient allées ramasser du bois aux roches Massabielles. Il était environ midi lorsque Bernadette, au moment où elle ôtait ses bas pour passer le Gave, entendant autour d'elle comme le bruit d'un coup de vent, releva brusquement la tête, regarda en face et poussa aussitôt, ou plutôt voulut pousser, un grand cri qui s'étouffa dans sa gorge. « Un spectacle vraiment inouï venait de frapper son regard. Au-dessus de la grotte devant laquelle Marie et Jeanne empresssées et courbées vers la terre ramassaient du bois mort ; dans cette niche rustique formée par le rocher; se tenait debout, au sein d'une clarté surhumaine, une femme d'une incomparable splendeur.

» Elle était de taille moyenne. Elle semblait toute jeune et elle avait la grâce de la vingtième année ; mais, sans rien perdre de sa tendre délicatesse, cet éclat, fugitif dans le temps, avait en elle un caractère éternel. Bien plus, dans ses traits aux lignes divines se mêlaient en quelque sorte, sans en troubler l'harmonie, les beautés successives et isolées des quatres saisons de la vie humaine : l'innocente candeur de l'enfant, la pureté absolue de la Vierge, la gravité tendre de la plus haute des maternités, une sagesse supérieure à celle de tous les siècles accumulés, se résumaient et se fondaient ensemble, sans se nuire l'une à l'autre, dans ce merveilleux visage de jeune fille [1] ».

Dix-sept apparitions suivirent cette première. Or la

---

[1] Henri Lasserre : *N.-D. de Lourdes.*

dernière eut lieu le jour même où l'Église célèbre le Mystère de l'Annonciation, de l'Incarnation du Verbe et de la Maternité divine de Marie vénéré depuis tant de siècles à Roc-Amadour. C'était le 25 mars 1858. « Dès que Bernadette fut tombée à genoux l'apparition se manifesta. Comme toujours rayonnait autour d'elle une auréole ineffable, dont la splendeur était sans limites, dont la douceur était infinie : c'était comme la gloire éternelle de la paix absolue. Comme toujours, son voile et sa robe aux chastes plis avaient la blancheur des neiges éclatantes. Les deux roses qui fleurissaient sous ses pieds avaient la teinte jaune qu'a la base du ciel aux premières heures de l'aube virginale. Sa ceinture était bleue comme le firmament ».

Bernadette en extase avait oublié la terre devant la beauté sans tache.

— Oh, Madame, lui dit-elle, veuillez avoir la bonté de me dire qui vous êtes et quel est votre nom.

La royale apparition sourit et ne répondit point.

Trois fois Bernadette redit ses suppliantes paroles : oh, Madame, je vous en prie, veuillez avoir la bonté de me dire qui vous êtes et quel est votre nom.

L'apparition avait les mains jointes avec ferveur et le visage dans le rayonnement de la béatitude infinie. A la dernière question de l'enfant, faisant glisser sur son bras droit le chapelet au fil d'or et aux grains d'albâtre, elle inclina ses deux bras vers la terre, elle les rejoignit avec ferveur, et, regardant le ciel avec le sentiment d'une indicible gratitude elle prononça ces paroles : « Je suis l'Immaculée Conception ».

A peine quatre ans s'étaient écoulés depuis la définition

du dogme de l'Immaculée Conception par le pape Pie IX, lorsque la Vierge Marie donna, comme la réponse du Ciel à la proclamation de son plus beau titre de gloire, sa propre définition : « Je suis l'Immaculée Conception. »

La Mère de N.-S. Jésus-Christ n'avait point dit : « Je suis Marie Immaculée ». Elle avait dit : « Je suis l'Immaculée Conception », comme pour marquer le caractère absolu, le caractère en quelque sorte substantiel du divin privilège qu'elle a eu seule depuis qu'Adam et Ève furent créés de Dieu. C'est comme si elle eut dit, non pas : je suis pure, mais : je suis la pureté même ; non pas : je suis vierge, mais je suis la virginité incarnée et vivante.

« Marie est plus que conçue sans péché : elle est l'Immaculée Conception elle-même, c'est-à-dire, le type essentiel et supérieur, l'archétype de l'humanité sans souillure, de l'humanité sortie des mains de Dieu sans avoir été atteinte par la tâche originelle [1] ».

Tout autre est le mystère honoré à Roc-Amadour. Au chapitre XVIII nous avons établi que Roc-Amadour vénère depuis dix-huit siècles le mystère de la maternité divine. Or, si Marie est l'Immaculée Conception, selon la propre définition qu'elle a donnée d'elle-même, *à fortiori* est-elle la Maternité divine.

En effet, de même que le terme de la prédestination de Jésus-Christ en tant qu'homme a été l'affiliation naturelle de Dieu, dont la béatitude n'est que la suite et l'apanage, selon la parole de Saint Paul : « *prædestinatus est filius Dei in virtute*, » de même le terme de la prédestination de Marie n'a pas été la grâce et la gloire avec les opérations

---

(1) Henri Lasserre.

qui lui appartiennent, mais l'état singulier et incomparable
de la *Maternité Divine* ; de sorte que nous devons lui
appliquer la parole de l'Apôtre : « *prœdestinata est Mater
Dei in virtute.* »

Aussi les Saints Pères ont-ils toujours considéré cette
éminente dignité de *Mère de Dieu* comme la source,
la mesure et la fin de toutes les perfections de Marie.
Les Évangélistes même résument tous les mérites et
toutes les prérogatives de Marie dans ce seul titre de
Mère de Dieu : « *de qua natus est Jesus qui vocatur
Christus* ».

Le même décret éternel par lequel le Père décidait
l'Incarnation de son Fils, constituait Marie Mère de ce
même Fils de Dieu. Ainsi le décret de l'Incarnation a
toujours enfermé celui de la Maternité Divine.

Gardons-nous donc de comparer Marie aux mères
ordinaires, ne nous représentons pas cette qualité de
Mère de Dieu comme lui étant extérieure et acciden-
telle. La maternité divine c'est sa raison d'être, c'est
le principe et le but de sa création, c'est la grâce qui
l'élève au-dessus de tous les anges : elle a été prédestinée, *créée, conçue Mère de Dieu.*

Aussi, comment ne pas admirer la sagesse divine qui
a voulu que ce dogme fondamental des grandeurs de
sa Mère fût connu et professé dans tous les siècles
passés, bien avant que fussent manifestées d'une manière
explicite les diverses prérogatives qui rehaussent en
Marie sa qualité essentielle de Mère de Dieu.

Dès les premiers siècles, la Vierge était appelée :
Deïpara, THEOTOKOS.

Le troisième concile général tenu à Ephèse en 431, présidé par Saint Cyrille d'Alexandrie, déposa Nestorius et définit le dogme de la Maternité Divine. Or, nous avons exposé ailleurs comment Roc-Amadour a été, depuis les premiers siècles, le centre du Culte envers la Vierge Mère de Dieu.

Il était réservé au XIXe siècle de voir s'étendre le culte de Marie dans des proportions qu'aucun siècle n'a jamais égalées ; et c'est la Sainte-Vierge elle-même qui a imprimé à la génération présente ce mouvement de foi, cet élan d'amour envers elle, par ses apparitions multiples à la Salette, à Pontmain et à Lourdes.

Il convenait d'ailleurs que Marie, voulant être honorée sous une autre forme, en un autre mystère, choisit un centre nouveau, mieux en rapport par sa situation topographique avec les nécessités des temps présents. Nous l'avons dit ailleurs, les pèlerinages d'autrefois étaient bien différents de ceux de nos jours : les pèlerins du passé marchaient isolés ou par petites caravanes, et le site de Roc-Amadour, trop resserré contre le flanc de son noir rocher pour recevoir les grandes foules, convenait admirablement par le saisissement religieux, *relligiosus horror*, qu'inspire cette nature sauvage, aux grands siècles de foi et aux mâles vertus de nos ancêtres. Il est dit qu'au Grand Pardon de 1429 qui donna Jeanne d'Arc à la France, les pèlerins affluaient *par files de 30,000 ;* mais, à moins qu'ils n'eussent dressé leurs tentes dans la campagne, comme une armée, on ne peut entendre que 30,000 pèlerins aient pu se voir réunis à Roc-Amadour : le village n'aurait pu les contenir.

De nos jours, Dieu ayant mis la vapeur au service de l'idée religieuse, des foules immenses accourent de toutes parts vers les lieux de pèlerinage. Les roches Massabielle, avec leurs basiliques assez vastes pour contenir 20,000 fidèles, avec leur immense esplanade sur laquelle on a vu jusqu'à 10,000 hommes dont la grande voix s'élevait, pareille au mugissement de l'Océan, pour acclamer l'Immaculée au jour de son couronnement ; la ville de Lourdes avec ses larges rues, ses belles avenues, ses vastes et riches hôtels, est admirablement choisie pour recevoir les peuples que Marie Immaculée attire à elle de tous les points du monde.

Mais est-ce à dire que N.-D. de Roc-Amadour n'aura plus sa place parmi les grands pèlerinages de France ?.. La reine du Ciel en choisissant Lourdes a-t-elle répudié Roc-Amadour ?... En principe, c'est absolument inadmissible. Autant vaudrait dire que le mystère de l'Immaculée Conception éclipse celui de la Maternité. Non ! et ici les faits confirment notre assertion, en choisissant une nouvelle résidence pour la manifestation d'un mystère différent, la Reine de la France n'a pas renoncé à son antique pèlerinage. En effet, si au milieu de notre XIXᵉ siècle les apparitions de la Vierge Marie ont ramené au sein de l'incrédulité présente les manifestations des siècles de foi, il est incontestable que Roc-Amadour a participé à cette renaissance. Vous, qui avez vu Roc-Amadour il y a cinquante ans, allez-y encore et voyez : quelle transformation ! Et, si la restauration de Roc-Amadour a précédé les miracles de Lourdes, c'est bien cependant depuis que les foules se transportent à Lourdes que Roc-Amadour a

vu s'accroître le nombre de ses pèlerins dans des proportions inconnues jusqu'alors.

Concluons donc.

Roc-Amadour n'est pas l'antithèse de Lourdes, ainsi
qu'on l'a écrit ; ou, s'il y a antithèse, elle est uniquement
dans le site. Ces deux pèlerinages ne se contredisent ni
dans les deux mystères qui sont leur raison d'être, ni dans
leur but qui est identique.

Nous dirions volontiers qu'ils se complètent l'un l'autre.
Roc-Amadour précède Lourdes dans le temps, comme la
Maternité divine a précédé l'Immaculée Conception dans
la pensée de Dieu ; Lourdes arrive à son heure, au moment
où l'Église vient d'ajouter un fleuron à la couronne de
gloire de la Mère de Dieu en la proclamant conçue sans
péché. Roc-Amadour, c'est l'attestation du principe fondamental de cette création à part, — *non hujus creationis*
qui s'appelle Marie; Lourdes, c'est l'épanouissement de cette
Rose Mystique, c'est la manifestation éclatante de la pureté
sans tâche de la Mère du nouvel Adam.

Si Roc-Amadour et Lourdes se complètent dans leur
principe, ils se complètent également dans leur but. Marie
connue, aimée, servie, glorifiée sur terre : tel est le but.
L'Immaculée Mère de Dieu et des hommes inondant l'humanité des flots de grâce qui coulent de son sein toujours
fécond, la Souveraine répandant sur son Royaume de choix
ses plus précieuses faveurs : tel est le but. Qui ne comprend
que les deux mystères de la Maternité divine et de l'Immaculée Conception, Roc-Amadour et Lourdes, doivent se
donner la main pour réaliser plus parfaitement ce résultat
commun ?

Puisse ce modeste ouvrage resserrer encore les liens qui doivent unir tous les cœurs dans un même culte envers N.-D. de Lourdes et N.-D. de Roc-Amadour, comme sont indissolublement unis les deux mystères vénérés dans ces deux illustres pèlerinages.

Lourdes, il est vrai, possède un monument que n'a pas encore N.-D. de Roc-Amadour : son histoire. Écrite avec un talent incomparable, avec un amour infini, née du bienfait reçu, traduite dans toutes les langues, l'histoire de N.-D. de Lourdes a étonné et charmé le monde entier.

La restauration des édifices matériels étant terminée, il reste à élever à N.-D. de Roc-Amadour cet édifice intellectuel. Certes, l'ouvrage que nous offrons au public ne comble nullement cette lacune. Dieu sait combien nous sentons notre insuffisance et la faiblesse de notre œuvre. Heureux d'en avoir seulement suggéré l'idée, nous supplions notre auguste Mère de daigner susciter son historien, qui, faisant revivre les documents oubliés, porterait le nom de N.-D. de Roc-Amadour, comme celui de N.-D. de Lourdes, aux extrémités du monde.

Prière. — N.-D. de Lourdes, priez pour nous.

N.-D. de Roc-Amadour, priez pour nous.

O Marie, Immaculée Mère de Dieu, humblement prosternés à vos pieds, nous vénérons en vous l'Immaculée Conception et la Maternité Divine qui vous caractérisent et vous personnifient. Oui, nous le proclamons avec l'Église catholique, vous êtes la Vierge Unique conçue sans péché et Mère de Dieu. Vous êtes Unique dans votre prédestination, Unique dans votre conception, Unique dans votre

Maternité. Unique dans la douleur comme dans la gloire : nulle semblable à vous ne vous a précédée et nulle ne vous suivra. Vous êtes l'Épouse chantée par l'Esprit-Saint dans le Cantique des Cantiques ; « vous êtes belle, ô mon amie, pleine de douceur et gracieuse comme Jérusalem : ma sœur, mon amie, mon Immaculée, ma parfaite, vous êtes Unique, ma colombe ; vous êtes toute belle, ô ma bien-aimée, et il n'y a pas de tache en vous. »

Vous êtes la femme que le prophète de Pathmos a vue comme un signe éclatant dans le ciel : revêtue du soleil, ayant la lune sous ses pieds et une couronne de douze étoiles sur la tête. Vous avez écrasé la tête du dragon infernal. « Mais cet ancien serpent qui séduit tout le monde, irrité contre la femme dont il n'a pu dévorer le fils, élevé vers Dieu et vers son trône, ne cesse de faire la guerre à vos autres enfants qui gardent les commandements de Dieu et qui demeurent fermes dans la confession de Jésus-Christ. [1] »

O Mère, ne nous abandonnez pas dans un si pressant danger. Si le Tout-Puissant vous a faite si grande, c'est pour nous, pauvres enfants d'Ève coupable. Vous êtes la nouvelle Ève. Notre première mère nous a donné la mort, montrez-vous notre vraie Mère en nous donnant la vie.

Comme ce beau mois, qui nous a rassemblés à vos pieds tous les soirs, qui nous a charmés par le récit de vos miracles et de vos miséricordes dans votre sanctuaire bien-aimé de Roc-Amadour, a vite passé ! Hélas !

(1) Apoc. XII. 1. 4. 10. 17.

ainsi s'écoule notre vie tout entière. Il nous faut donc quitter votre autel, mais à vos pieds nous laissons nos cœurs. Comme Israël ne voulut point se séparer de l'ange sans avoir reçu sa bénédiction, ainsi nous implorons la vôtre, ô Mère Immaculée de Dieu et des hommes.

A Lourdes, vous avez daigné accorder un regard à une humble compagne de Bernadette. O Immaculée Marie, abaissez sur nous aussi vos yeux « doux comme ceux de la colombe », et, quand viendra le terme de notre pèlerinage sur cette terre d'exil, faites que notre dernière heure soit l'heure de la délivrance, que, sous votre protection maternelle, nous méritions de contempler dans l'éternité bienheureuse la face auguste de N.-S. Jésus-Christ, le fruit béni de votre sein immaculé. Ainsi soit-il.

FIN

TABLE DES MATIÈRES

DÉDICACE.   v

AVANT-PROPOS.   IX

INTRODUCTION.   1

CHAPITRE I. — Roc-Amadour   16

CHAPITRE II. — Saint Amadour   23

CHAPITRE III. — Sainte Véronique.   33

CHAPITRE IV. — Les Pèlerins illustres de N.-D. de
    Roc-Amadour au moyen-âge   41

CHAPITRE V. — Processions. — Divers dons faits au
    pèlerinage de Roc-Amadour.   50

CHAPITRE VI. — Cloche miraculeuse. — Marie Étoi-
    le de la mer.   61

CHAPITRE VII. — L'escalier de Roc-Amadour. —
    L'épée de Roland.   70

CHAPITRE VIII. — La Chapelle Saint-Michel. . . .   77

CHAPITRE IX. — La Chapelle Miraculeuse.   85

CHAPITRE X. — La Chapelle Saint-Sauveur. — La
    Cripte Saint-Amadour.   98

CHAPITRE XI. — Chapelles de Sainte-Anne et Saint-
    Joachim, de Saint-Blaise et de Saint-Jean-
    Baptiste   107

CHAPITRE XII. — Les Miracles de N.-D. de Roc-Amadour. 117

CHAPITRE XIII. — Morts ressuscités par N.-D. de Roc-Amadour. 127

CHAPITRE XIV. — N.-D. de Roc-Amadour protectrice des enfants. 136

CHAPITRE XV. — Le grand pardon à N.-D. de Roc-Amadour et les indulgences concédées à ce pèlerinage 144

CHAPITRE XVI. — Les pèlerins de la pénitence à Roc-Amadour. 154

CHAPITRE XVII. — Les pèlerins de la pénitence à Roc-Amadour. (Pèlerins judiciaires). . . . 167

CHAPITRE XVIII. — La légende de Saint Christophe et Marie mère de Dieu. 177

CHAPITRE XIX. — Constitution du gouvernement spirituel et civil de Roc-Amadour au moyen-âge 185

CHAPITRE XX. — Les ruines du pèlerinage de Roc-Amadour. 193

CHAPITRE XXI. — Restauration du pèlerinage de Roc-Amadour par M. Caillau 200

CHAPITRE XXII. — Restauration du pèlerinage de Roc-Amadour. — Monseigneur Grimardias à Roc-Amadour 209

CHAPITRE XXIII. — Roc-Amadour au temps présent. 217

CHAPITRE XXIV. — Les fêtes de N.-D. de Roc-Amadour. 228

CHAPITRE XXV. — Nouveaux miracles de N.-D. de Roc-Amadour. 240

CHAPITRE XXVI. — Nouveaux miracles de N.-D. de
    Roc-Amadour. (Suite)..   255

CHAPITRE XXVII. — Nouveaux miracles de N.-D. de
    Roc-Amadour. (Suite)..   266

CHAPITRE XXVIII. — Nouveaux miracles de N.-D.
    de Roc-Amadour. (Suite).   280

CHAPITRE XXIX. — Nouveaux miracles de N.-D. de
    Roc-Amadour. (Suite).. . . . .   295.

CHAPITRE XXX. — La retraite de N.-D. de Roc-
    Amadour.   305

CHAPITRE XXXI. — Lourdes et Roc-Amadour . . .   317

VEUVE PIGNÈRES ET FILS, IMPRIMEURS

—

CAHORS

www.ingramcontent.com/pod-product-compliance
Lightning Source LLC
Chambersburg PA
CBHW070326030726
47505CB00004B/1102